刘 勇◎著

陕西新华出版传媒集团

太 白 文 艺 出 版 社

图书在版编目（ＣＩＰ）数据

刘勇文艺作品集 / 刘勇著. -- 西安：太白文艺出版社，2019.8（2020.7 重印）
ISBN 978-7-5513-1703-0

Ⅰ.①刘… Ⅱ.①刘… Ⅲ.①中国文学－当代文学－作品综合集 Ⅳ.①I217.2

中国版本图书馆CIP数据核字(2019)第160386号

刘勇文艺作品集
LIU YONG WENYI ZUOPINJI

作　　者	刘　勇
责任编辑	黄　洁
封面设计	王开庆
出版发行	陕西新华出版传媒集团
	太 白 文 艺 出 版 社
经　　销	新华书店
印　　刷	西安日报社印务中心
开　　本	787mm ×1092mm　1/16
字　　数	310千字
印　　张	19
版　　次	2019年8月第1版
印　　次	2020年7月第2次印刷
书　　号	ISBN 978-7-5513-1703-0
定　　价	86.00元

"满坡滚"的实践成果

——《刘勇文艺作品集》序

刘继鹏

　　刘勇将他的各类文艺作品结集出版,这是他创作成果的集中展现,五十六篇作品,其中大部分属于戏曲艺术类。群众文化的需求是广泛的,但是能演能唱的作品却是受众广、参与者多的一种被群众所喜闻乐见的艺术形式。近年来,随着一批老文艺工作者的退休,从事这方面工作的作者越来越少,但群众文化艺术活动却急切地需要这类作品。刘勇作为一名群众文化工作者,致力于此,勤奋耕耘,不断为群众提供迫切需要的新作。这种责任意识,是十分难能可贵的。

　　书中大部分作品我都接触过,有的是看过演出,有的是在评奖过程中看过文本。把这些作品集中起来,可以清楚地看出刘勇的艺术追求主要体现在三个方面。

第一,服务时代,贴近生活

　　习近平总书记强调,社会主义文艺,从本质上讲,就是人民的文艺。文艺要反映好人民心声,就要坚持为人民服务、为社会主义服务这个根本方向。

　　《刘勇文艺作品集》收录的作品,大多以歌颂、宣传党的方针政策和改革开放给安康城乡带来的巨大变化为主要内容。大戏《支书》,塑造了"全国道德模范"张明俊的先进形象;大型陕南民俗歌舞剧《安宁康泰》,以宏大的场景集中展示了"秦巴明珠"——安康的秀美山川和独具特色的文化艺术;独幕剧《冉本义》则着力塑造了为抗洪抢险英勇牺牲的共产党员冉本义同志的英雄形象,宣传了他的感人事迹。《作品集》收录的其他作品,均紧紧围绕十八大以来党和政府的中心工作展开创作,内容涉及"党的方针政策宣传""脱贫攻坚""新民风建设""文化旅游推介""行业形象展示"等。

　　戏剧曲艺演唱节目,因其形式活泼、载歌载舞,深受群众喜爱;其内容又是反映群众熟悉的现实生活,更能引起观众的兴趣。在轻松的艺术演唱活动中，观众同时受到了潜移默化的思想教育。这些作品对弘扬正能量，促进社会主义精神文明建设的积极作用是显而易见的。

第二，寓教于乐，追求情趣

演唱作品要面对观众，首先要能吸引观众看下去，这样才能达到寓教于乐的效果。刘勇有多年的舞台实践经验，所以他的作品注重从舞台表演出发，寓教于乐，追求情趣，把需要宣传的道理尽可能艺术化地表现出来。小戏小品力求将思想教育渗透在故事情节及人物的语言行动中；曲艺演唱则尽量以形象生动的语言和多样的形式来表现，使舞台能活起来，动起来。作者力求用生动的作品形象地告诉人们，什么是应该肯定和赞扬的，什么是必须反对和否定的，追求春风化雨、润物无声的效果。

第三，地方特色鲜明，乡土气息浓郁

安康有丰厚的民间文化遗产。历代的民间文艺家，植根于城乡民众之中，集中群众智慧，形成了各具特色的表演形式，特别是戏曲曲艺，品种多样，风格独特，乡土气息浓郁，深受群众的喜爱。刘勇在创作作品中，根据题材内容，尽量选择适合表现该题材的地方文艺表演形式，这样更能引起观众的兴趣。他的作品中，有汉调二黄、花鼓戏、民歌剧等地方戏曲，也有民间曲艺、民俗歌舞等其他文艺形式。大型陕南民俗歌舞剧《安宁康泰》即是将茶艺、汉江号子、船上舞蹈、劳动歌舞及皮影、彩船社火表演等民间文艺形式运用其中，以此反映新时代的生活，这正是群众所乐于观赏的。

刘勇在收进书内的《复合型人才与构建公共文化服务体系》一文中写道："在群众文化战线工作了近四十年，深深体会到要做好群众文化工作，也需要具备'满坡滚'的本领。只有具备了'满坡滚'的本领，才能从根本上符合《群众艺术馆、文化馆管理办法》中赋予群文工作者'组织、辅导、培训、创作、研究'的职责和要求。"这本《作品集》，就是他追求"满坡滚"的成果汇报。

当然，就作品的艺术性来说，还需要进一步精细打磨、提高，在语言、结构、表现形式的恰当运用等方面，都还有提升的空间。目前，安康市已被列入"国家公共文化服务体系示范区"，群众文化需求日益增长。这对群众文化工作者来说，既是机遇，也是责任。刘勇经过多年的实践，有了一定的积累，相信他会不断总结经验，持之以恒，为群众奉献出更多更好的作品。

C目 录
ontents

小 品

曲 艺

歌　　词

诗　　歌

散　　文

其 他

大

戏

紫阳民歌剧

支 书

时　　间　2002 年 4 月。

地　　点　安康瀛湖天柱山村。

人　　物　张明俊，男，中年，天柱山村党支部书记。

陈光娣，女，中年，张明俊妻子。

张　欣，女，青年，张明俊女儿。

王本功，男，中年，天柱山村委会主任。

王金成，男，六十多岁，老党员，天柱山村退休老支书。

李兴春，男，四十岁，瀛湖镇镇长。

潘伟民，男，三十多岁，瀛湖镇政府干部。

杨　丽，女，青年，天柱山村希望小学校长。

冯甲生，男，中年，天柱山村村民。

谢远文，男，中年，村民，贫困户。

吴礼华，男，老年，五保户，孤寡老人。

狗蛋儿，男，十一岁，小学生。

医　生，女，中年。

护　士，女，青年。

村民甲、乙、丙、丁。

村民若干，小学生若干。

第一场

优美的陕南民歌：

　　　　天柱山上一树槐，

　　　　为百姓乘凉才长起来，

　　　　百年槐树槐花香，

　　　　十里闻香上天台。

　　　　天台就在天柱山，

　　　　只因山上有呀嘛一呀一树槐。

[大幕渐启。

[2002年4月某日，天柱山村委会门前广场。

[背景为村委会办公楼，大门两侧悬挂"中共天柱山村支部委员会"
"汉滨区瀛湖镇天柱山村委会"两块牌子。

[天柱山村村民大会现场。舞台一侧摆放两张木桌为主席台，李兴
春、潘伟民、王金成、王本功、杨丽五人在主席台就座，主席台下
为若干村民。

王本功　好了好了，都莫吵了莫吵了，这哪像个开会的样子嘛。一年三百六
十天，莫得哪一次开会规规矩矩的，叽叽喳喳跟麻雀子垒窝一样。

村民甲　村主任，我明俊哥全票当选天柱山的支书，我们举双手赞成，我们
这是高兴。

村民乙　张明俊当支书，天柱山就有希望了，我们这是激动。

村民丙　明俊哥来掌天柱山的舵，我就不用再出去打工了，我们这是开心。

村民丁　哎哎哎，明俊当支书好是好，就是他现在已经是"富民"公司的老
总了，摊子大、生意忙，还不知道他愿不愿意来接这个烂摊子呀？

　　（唱）水泥村的赌，天山村的酒，

　　　　汪梁村上访告状扯皮撒筋①啥都有。

　　　　人往高处走呀水往低处流，

　　　　都晓得天柱山是个难使唤的老磨牛。

───────────────

①扯皮撒筋：安康方言。摆歪道理、争执不休的样子。

他公司的生意刚上手，

他愿意来当村支书？

我心里好像搁了个大石头。

女村民 （合唱）当支书哪有公司挣钱多，

我们心里也有个大石头。

冯甲生 青藤背靠山崖长，羊儿走路要靠头羊。他办公司为了啥？这几年票子全部贴到了村里头。又通电来又修路，自家盖房却钱不够。

男村民 （合唱）明俊心在天柱山，

跟着他我们心里有盼头。

女村民 （合）我们还是犯嘀咕。

男村民 （合）我们觉得有盼头。

李兴春 好了好了，大家不要吵了。今天我代表瀛湖镇党委来天柱山宣布张明俊同志全票当选村支书，看来大家都很高兴，但也有不少人心里还不踏实。他张明俊是不是个好党员，是不是个好支书，能不能带领大家共同致富，我们一起拭目以待嘛。

吴礼华 （幕内喊）李镇长——！

［边喊边上。

王本功 吴叔，都散会啦，你咋才来？

吴礼华 （唱）明俊今天走得早，

他公司的小伙子们跟着跑，

说是到城里拉水管，

装上水管就往回转，

天不见亮就下山，

早饭莫吃水莫沾。

我拿俩馍馍莫撵上，

就在村口槐树下面把他望，

刚刚刚，就刚刚……

刚刚刚，就刚刚……

众村民 刚刚咋了吗？

吴礼华 （唱）拉水管子的大汽车，

差点从我的身上过。

众村民 哈哈哈……你怕是在大槐树下面睡着了吧？

吴礼华　哈哈哈……那是，那是，我老汉一天不见明俊的面，这心里呀，嘿嘿……总是空落落的。

王本功　那他人呢？

吴礼华　我说，明俊啊，咱天柱山今天有喜事，全村都在村委会院坝里等你呢，他磨磨蹭蹭还不来。

王本功　他为啥不来呢？

吴礼华　哈哈哈……就像个小娃子，不好意思呀……哈哈哈。

李兴春　他人现在在哪儿呢？

吴礼华　拿个条子打叫驴——硬是叫我给赶来了。哈哈哈……

众村民　（向幕内喊）明俊哥——

　　　　〔张明俊被两个小孩儿推拉着，憨憨地笑着上。

李兴春　（佯嗔）你看你，你看你，今天开全体村民大会，天柱山的人都来了，主角跑得影子都莫见了。（递水给张明俊）

张明俊　村上的自来水饮水工程开工都一个多月了，管子一直莫得着落，昨晚上城里李老板打电话说管子到了，我一高兴，只顾了进城拉管子，把今天开会的事就给忘了。（对众村民）对不起，对不起了！

冯甲生　不是说好的，拉管子叫我跟远文哥一起的嘛。

谢远文　是呀。

张明俊　你这几天忙，远文哥的娃子刚考上大学，屋里事情也多，公司里头有人有车，方便。

王金成　明俊呀，我和村主任正在商量村上集资买水管呢，你咋就拉回来了？

张明俊　为这个自来水饮水工程，村上每一个人都出了力、流了汗，每家都投了劳力，这买管子的钱呀，我就出了。

谢远文　明俊呀，村上不管哪家有困难，你都接济，我儿考上大学你也掏钱，你这份情，我……我……我们啥时候才能还上啊！

吴礼华　你那就不算啥，我老汉这几年要不是明俊照应，这骨头怕都打了锣了。

张明俊　快莫这么说了。（对谢远文）娃娃考上大学是咱们村的大喜事，我们总不能因为家里穷，就放弃上大学的机会呀！（对吴礼华）您老是村上的长辈，又是五保户，逢年过节去看看您老人家，这事还值得您老天天挂到嘴边上呀！再说，谁叫我是个党员呀！

吴礼华　明俊当支书，我老汉举双手拥护！

谢远文　（拉着李兴春的手）李镇长，明俊当支书，我们放心！

众村民　我们支持！

李兴春　好！

（唱）瀛湖岸边天柱山，

明俊来把重担担，

但愿早日能把面貌变，

群众干部一条心，

天柱山泥土变成金。

王金成　（对张明俊）

（唱）支书我干了十八年，

岁岁年年背朝天，

一颗汗珠摔八瓣，

也未能实现上任之初的诺言。

如今把重担交给你，

大叔我永远在你身边。

王本功　（对张明俊）

（唱）你我兄弟几十年，

从来未曾红过脸。

天柱山由你来掌舵，

（白）我这个村主任呀，

（唱）刀山我敢上，火海我敢过！

潘伟民　（对张明俊）

（唱）新官上任三把火，

嫂子这关还得过，

公司生意怎么办？

你的身体莫怠慢。

明天先去做体检，

身体好了再把工作干。

众村民　（合唱）红日照在天柱山，

明俊今天当村官。

男女老少心欢喜，

小康路上跟定你。

张明俊　（唱）乡亲们待我情意厚，

     恰似汉江水长流，

     句句话儿暖心扉，

     为只为——

     为只为致富路上往前追。

     （一手拉李兴春，一手拉吴礼华）

     明俊只有一颗心，

     定叫这天柱山——

     山山水水变成金。

众村民　（合唱）明俊只有一颗心，

      定叫这天柱山——

      山山水水变成金。

    ［造型，切光。

第二场

   ［张明俊摆设简朴的家，墙上有各类奖状、相框等。

陈光娣　（围围裙、端菜上，心事重重地唱）

     东边的日头西边的雨，

     镇上偏偏现在搞选举，

     明俊他全票当选村支书，

     我心里又是高兴又是忧。

张　欣　（端两盘菜上，高兴地唱）

     南山的竹子比北山强，

     瀼湖的枇杷大又黄，

     爸爸他当上村支书，

     公司和家里都有盼头。

     炒几个爸爸最爱的菜，

    （白）妈——

     这样的大喜事，

     你咋心事重重锁眉头？

陈光娣　（唱）公司刚刚走上路，

      好几单生意在等候，

　　　　　　　你爸他接手天柱山，

　　　　　　　公司和家里就有麻烦。

张　欣　　有麻烦？啥麻烦？

陈光娣　　唉，你爸的脾气我晓得，共产党员这四个字在他心里比啥都重要。过去咱家穷，你爸为了让你能过上和别家娃娃一样的好日子，他先开小卖部，后来办公司，好不容易挣了点钱，他又今天接济这个，明天资助那个，不是修路就是拉电，家里仅有的一点钱，昨天他又拿去给村里买水管子了。现在他当支书了，还不……

　　　　　（张欣若有所思。张明俊在内喊：张欣，张欣！）

张　欣　　我爸回来了！爸——

张明俊　　（上）欣儿，给爸爸做啥好吃的了？

张　欣　　爸——

　　　　　（唱）烧腊肉清蒸鱼凉拌黄瓜，

　　　　　　　　青辣子炒隼鸡撒上芝麻，

　　　　　　　　蒸盆子热腾腾早都炖好，

　　　　　　　　三个凉三个热一样不少。

　　　　　　　　六六大顺你上席来坐，

　　　　　　　　我和妈当陪客要好好庆贺。

张明俊　　好好好，都是我的最爱。来来来，坐坐坐。

　　　　　〔张欣摆筷子，张明俊斟酒。

张明俊　　（唱）第一杯先敬你妈，

　　　　　　　　好媳妇好妈妈人人都夸。

　　　　　　　　这几年你最苦我心里有数，

　　　　　　　　对不住呀对不住！

陈光娣　　你的身体不能喝酒，喝饮料！

张明俊　　今天日子好，少喝点，少喝点。

张　欣　　（唱）我敬爸爸一杯酒，

　　　　　　　　庆贺你当上村支书。

　　　　　　　　你当支书我沾光，

　　　　　　　　有水的田里好栽秧。

张明俊　　（放下酒杯）嗯？沾光？沾啥光？

张　欣　　爸，人家都说，庙穷和尚富，你当上村支书了，咱们家的公司还有咱们家都能……

张明俊　（喝断张欣的话）欣儿！大家选我当支书，首先因为我是一名共产党员！共产党员是干啥的？是为大家服务的。咱们家祖祖辈辈都是农民，天柱山又是有名的穷地方，小时候，我们弟兄六个常常吃不饱饭。是天柱山的乡亲们你一把米我一把面地帮助我们家，我们弟兄几个才有了今天。现在，我有了自己的公司，当上了村支书，你说，我应该怎么办？

张　欣　爸，我……

陈光娣　明俊，你的心思我知道……

张明俊　（拍一下陈光娣的肩，转身对张欣）人人都有自己想要的东西，这个没错。有了目标，要靠自己的努力去争取，爸爸妈妈给得了你一时，不能给你一世，只有自己努力得来的才踏实，才能挺起胸膛做人。

　　　　（唱）天柱山自古穷得远近闻名，

　　　　　　　守青山没饭吃山路难行，

　　　　　　　远望着美瀤湖家家缺水，

　　　　　　　依偎着大电站咱点油灯，

　　　　　　　这面貌不改变愧对祖宗。

　　　　　　　党信任群众选我当支书，

　　　　　　　舍身掉肉也要让这方水土——

　　　　　　　再不受穷！

　　　　　　　今天起咱们家定下律条：

　　　　　　　决不能因为我是支书——

　　　　　　　而以私废公！！

张　欣　（唱）爸爸他一席话如雷来衰，

　　　　　　　恰似那天柱山松涛汹涌，

　　　　　　　他一心为山村脱离困苦，

　　　　　　　我却是为自己打起了算盘珠。

　　　　　　　平日里爸爸他常对我说，

　　　　　　　要平安须清廉时正衣冠，

　　　　　　　靠实干共富裕水喜人欢，

　　　　　　　有这样的好爸爸我无他愿——

　　　　　　　（对张明俊）我和你在一起，

　　　　　　　　定要改变天柱山!

张明俊　这才是我的好女儿嘛,哈哈哈……

陈光娣　明俊啊,你当支书我不反对,可我……

张明俊　你咋?

陈光娣　公司的事、咱家里的事,先都不说,我是担心你的身体。

张明俊　身体?哈哈……你放心,离死还远着呢!

陈光娣　你的脾气我还不晓得?原来都没日没夜的,现在还不更要拼命了?

张　欣　爸,我妈说得对。上次体检,医生都说了,你的病不能太劳累。

张明俊　我晓得,我晓得。好了好了,今天不说身体,好好品尝一下你和你妈的手艺。

陈光娣　唉——

张明俊　我晓得,天柱山的支书不好当。但是,我是一名共产党员,组织上和村民这么信任我,这副担子再重,我也要把它担起来!这也是我这个天柱山的儿子报答天柱山的时候了。以后,公司和家里面就要辛苦你了。

张　欣　(欢快地)爸,我支持你!妈,你呢?

陈光娣　唉,支持支持!

张明俊　好!现在干杯!

张　欣　干杯!

　　　　[切光、过场音乐起。

众　人　(合唱)天柱山上一树槐,

　　　　　　　　为百姓乘凉才长起来,

　　　　　　　　百年槐树槐花香,

　　　　　　　　十里闻香上天台。

　　　　　　　　天台就在天柱山,

　　　　　　　　只因山上有呀嘛一呀一树槐。

第三场

　　　　[远景:天柱山的秀美景色展现在舞台天幕上,美不胜收。

　　　　[近景:天柱山村核桃园。

　　　　[轻快的音乐声中起光,一群漂亮的女孩儿跳起欢快的舞蹈。

女　　（合唱）瀛湖秀水波荡漾，

天柱山上好风光，

山村有了好支书，

百姓有了领头羊。

核桃板栗种满山，

还有枇杷甜又香，

从今走上致富路，

欢歌笑语遍山川。

张明俊　（边上边唱）瀛湖秀水波荡漾，

天柱山上好风光。

这样的美家乡人间难找，

这样的好乡亲是我的依靠。

致富路刚起步困难不少，

靠智慧靠集体，

再靠党的好领导，

再重的担子一肩挑！

王本功　（幕内边喊边上）张支书——！

张明俊　本功，回来了？

王本功　回来了。

张明俊　咋样？

王本功　一十二户贫困户，两天，全部跑完。

张明俊　好！给你记首功一件。

王本功　要说记功，应该给你记才对。总共一十二户，每户二百元现金、五十斤米、五十斤面、十斤油，全部是你给的钱。后山杨老汉老两口一直把我送到山脚下，嘴里不停地说："共产党好，共产党好！"唉，村上穷，实在难为你这个支书了。

张明俊　不说给谁记功了，只要让这些暂时还没有能力摆脱贫困的乡亲深切感受到党的温暖、政府的关怀，不至于丧失脱贫致富的信心和决心，就是大功一件呀！

王本功　是呀，只是……

张明俊　只是啥？

王本功　咱们村穷，这是远近闻名；孤寡老人和贫困户多，也是家喻户晓。

光这十二户鳏寡孤独和五保户，村上莫得积累，拿不出钱，你这月月接济年年送，也不是个办法呀！这样迟早会把你拖垮的。

张明俊　莫事，我起步早，公司一直也还在正常运转，这点钱还拿得出来。还是那句老话，谁叫咱们是共产党员呢！

王本功　唉，我也是村上的党员干部，还是村主任，可是我……

张明俊　本功啊，扶贫帮困，帮助大家树立脱贫致富的信心，带领广大村民共同致富，不一定都要像我这样从家里拿钱出来才算数。我现在拿点钱出来，是因为我暂时还有这个能力，现在拿，是为了今后永远不拿。你家里的情况我晓得，你现在一心扎在天柱山，事事为村民着想、奔波，大家都看在眼里记在心上，你也是大家心中的好党员、好干部！

王本功　我听嫂子说，你的公司最近好几单生意都是因为没钱交保证金，都没有做成，你却把钱……

张明俊　好了好了，先不说这些。（手捂胃部、稍稍皱眉）我一直在想，天柱山是一个大家庭，一人富了不算富，你我都是共产党员，咱也不说那些大话、套话，但我们都是天柱山的儿子，儿子给爹妈做啥事，都是应该的。（坐下）

王本功　明俊，胃又痛了？

张明俊　没事没事，歇一下就好了。

王本功　你可莫大意呀！

王金成　（幕内喊）明俊——！

张明俊　看，老支书也回来了，一定有好消息呀。

　　　　［王金成上。

　　　　金成叔，你也回来了？

王金成　回来了，回来了。

张明俊　情况咋样？

王金成　明俊呀——

　　　　（唱）清早我到你公司去，
　　　　　　　施工队在门口把我遇，
　　　　　　　说是要到火石岩，
　　　　　　　中标的工程今天一定要抢出来。
　　　　　　　我把你的指示刚说明，

    你媳妇陈光娣，

    公司门口下命令：

    今天不去火石岩，

    都回村上来把水管埋。

王本功 这……这……这怎么要得呀……

张明俊 本功啊——

    （唱）阳坡的庄家阴坡的药，

    间苗倒茬必须要抢这一脚。

    饮水工程已上马，

    管子拉回却埋不下，

    壮劳力都在山下修公路，

    妇女们在果园把苗木护。

    今天必须把水接通，

    施工队来帮忙理所应当。

王金成 就是要耽搁你公司的活娄①了……

张明俊 莫事莫事，回头我跟甲方说一下，加班加点，保证在合同期内把活娄抢出来。我现在是天柱山的支书，公司的事全部交给媳妇在管，她把人都带来了，那么今天公司的业务就是帮天柱山——埋水管！本功啊，你赶快去招呼一下。

王本功 我……

张明俊 再莫"我、我、我"的了，快去！

    〔王本功下。

王金成 明俊啊，为了天柱山，你真是把心都操碎了呀……

张明俊 老支书，看你这话说的，谁叫我是天柱山的儿子呀！儿子给娘老子做事，天经地义。哈哈哈……

张 欣 （上）爸，我到处找你，原来你跟老支书躲在这里打广子②呀。

张明俊 马上要高考了，你不在屋里好好复习，跑到山上找我做啥？

张 欣 镇上潘大哥来了，说你找他来开"诸葛亮会"，在屋里都等半天了，我把他领来了。（向幕内喊）潘大哥——我爸在这儿。

---

①活娄：安康方言，意思是"事情"。

②打广子：安康方言，聊天的意思。

潘伟民	（上，先和王金成握手，再回头对着张明俊）明俊呀，我这个"臭皮匠"都来半天了，你这个"诸葛亮"倒好，跑得影子都莫见。
张明俊	哈哈哈……请你来呀，是要你帮我们出主意、想办法的，来得好呀！（从挎包里拿出一张地图）你看，这是咱们天柱山……（突然手捂胃部，眉头紧锁）
潘伟民 王金成	明俊——
张明俊	莫事莫事，一下子就好了。
潘伟民	莫大意哟！
张明俊	（一手按在胃部，一手指着地图）你看，这是咱们天柱山，我想呀…… ［王本功、陈光娣上。
王本功	明俊，全部安排好了。
张明俊	好！你们来得正好，今天这个"诸葛亮会"算是开成了。
陈光娣	我可不是来开啥"诸葛亮会"的。施工队已经安排好了，保证在天黑以前通水。
张明俊	嘿嘿嘿……难为你了。
陈光娣	莫跟我嬉皮笑脸的！现在啥都弄好了，该跟我到医院看病了吧？
张明俊	你看你看，老支书、潘同志、村主任好不容易都到齐了，把他们丢到山上，我跑到城里头去耍？不合适嘛。嘿嘿嘿……
陈光娣	你……
张明俊	好好好，明天一定去，明天一定去！
陈光娣	明俊呀，你的病你心里还不清楚？不敢拖呀……
王金成 潘伟民	明俊——
张民俊	好了好了，今天不说这事，我向你们保证，忙完这阵子，我一定去医院，行吧？
陈光娣	真是个犟牛！ ［众人展开图纸，走上台坎比画着，合唱声起。
众村民	（合唱）瀼湖秀水波荡漾， 　　　　天柱山上好风光， 　　　　山村有了好支书， 　　　　百姓有了领头羊。

从今走上致富路，

欢歌笑语遍山岗。

第四场

[天柱山希望小学院内。

[学生正在上课，琅琅的读书声隐约传来。

吴礼华　（戴一红袖标，上写"治安联防"，左手持一把农家大茶壶、右手挎一个大竹筐，上）

　　　　（唱）秋去春来年复年，

　　　　　　　老汉我现在的日子比蜜甜，

　　　　　　　虽然过了花甲子，

　　　　　　　也要为天柱山做点小贡献。

　　　　（白）娃娃们还没有下课哪……（压低嗓门）生娃子——

冯甲生　（一身工作服、戴安全头盔，上）哎哎哎，我说我的好吴叔呀，晓得的，你是在叫生娃子；不晓得的，还以为你是要生娃娃哪。

吴礼华　你不是叫冯甲生吗？

冯甲生　是的呀。

吴礼华　这就对了嘛，我从小就叫你生娃子，哪门子今天就不能叫了？

冯甲生　这是在学校嘛，生娃子生娃子的，太不文明了嘛。好了好了，叫我出来做啥？

吴礼华　明俊的公司出钱给学校修围墙和宿舍，你们大家都投工投劳，连老支书都来帮忙了。我老汉也不晓得该做点啥，你看，我蒸了点馍，熬了点绿豆汤，快叫大家伙儿都出来歇一下。

冯甲生　嘿！吴礼华吴礼华，从来就是铁公鸡——一毛不拔。今天太阳从西边出来啦？

吴礼华　你看你这个娃娃，自从明俊当上村支书，带领大家豁出命地干，他是为啥？还不是为了让天柱山的众乡亲早日过上好日子呀。铁公鸡那是过去，过去穷，咱想贡献点啥，还真是拿不出来。现在日子好了，我拔这点毛算啥？

冯甲生　好，有明俊给咱们当带头人，咱们天柱山人人心往一处想，劲往一处使，咱们捧着金饭碗，还愁没饭吃？

吴礼华　对对对，快给他们送过去。

冯甲生　好，那就谢谢你了。铁——公——鸡——（下）

吴礼华　哈哈哈……

　　　　（唱）千年的铁树开了花，

　　　　　　　明俊娃娃人人夸，

　　　　　　　又修桥来又铺路，

　　　　　　　自来水通到锅灶头。

　　　　　　　老汉我赶上好光景，

　　　　　　　要感谢——

　　　　　　　共产党的好支书！

张明俊　（上）吴叔，一个人跑到学校门口笑呵呵的，在乐啥呢？

吴礼华　哈哈哈，明俊呀！

　　　　（唱）你看现在咱们村：

　　　　　　　山顶牛羊成群，

　　　　　　　山腰果树成林，

　　　　　　　家家通水通电，

　　　　　　　人人都有那个啥……啥……

张明俊　啥？

吴礼华　对——

　　　　（唱）人人都有大哥大。

　　　　　　　哈哈哈……

　　　　　　　老汉我赶上这样的好日子，

　　　　　　　睡着了都笑醒了呀。

　　　　　　　哈哈哈哈……

张明俊　吴叔呀，咱们天柱山这两年是有了点起色，但比起人家川道富裕乡镇还有差距，我们还要努力呀！

吴礼华　有你娃娃带头，咱天柱山脱贫致富那是洋瓷碗扣鳖——

张明俊　洋瓷碗扣鳖？

吴礼华　——稳得儿呀，哈哈哈……

张明俊　哈哈哈……好！这个句子好。有共产党的领导、政府的扶持，再加上广大村民共同努力，让天柱山人人过上好日子，的确是洋瓷碗扣鳖——

吴礼华
张明俊　稳得儿呀，哈哈哈……

张明俊　吴叔，娃娃们还没有放学，我就不进去了，你去把杨校长、老支书
　　　　和甲生叫出来，我要跟他们商量点事。

吴礼华　好好好。（下）

张明俊　（胃部隐隐作痛，手按胃部，微锁眉头）
　　　　（唱）琅琅的读书声如天籁，
　　　　　　　就好似琼浆醉我心头，
　　　　　　　天柱山要彻底摆脱穷苦，
　　　　　　　娃娃们读好书才能够当家做主。
　　　　　　　用知识改命运枯树迎春，
　　　　　　　天柱山定能有锦绣前程。
　　　　　　　但愿在此时间不要倒下，
　　　　　　　与病魔抢时间我分秒必争。

　　　　［王金成、杨丽、冯甲生、吴礼华上。

冯甲生　明俊，不是说你今天要去城里看病，咋又跑到学校来了？

王金成　明俊呀，我听说你这个病不是一般的小毛病，不敢马马虎虎不当回
　　　　事哟。

张明俊　不急不急，改天去改天去。杨校长、甲生，学校的围墙和娃娃们的
　　　　宿舍都修好了没有？钱够不够？

杨　丽　（唱）老支书来设计一丝不苟，
　　　　　　　甲生哥管质量毫不含糊，
　　　　　　　众乡亲来帮忙投工投劳，
　　　　　　　如今的小学校旧貌新颜。

王金成　（唱）围墙顶全换上琉璃新瓦，
　　　　　　　远处观近处看没有麻达，
　　　　　　　再不怕连阴雨把它冲垮。

冯甲生　（唱）你给的两万元没有白花。

杨　丽　张支书，你们公司转来两万元，除去买砖买瓦、水泥沙子和其他，
　　　　总共花了一万二，还剩八千，明天就给你们转回去。

张明俊　不用转了，就放在学校。

杨　丽　放在学校？

张明俊　对，就放在学校！

王金成　明俊啊！这几年你给天柱山不知垫了多少钱。这次维修学校，你又不让去找政府，硬是要从你公司拿钱，这……

张明俊　大叔，我们不能一有困难就找政府、找上级，那还要我们这些党员做啥呢？公司目前资金是有些困难，但是挤一挤还是有办法的。咱们自己能解决的就不要再给政府找麻烦了嘛。

吴礼华　光我们这伙老汉们刮胡子剃头掏耳朵，都是明俊娃娃在付钱，唉，我老汉上辈子……积了啥德了，遇见明俊娃娃这样的好党员。

张明俊　看你老人家说的，哪能用几个钱？

杨　丽　可是学校该修的都修好了，剩下的钱也不能再放在学校呀！

张明俊　不仅要放在学校，还要想办法再加一点，八千太少了。

众　人　支书？

张明俊　（唱）咱这里自古穷得难温饱，

　　　　　　　　都因为没文化知识太少。

　　　　　　　　眼望着大瀻湖靠天吃水，

　　　　　　　　怀抱着天柱山缺面少米。

　　　　　　　　虽然说现在党的政策好，

　　　　　　　　还必须靠自己把穷根刨。

　　　　　　　　穷不读书，穷根难断；

　　　　　　　　富不办学，富不长远。

　　　　　　　　要鼓励娃娃们把书读好，

　　　　　　　　用知识变面貌才是正道。

　　　　　（白）大叔、杨校长，我想从我的公司里再挤一点钱，在天柱山希望小学建立一个奖学基金，只要是从天柱山希望小学毕业考上市里重点中学的，咱们奖励；凡是从天柱山出去考上大学的，咱们更要奖励！决不能让咱天柱山的娃娃们因为莫得钱而失学。天柱山的明天靠的就是这些娃娃们。

杨　丽　（喜极而泣）张支书……

众　人　明俊……

冯甲生　（将张明俊拉到一边）明俊呀，自从你当上村支书，公司的事你全都甩给了嫂子，现在公司资金非常紧张，已经无钱可拿了。你家的房子盖了一半，丢到那儿都大半年了……

张明俊　车到山前必有路，船到桥头自然直。等把这阵子忙完了，好好再做几个
　　　　工程，钱不是又有了？再说，我还可以用公司做抵押，向银行贷款嘛。

冯甲生　可是……

张明俊　好了好了，这件事就这么定了。（学校响起下课铃）看，娃娃们都
　　　　放学了。

　　　　[一大群孩子拥向舞台。

孩子们　张叔叔，张叔叔——

张明俊　娃娃们，要好好读书，将来给咱们天柱山争气哟！

孩子们　好好读书，为天柱山争气！

杨　丽　同学们，你们不是刚排了一个新节目吗？给张支书和爷爷、伯伯和
　　　　叔叔们表演一下好不好？

孩子们　好——！（音乐起，孩子们跳起舞蹈）

　　　　（唱）天柱山上一树槐，

　　　　　　　为百姓乘凉才长起来，

　　　　　　　百年槐树槐花香，

　　　　　　　十里闻香上天台。

　　　　　　　天台就在天柱山，

　　　　　　　只因山上有呀嘛一呀一树槐。

　　　　[张明俊一直手按胃部看孩子们的表演。舞蹈结束时，孩子们将张明
　　　　俊围在中间。

张明俊　（艰难地）演得好、演得好，娃娃们乖……（晕倒在地）

众　人　支书！

　　　　明俊！

　　　　张叔叔！

第五场

　　　　[医院，张明俊躺在病房。

　　　　[幕前，陈光娣焦急地踱步，医生上。

陈光娣　大夫，情况咋样？

医　生　你要有思想准备呀！

陈光娣　啊？

| 医　生 | 根据 CT 结果和病灶切片，可以确诊张支书得的是胃癌，而且已经是晚期了。 |

医　生　根据 CT 结果和病灶切片，可以确诊张支书得的是胃癌，而且已经是晚期了。

陈光娣　啊！

　　　　〔一声炸雷，追光打在陈光娣惨白的脸上。切光。清丽的女声独唱由远及近。

　　　　　　天柱山上一树槐，

　　　　　　为百姓乘凉才长起来，

　　　　　　百年槐树槐花香，

　　　　　　十里闻香上天台。

　　　　〔二幕起，张明俊病房。张明俊坐在病床上，正趴在膝盖上写着什么，护士上。

护　士　张支书——

张明俊　（不好意思地收起正在写的东西）不好意思，不好意思！

护　士　（为张明俊量血压）张支书，从你住进医院到现在，你就没有闲过。都像你这样，把办公室都搬到病房来了，啥时候才能把病治好呢？

　　　　〔医生上。

张明俊　不好意思，不好意思！

护　士　不好意思，不好意思，就晓得说不好意思，要用实际行动配合治疗。

张明俊　一定一定！

护　士　一言为定？

张明俊　一言为定！

医　生　张明俊同志，住院治疗也是工作，不能只停留在口头上，一定要落实在行动上。

张明俊　好！从今天起，我一定努力配合你们的工作！

　　　　〔冯甲生拿暖瓶、脸盆上。

医　生　我要求你从今天起停止所有与治疗无关的工作，全力以赴配合治疗。

张明俊　这……

医　生　这啥？

张明俊　好吧。

医　生　（对冯甲生）这个监督的任务就交给你。

冯甲生　（嘟囔着）我说话他要是听就好了……

医　生　（对护士）你们也要加强巡视。（对张明俊）我们一言为定！

[拿过护士手中的病历，和护士边看边下。

冯甲生 　唉！在天柱山你拼命，现在都住到医院了还拼命。你以为你是猫，有九条命？

张明俊 　哈哈哈……我也不想啥子九条命，唉！要是能再给我两年时间就好了……

冯甲生 　现在咱们听医生的，啥都莫想了，好好治病。

张明俊 　唉！不行呀。

　　　　（唱）天柱山这几年快速发展，

　　　　　　　致富路上连续有问题显现，

　　　　　　　搞旅游和护环境矛盾不断，

　　　　　　　散落的贫困户如何搬迁？

　　　　　　　如何能立体开发好"农、林、旅、商"，

　　　　　　　还需要广泛地听取意见。

　　　　　　　天柱山已到了关键节点，

　　　　　　　必须要抢时间不可等闲。

冯甲生 　明俊……你……

张明俊 　哎哎哎……不就是个胃病嘛，一个男人家，还抹起啥眼泪了？来，帮我按下肩。

　　　　[陈光娣、张欣上。

张　欣 　爸——（扑倒在张明俊怀里抽搐哭泣）

张明俊 　欣儿呀，爸爸就是小胃病，莫担心。不哭了、不哭了。

张　欣 　（唱）见爸爸卧病榻我心似刀绞，

　　　　　　　就好似天柱山轰然倒下。

　　　　　　　盼只盼好爸爸早日康复，

　　　　　　　一家人长相守共享天伦。

张明俊 　（唱）见欣儿直哭得泪人一般，

　　　　　　　倒叫我张明俊思绪万千。

　　　　　　　这娃娃从小苦我关心太少，

　　　　　　　为人夫为人父我愧对全家。

　　　　　　　叫一声张欣儿听爸来讲，

　　　　　　　爸这是小毛病几天就好，

　　　　　　　你不要放悲声把心放宽，

　　　　　　　病魔走爸带你再上天柱山。

张　欣　　嗯！

张明俊　　光娣，情况咋样？

陈光娣　　（急擦眼泪）哦，嗯，医生说……说……问题不大。

张明俊　　呵呵，问题不大你哭啥？唉，这个老天爷呀，要是能再给我两三年
　　　　　时间就好了，天柱山就还能再上一个新台阶。

陈光娣　　明俊，你……都到啥时候了，你还……（严厉地）从现在起，除了
　　　　　按时吃药、打针，其余啥都不准再谈！

张　欣　　爸，这次你一定要听妈妈的，我啥都不要，我只要爸爸……

冯甲生　　明俊，村上这几年变化已经够大了，跟过去比，已经是一个天上一
　　　　　个地下。你就借这次住院，好好把病看好，我冯甲生也一样，我啥
　　　　　都不要，只要你这个兄弟！

张明俊　　好，听你们的！唉，其实我的病我晓得。天柱山现在到了关键时刻，
　　　　　我倒好，偏偏在这个时候在这里睡大觉。

陈光娣　　看看看，又来了不是？来，喝药！

张　欣　　爸，来，喝药。

　　　　　[张明俊喝药。吴礼华、谢远文、村民甲乙丙丁和两个女村民上。

吴礼华　　哎呀，你这个娃娃呀，平日里呀，把自己身体不当回事，现在好了
　　　　　吧，倒下了吧？（对陈光娣）莫事吧？要紧不？

陈光娣　　还好，关键是他一天到晚还是闲不住，说梦话都是天柱山的乡亲要
　　　　　过上好日子。

吴礼华　　啊？这可不行！明俊呀，这次一定要把病治好。村上现在啥都好，
　　　　　你再莫操心了。大叔啥都不要，只要你好好的！

谢远文　　明俊，你看——
　　　　　（唱）乡亲们天天都在把你挂念，
　　　　　　　　托我们捎来了大家的心愿，
　　　　　　　　这个是张二娃的木耳新茶，
　　　　　　　　这个是李栓柱的板栗木瓜。

村民甲　　这是我们种的天麻。

女村民　　这是我们种的黄花。

村民乙　　这是改良以后的樱桃。

女村民　　这是改良以后的枇杷。

吴礼华　　（对张欣，唱）我的那——篮子里——才是关键！

众　人　啥关键？

吴礼华　（唱）光溜溜的、

　　　　　　　粉嘟嘟的、

　　　　　　　骨碌碌的、

　　　　　　　圆丢丢的。

冯甲生　到底是啥吗？

吴礼华　（唱）天柱山的土鸡蛋！

陈光娣　谢谢乡亲们！谢谢乡亲们！

张明俊　好啊，咱们天柱山"山上有畜牧、山腰有果园、山下有旅游"的立体效应开始逐步显现了。（手捂胃部、痛苦地皱眉）

陈光娣　　　　明俊！

张　欣　（齐声）爸！

众　人　　　　支书！

　　　　[王金成、王本功上。

王金成
　　　　明俊！
王本功

张明俊　老支书、本功，你们来了。

王金成　明俊呀，你交代的村上和农户的收支统计工作，我们已经全部办好了，现在，你啥都莫操心了，这次，一定要把病治好了。

王本功　是呀，村上其他的事，也已经按照你的安排全部到位了。

张明俊　还是说一下结果，让我也高兴高兴。

王金成　唉，你呀，好吧。经过我们详细核算，经过镇上核实、区上确认，咱们天柱山村，今年的总收入已经接近四千万元，人均纯收入已跨万元大关，跟十年前相比，涨了十倍还多。

张明俊　好啊好啊！

王本功　天柱山过去那种守着青山没饭吃、望着湖水没水喝、依着电站没电用的苦日子，真的是一去不复返了。你就安心养病吧。

张明俊　老支书、本功、甲生，咱们都是天柱山土生土长的党员。我经常说，一个人富了不算富，一定要把大家团结起来，带着父老乡亲一起富，只有这样，我们才对得起天柱山的儿子和共产党员这个称号呀！

张　欣　　　　爸，
　　　　（齐声）　　（哽咽、哭泣）
陈光娣　　　　明俊。

吴礼华　明俊呀，为了天柱山，为了我们都过上好日子，你真是把心都操烂了。（哽咽、哭泣）

张明俊　（从枕头下拿出一沓稿纸，对王本功）本功，我是县人大代表，这是我给人大写的关于《国家对秦巴山区的精准扶贫政策如何与川道富裕地区分别对待》和《天柱山村"山水田林路"综合治理开发》的议案，这次的人代会我怕是参加不成了，麻烦你转交一下。

王本功　明俊……（接过稿纸，转身哽咽、哭泣）

冯甲生　明俊呀，你把医生的话又……（哽咽、哭泣）

陈光娣　明俊，你现在真的不能再分心了……治病要紧呀……

张明俊　好！哎哎哎，今天全部都是好消息，你们干啥子都垂头丧气、哭哭啼啼哪。天柱山的村民都过上了好日子，我们要高兴才对呀！

吴礼华　高兴，高兴。乡亲们，咱们都莫在这里守着了，都回去，叫明俊好好休息。

　　　　〔众人和张明俊、陈光娣、张欣道别欲走，杨丽上。

杨　丽　张支书，今天星期天，同学们一直吵着要来看你，我把他们带来了。（向幕内、压低嗓门）同学们，过来！

　　　　〔一群小学生手拿鲜花欢呼着上。

众学生　张叔叔、张叔叔——（把张明俊围在病床上）

杨　丽　哎哎哎，同学们，这里是医院，声音小一点。

学生甲　张叔叔，我今年考了双一百！

学生乙　张叔叔，我也考了双一百！

学生丙　我也是我也是！

张明俊　好好好，好呀！

学生丁　我哥哥今年考上大学了，还拿了村上和学校的奖励呢！

张明俊　好好好，好呀！（对其中一个小男孩儿）狗蛋儿，你咋样呀？

狗蛋儿　我，我数学九十九，语文九十八。

张明俊　呵呵，那你要努力哟。

狗蛋儿　（突然大声地）我体育一百分！

杨　丽　小声点！

　　　　〔狗蛋吐舌头，扮鬼脸。

张明俊　好好好！不错不错！

杨　丽　同学们，你们不是还给张叔叔准备了节目吗？快演给张叔叔看。

张明俊　这是病房，你以为是学校操场呀？节目就算了，娃娃们啊——

　　　　[主题曲音乐渐起：天柱山上一树槐……

　　　　一直想教你们几句咱们天柱山祖祖辈辈唱的一首歌，一直没有时间。今天闲，张叔叔教你们唱，好不好？

学生们　（轻声齐答应）好！

张明俊　天上没有玉皇，

学生们　天上没有玉皇。

张明俊　地上没有龙王，

学生们　地上没有龙王。

张明俊　我就是玉皇，

学生们　我就是玉皇。

张明俊　我就是龙王，

学生们　我就是龙王。

张明俊　喝令三山五岳开道，

学生们　喝令三山五岳开道。

张明俊　我来了！

学生们　我来了！

众　人　（声音由小到大）

　　　　天上没有玉皇，

　　　　地上没有龙王，

　　　　我就是玉皇，

　　　　我就是龙王，

　　　　喝令三山五岳开道，

　　　　我来了！我来了——

　　　　[主题曲音乐声大作，造型。

　　　　[画外音：张明俊同志终因积劳成疾，医治无效，与世长辞。在他任天柱山村党支部书记期间，天柱山村共新修、硬化村级公路十四条，共四十一公里，入户路五公里。他带领群众建成三千五百亩精品核桃园，并引进了核桃加工企业，园区内二百四十七户群众最先受益。如今的天柱山林果面积达五千五百亩，年产值超三千万人民币。全村收入达四千万元，人均收入突破万元大关。天柱山村一改过去的贫穷落后，成为陕南地区著名的富裕村。张明俊同志用自己的实际行动，诠释了他"清廉一生平安，实干造福百姓"的铮铮誓言。　　**（全剧终）**

大型陕南民俗歌舞剧

安宁康泰

（民俗、艺术顾问：李启良）

序曲：《乐山亲水大美安康》

[用充满安康地方特色的音乐旋律，由不少于六十人的大型舞蹈，以唯美的舞蹈手法拉开序幕。

第一乐章：春梦

[场景：蓝天白云、青山绿水，一条"之"字形小路延伸至舞台中央，小路和背景融为一体。台左二幕条后一座小桥，台右三幕条前一架转动的大水车。雨声中幕启。

舞蹈一　规定情境：万物苏醒，雨后各种植物破土而出，发芽，在雨中律动。

[音乐远去，切光暗转，光渐亮，老汉上，背景：茶山，鸡鸣、鸟鸣声，老汉身披蓑衣、挎采茶竹篓和一年轻男演员上。

老　汉　（原生态独唱）家住秦巴汉水间，

春风吹绿到陕南；

燕子归来筑巢忙，

微风拂柳舞翩跹。

山乡自古爱唱歌，

悠悠歌声绕茶山；

年年唱歌伴丰收，

旧歌唱完新歌连。

[众采茶女上。

舞蹈二 规定情境：老汉、小伙儿与众采茶女跳采茶舞。舞毕，众下，小伙儿与一采茶女跳双人舞。

舞蹈三 规定情境：凤堰古梯田背景，多人插秧舞。

（原生态独唱）手拿秧苗插水田，

行行对齐一线端；

抬头直身歇口气，

弯腰又见水中天。

泥水香气扑面来，

看似后退却向前。

舞蹈四 规定情境：蚕桑背景。

（原生态独唱）春气昭苏迎早霞，

山上桑柘正努芽；

收拾蚕箔备蚕种，

育成蚕蚁满筐爬。

蚕女盼得茧丰收，

织成绸缎走天涯。

舞蹈五 规定情境：场景由青山绿水转至金灿灿的油菜花和远山、近景的桃花。

舞蹈六 规定情境：老汉、六女、两男上，用音乐、舞蹈的手法表演、展示安康茶艺。舞蹈到后半部分时，场景转至农家小院、大槐树下，老汉、六女、两男坐在大树下沏茶、品茶。

[追光打至剧场最后排，一男演员背背篓唱高腔山歌。

男 （唱）哎——

汉江绿水靠拢岩，

茶树芽芽拱出来。

风不吹柳柳不摆，

姐不招手郎自来。

[一女子坐在织布机前，由空中降下或从侧台缓缓滑上，无伴奏混声领唱、合唱。

织 女 （唱）郎在对门那儿唱山歌喂，

姐在房中哎织绫罗喂！

那个短命死的发瘟死的，挨刀死的，

唱得个样呃好哇！

众　人　（合唱）唱得奴家脚炟手软①，

脚软手炟。

踩不得云板，丢不得耶

梭呃——

绫罗不织噢——

听山歌呃——

〔音乐起，双人舞；老汉、六女、两男伴舞至造型结束。第二乐章低音鼓声起。

第二乐章：夏韵

人　物　杨荷花，女，五十岁。

闷洪山，男，五十岁。

群众若干。

场　景　汉江边，纤夫拉纤，唱着汉江号子上场，背景为滚滚的汉江水。

　男　（独唱）篾编的纤绳长悠悠，

一风吹到水里头；

你要沉来沉下底，

你要流来流去走；

莫给乖姐留想头。

嗨佐佐，嗨佐佐……

汉江那个起了浪哟嗬，

后生们要远航！嗨佐佐，嗨佐佐！

头　领　（白）眼要快呀！嗨佐，嗨佐！

心莫慌呀！嗨佐，嗨佐！

舵掌稳呀！嗨佐，嗨佐！

破巨浪呀！嗨佐，嗨佐！

冲！嗨！

冲！嗨！

───────────────

①脚炟手软：安康方言，意思是脚软手软，没有力气。

[号子声远去，童声歌谣渐近。

汉江水，

波浪翻，

龙腾虎跃，

勇向前，

吃粽子，

煮大蒜，

端阳节里，

祭屈原。

汉江里，

赛龙船，

祖先的玩意儿，

代代传。

[音乐起，唱渔鼓的姑娘和杨荷花坐着竹筏上场。

众　人　（合唱）汉江水波荡悠悠，

姐妹梳妆结伴游，

要问逛的啥子会？

翻江闹海赛龙舟。

杨荷花　走上台问我是谁家？

年轻时漂亮得人人夸。

安康人都知道我——

众　人　杨、荷、花——

杨荷花　唉，也不洋了，也不花了，

老了苍了，黄了汤了，

黄瓜打锣——

众　人　咋？

杨荷花　去了大半截儿了。

众　人　哈哈哈……

[音乐起，渔鼓姑娘和杨荷花一起舞蹈。

众　人　（合唱）五月端午艳阳天，

人山人海汉江边，

龙舟赛场挤着走，

　　　　　　　　　　前头望见一壮汉。

杨荷花　（唱）熊腰虎背肩膀宽，

　　　　　　　　　　原来是上河街的闷洪山。

　　　　　　　　　　去年汉江龙舟赛，

　　　　　　　　　　输给他们半米远，

　　　　　　　　　　整整一年我不舒坦，

　　　　　　　　　　今年龙舟赛场见，

　　　　　　　　　　不信赢不了你闷洪山。

　　　　　　　　　[闷洪山穿着西服，带领小伙子们上。

闷洪山　（唱）时世好来能吃饱，

　　　　　　　　　　出门还要穿得好，

　　　　　　　　　　名衣名裤是整套，

　　　　　　　　　　皮鞋帽子还不能少。

闷洪山　哈哈……又遇到你们这帮下河街的婆娘们了啊。下河街的听了，去年输得服不服？

杨荷花　（唱）闷洪山啊闷洪山，

　　　　　　　　　　大癞肚子过门槛，

　　　　　　　　　　你显得啥子花腿板？①

　　　　　　　　　　五黄六月艳阳天，

　　　　　　　　　　你西服领带裹得个严，

　　　　　　　　　　小心捂成烂柿子，

　　　　　　　　　　看你咋样划龙船！

闷洪山　（唱）哈哈哈哈哈！

　　　　　　　　　　我爱胖，你想瘦，

　　　　　　　　　　我穿名牌你露肉。

　　　　　　　　　　都是党的政策好，

　　　　　　　　　　我才吃得好来穿得好。

　　　　　　　　　　穿得不好咋逗你往我屋里跑？

杨荷花　我叫你胡嚼②，我叫你胡嚼！（追打闷洪山）

───────────────

①"大癞肚子"句：大癞肚子，安康方言，指癞蛤蟆。花腿板，代指裤裆。此句指人有炫耀、显摆之义。

②胡嚼：安康方言，胡言乱语的意思。

女　甲　甭闹了，甭闹了，龙舟赛都开始了。

杨荷花　回头再跟你算账！姑娘们走，我们看龙舟赛去。

　　　　　[众姑娘上船。

闷洪山　哎——等一下，等一下，我来给咱划船。

男　甲　我说闷哥，不是人家杨姐说你，你今天穿成这样子，咋划龙船嘛！

男　乙　闷哥这叫裤裆里头装火炭儿——

闷洪山　啥意思？

众　女　"烧——包"，哈哈哈！（众女下）

闷洪山　装尿呢装，不装了，都快把我热死了，脱！

　　　　　（脱衣，露出龙舟赛队员服）

　　　　　哎——

　　　　　火辣辣的日头五月天，

　　　　　人头攒动划龙船。

众　人　四方的龙舟挤江边，

　　　　　牯牛样的小伙子要显手段。

闷洪山　小伙子们！

众　人　哎！

闷洪山　开船！下河！

　　　　　[收光、二幕落，定点光，打在天幕上垂下的"金龙"身上，举龙头的舞者随着鼓的节奏起舞，鼓声由慢到急，然后戛然而止。金龙随鼓声的终止飘然而下。舞者从侧幕跑下，金龙在舞台上翻腾，多个定点光打在金龙身上，一直送下场。

幕　后　（清唱）乌云涌来不见天，

　　　　　　　　　雨雾茫茫不见滩。

　　　　　　　　　突然一道金光亮，

　　　　　　　　　撕破乌云扯破天。

　　　　　　　　　一条巨龙空中闪，

　　　　　　　　　疑似汉江落九天！

　　　　　[二幕随着歌声缓缓升起，背景是碧绿的江水和两条彩色的龙舟，两边是青翠的大山。音乐中，一轮红日从地平线慢慢地跳出来。高高的船上一个船夫在高歌，船下方呈三角形摆放着几面大鼓，每面鼓上有一个舞者随音乐舞蹈。船上两侧的舞者拿船桨在船上舞蹈。歌

队有序地上场，杨和闷各在其中。前区是赛龙舟的场面。

男　　（独唱）鼓声锣声震天响，

　　　　　　　百舸争流汉江上；

　　　　　　　千桨百桨不相让，

　　　　　　　汗水八瓣子往下淌；

　　　　　　　齐心协力往前闯，

　　　　　　　男子汉就是要敢担当。

［歌声止，背景转换为安澜楼前中国安康汉江龙舟节场景。一声吆喝传来起音乐，鼓声再次响起，后区歌队散开，赛龙舟舞蹈（游泳、翻跟头、抢鸭子、划龙舟等）。舞台吊杆上一只鸭子放下来在水中游来游去，后生跳着游泳的舞蹈争抢鸭子，最终鸭子被一个后生抢到，在两条齐头并进的龙舟之间将鸭子举起，异常热闹的舞蹈场面和音乐戛然而止。

［切光，留一点光打在船头。

一鹤发童颜老者　（白）天上没有玉皇，

　　　　　　　　　　　地上没有龙王。

　　　　　　　　　　　我就是玉皇，

　　　　　　　　　　　我就是龙王。

　　　　　　　　　　　喝令三山五岳开道——

全场演员　我来了！

［收光，转尾声。

第三乐章：秋恋

［全场无音乐旋律，用各种打击乐器和舞蹈组合展示安康人民在田间地头辛勤劳作、喜庆丰收的场景。

舞蹈组合之一

［双人舞。规定情境：一女子在小河边、柳荫下洗刷蚕箔，一青年男子上，从女子身后丢石子到女子面前水里，舞起。

舞蹈组合之二

［在潺潺流水声中制造出筛子、簸箕、搓板、棒槌敲击的声音节奏，众女演员在节奏中舞动。

舞蹈组合之三

[在打击乐器制造出的连枷、扦担、扬场等声音节奏中，众男演员在各种不断变化的节奏中舞动，众女演员退至舞台后侧台阶或坐或站。众男演员在舞蹈中和众女演员对唱无伴奏的《薅草歌》。

众　男　（唱）一下田来吼一声，

　　　　　　　土地老爷听原因：

　　　　　　　咱这田里稗子多，

　　　　　　　扯了一根少一根，

　　　　　　　让我谷子长得旺，

　　　　　　　颗颗谷粒赛黄金。

众　女　（唱）小伙干活手脚快，

　　　　　　　唱句山歌畅心怀。

　　　　　　　山歌不唱喉咙痒，

　　　　　　　磨子不推转不开。

　　　　　　　什么圆圆在天边，梯子再高也够不见？

　　　　　　　什么圆圆在地边，十八头牯牛也拉不动弹？

　男　　月亮圆圆在天边，梯子再高也够不见。

　　　　水井圆圆在路边，十八头牯牛也拉不动弹。

　女　　什么岩上跷脚坐？什么岩下织绫罗？

　男　　猴子岩上跷脚坐，蜘蛛岩下织绫罗。

舞蹈组合之四

[背景：金色的稻田，金色的海洋，八个男演员抬着拌桶边舞边上，八个女演员扛着金色的稻谷边舞边上，众演员在拌桶周围舞蹈，表现陕南特有的拌桶打谷、颗粒归仓的欢乐场景。在渐行渐远的打击乐器节奏中，众演员用扁担、扦担、背篓、口袋将丰收的谷子送下场。灯光渐暗，社火锣鼓骤响，引出第四乐章。

第四乐章：冬福

[背景画面是大大的福字，前区情境加舞蹈表演。音乐喜庆、祥和。老头和老太太上场表演《老来俏》。

老　头　（边唱边跳）今天是个好日子，

　　　　　双喜临门喜事多。

老太太　　三代同堂聚家中，

老　头　　给当年的一枝花，

老太太　　现在的老来俏——

　　　　　[众人上场。

众　人　　来把寿来祝呀！依！哟依哟呵！

　　　　　哟依哟呵！来把寿来祝！

　　　　　[新郎官上前磕头。

老太太　　看见乖孙心欢喜，

　　　　　好日子要图个好兆头。

　　　　　切莫耽误了好时辰，

　　　　　快快把孙媳妇迎进门。

　　　　　[众下场，背景画面切换成大红的喜字和各式各样的窗花，前区是皮
　　　　　影表演。

众　人　　男大当婚女当嫁，

　　　　　兮溜溜儿①的女娃子嫁人啦！

　　　　　大红的对子门框上巴②，

　　　　　还有个大喜字堂屋挂。

　　　　　八仙桌子摆果茶，

　　　　　杆杆儿酒加腊肉招待亲家。

　　　　　谢过了娘婆两家大人小娃，

　　　　　入洞房慢慢来细看梨花。

　　　　　[皮影退至后场，双杆唢呐开道，新娘坐着彩船上场，两旁是丫鬟，媒
　　　　　婆骑着毛驴跟上。众人表演彩船舞。

媒　婆　　(双杆唢呐《采莲船》)

　　　　　　小小彩船两头尖，

　　　　　　河里的玩意儿能上山。

　　　　　　好久没见你的面啊，

　　　　　　彩船才到你门啊前。

――――――――――――――――

①兮溜溜儿：安康方言，漂亮的意思。

②巴：安康方言，粘贴的意思。

一愿主家四季旺，

二愿在座的永平安。

三邻四舍五谷丰啊，

六畜兴旺日子越过越喜欢。

谢主家呀谢主家。

谢罢主家要走啦，

小康路上往前走呀，

有了党的好领导我们冬天赛过三伏天！

[迎亲的男男女女将新娘迎出来，大红桌子推上来，将新郎、新娘赶上桌子表演小场子。加群众闹洞房情境表演。

男 （唱）巍巍秦岭对巴山，

滔滔汉江荡清涟。

江边有座安康城，

繁华街景逛不完。

女 （唱）人人都说安康美，

安康的姑娘赛天仙。

唇似樱桃臂似藕，

嘴里的山歌比蜜甜。

女 （白）客官若去看一看呀——

众 （白）怎么样？

女 （白）保证你十年八年不想再把——

（唱）家乡还。

众 （合）不想再把家乡还。

[新郎新娘造型中，切光留一束红光在他俩身上，天上下着花瓣雨。背景切换成陕南山区雪景，深夜万家灯火，舞台上飘雪。一个亮着灯的窗户，两个剪影，浪漫而温馨。啪！啪！爆竹声打破沉寂的山乡，天亮了，一个小孩跑上来面向大山呼喊："过年了——过年了——"背景切换成过年喜庆的画面（如春联、中国结、福字等等），人们穿着新衣服，拿着各种吉祥物过场，相互拜年。小孩子在人群里嬉闹，或放鞭炮。过场后是狮子表演和二娃摔跤，二者可同时进行，人们赶来凑热闹。接着是板凳龙表演（由群众演员完成）。最后，高跷、社火齐上场表演，将气氛推向高潮。

尾声：安宁康泰

[汉调二黄歌伴舞。男女合唱。

苍苍秦岭峰连峰，

巍巍巴山卧巨龙；

汉水溶溶通江海，

孕育五千年古老文明。

山叠嶂，水盘潆，

湖山映趣多美景。

丝茶特产天下驰名，

宝藏丰富人杰地灵。

秦巴明珠，安康古城，

辐辏四方，南北交融。

民俗淳朴，楚韵秦风，

自强不息，睿智聪明。

万众一心齐奋勇，

努力实现中国梦。

歌盛世，舞清平，

安宁康泰，屹然峥嵘。

（该剧曾获安康市 2015 年重大现实题材创作优秀奖）

紫阳民歌剧

冤家路宽

时　间　当代。

地　点　陕南农村某地。

人　物　金　牛，男，二十八岁，陕南某镇司法所司法助理员。

春　秀，女，二十六岁，金牛未婚妻。

老主任，男，六十多岁，陕南某村村委会主任。

田　根，男，三十多岁，蜜橘种植大户。

柳　英，女，三十多岁，田根的媳妇。

金大爷，男，六十多岁，金牛的爸爸。

彩　凤，女，四十多岁，农民。

大　暑，男，三十多岁，农民。

李巧凤，女。

村民甲、乙，村民若干。

[安康秀美山川，金橘丰收，橘农们欢快地舞蹈，合唱声中幕启。

第一场　风波乍起

众　人　（合唱）土律师小伙子，

　　　　　　　　帮人代理办案子，

　　　　　　　　种田又是泥腿子，

　　　　　　　　丢了扫帚拿耙子，

　　　　　　　　遇到未来外父老①，

　　　　　　　　引出故事一串子。

柳　英　（上）田根田根，好你个田根，合同作废这么大的事，你竟然瞒着我，我今天和你没完！

田　根　媳妇啊，我求求你，你把我饶了哟！

柳　英　你这个窝囊废，合同作废就这么算了？

田　根　我也是没办法——

　　　　（唱）老主任硬性要作废，

　　　　　　　老百姓只好随随随。

　　　　　　　鸡蛋怎与石头碰，

　　　　　　　我只能骂人吃闷亏。

柳　英　实在不行，我们到镇上去，找镇长评评理。

田　根　没用噢，王镇长是李巧凤的表哥，能不护着她哟……

柳　英　哼！表兄妹，一头睡！

田　根　仙人哪，你少给我惹麻达②……

柳　英　你看你没出息的，把你给吓的。

田　根　媳妇呀，现在生气也没用，好歹把这几千斤橘子卖出去再说……

柳　英　这……这可是咱们家最后一锤子买卖了。

群众甲　田根，你可以请律师，用法律来解决嘛。

柳　英　这倒是个好办法。

田　根　可这律师上哪儿去请呢？

---

①外父老：安康方言，指岳父。

②惹麻达：指惹是生非。

群众乙　当然是进城去请。

田　根　乖乖，就怕请不起。

柳　英　为啥请不起啊？

田　根　听人说现在城里人替人办事，不但要吃要喝要香烟，还要那个……

柳　英　还要啥？

田　根　还要小姐按摩……

柳　英　小姐按摩？你怎么晓得的？难道你找过小姐按摩？

田　根　乱说，我有病呀，就那么挠两下子，百十斤橘子就跟她走了。

柳　英　我警告你，你要敢去那种地方，我就叫你做太监！

群众甲　他要是做太监，还不把你急得往树上爬呀？

柳　英　你这个没阳寿的，叫你乱说。（追打群众甲）

田　根　哎哟，莫闹了，莫闹了，说正事嘛。

　　　　[金牛拉着人力车，边打电话边上。

金　牛　哎哎哎，是，我是金牛，田产纠纷？好！我一定会帮助你维护合法权益的。这样吧，明天早上你到镇法律服务所面谈。好，再见。

田　根　哎，金牛。

金　牛　田根大哥，有事啊？

田　根　听你刚才接电话，是要替人打官司呀？

金　牛　对啊。

田　根　你是律师呀？

金　牛　律师还算不上，但只要是法律上的事情，我都会尽力帮助群众解决的。

田　根　真的？

金　牛　真的！我是咱们镇法律服务所的法律服务工作者，我的工作职责，主要是为群众提供法律服务，你看，这是我的工作证件。

柳　英　哎，金牛，你既然是法律服务工作者，那为啥子又种田又推车呢？

金　牛　嫂子，法律服务工作者就不能劳动了？再说我爸承包村里的鱼塘，人手少忙不过来，我能不帮他一把吗？

柳　英　那好，我们也请你维护法律。

田　根　哎哎，这个维护费我们照交、照交嘛。

柳　英　我们拿橘子抵钱也行。

金　牛　都是乡里乡亲的，何必见外呢！只要你们瞧得起我，我金牛一定会依法维护你们的合法权益的。

柳　英　那就太好了!

金　牛　田根大哥,你先把情况说一下吧。

田　根　好!是这样——

　　　　(唱)五年前橘子园我来承包,

　　　　　　　与村里一订十年喜上眉梢。

　　　　　　　实指望从此后生财有道,

　　　　　　　又谁知好景不长打水漂。

　　　　　　　村委会硬把合同作废掉,

　　　　　　　说是要土地流转再转包。

　　　　　　　难道说签了合同竟无效?

　　　　　　　问金牛法律可有这一条?　(安康花鼓)

金　牛　这么说,是……

柳　英　其实就是老主任硬性作废的!

金　牛　啊?那你们承包金交了没有?

田　根　承包金早都交了。

柳　英　每年10月份按时交,一分不少!

金　牛　那老主任为啥子要……

田　根　你不晓得,这里头有名堂呢——

　　　　(唱)都怪那个李巧凤,

　　　　　　　见人赚钱眼就红。

　　　　　　　她乘着土地流转这股风,

　　　　　　　怂恿村主任转包橘园,

　　　　　　　给她重签新合同。　(安康采茶调)

金　牛　这明明是单方面撕毁合同,叫啥子土地流转啰!

柳　英　就是呀——

　　　　(唱)她分明是个"尖头冲",

　　　　　　　见到好处就往前冲。

　　　　　　　她扛着牌子常摆弄,

　　　　　　　仗着镇长是她表兄。　(安康采茶调)

金　牛　她还有背景?

柳　英　嗯,想当初,这橘园本是一片荒地,她见我家老公要承包了种橘子,还在一旁嘲笑我们呢。

金　牛　她嘲笑你们啥子？

群众甲　说他们做梦娶媳妇——想得美！

群众乙　说他们想发财，祖坟上没长那棵树！

田　根　可我偏要争这口气。为了这橘园，我们吃了好多苦啊！

柳　英　为了这橘园，我们投入了好几万块本钱呢！

金　牛　你们承包这橘园确实也不容易。

田　根　唉，越说我越心酸，当初我要承包这个橘园，我媳妇也是不答应，说是怕冒风险。

柳　英　我这人胆子小，当时为这事还和他吵了一架。

田　根　就为这个事，害得我们两口子好多天夫妻生活都不和谐。

柳　英　你说这个做啥！金牛呀，你说这事公道不公道？大伙儿说说，这事公道不公道？

群　众　不公道！不公道！

金　牛　这……

　　　　（唱）想不到偏偏告的是老主任，

　　　　　　　不由我一时心发慌。

　　　　　　　目前我正和春秀谈对象，

　　　　　　　亲未定心已许互诉衷肠。

　　　　　　　倘若代理告他状，

　　　　　　　这桩亲事定泡汤。

　　　　　　　罢罢罢，

　　　　　　　这宗案子不能接，

　　　　　　　借故推托不彷徨。　（安康民间小调）

金　牛　田根大哥，当时老主任硬性作废合同的时候，有没有人在场？

田　根　有！当时大暑在场！

金　牛　大暑？我们村里有两个大暑呀。

田　根　就是那个没得媳妇的大暑。

金　牛　你们的合同副本还有没有？

田　根　合同副本哪，我和村里各一份，两份都撕了。

金　牛　没得合同副本，等于没得根据，这个事情不好办。田根大哥，我还有事，先走了。

群众甲　这怕是个假的法律工作者，办不了案子哟。

群众乙　假的？那他工作证哪儿来的？

群众丙　现在人都能克隆哪，证件就不能造假？

群众甲　依我看，他是怕得罪王镇长和老主任……

田　根　天下乌鸦一般黑哟……

金　牛　你们刚才说我啥？

田　根　没说啥没说啥……

金　牛　我都听见了。

田　根　既然你听见了，那我就直说了，你说你不是假的，那你为啥不肯接
　　　　案子？

金　牛　这……

柳　英　我看哪，他根本不敢接这个案子。

金　牛　这……

　　　　（唱）他一句问得我耳热脸红，
　　　　　　　她一声说得我愧在心中，
　　　　　　　只觉得一股热血往上涌，
　　　　　　　满面羞愧无地容。
　　　　　　　金牛堂堂男子汉，
　　　　　　　从来昂首又挺胸。
　　　　　　　多少次维权护法扬正气，
　　　　　　　多少次调解纠纷获成功，
　　　　　　　不蒸馒头争口气，
　　　　　　　随它去，
　　　　　　　宁愿鸡蛋碰石头。　（安康高腔山歌）

金　牛　田根大哥，嫂子，你们这个事情，我愿意代理。

田　根　真的？

金　牛　说话算数！

柳　英　嘴上没毛——办事不牢。

金　牛　初生牛犊不怕虎，敢闯敢干！

柳　英　金牛，你真能办好这个案子？

金　牛　能！现在就签委托代理合同，明确双方责任。

田　根　好，我相信你！

金　牛　（唱）当事人是田根，

　　　　　　　　为承包合同起纠纷。

　　　　　　　　村里硬性来作废，

　　　　　　　　不合法律心难平。

　　　　　　　　委托金牛讨公正，

　　　　　　　　金牛愿做代理人。（安康高腔山歌）

金　牛　田根，要是没得意见，明天早上到法律服务所，签订委托代理合同。

田　根　这……这个……这……

柳　英　签！

群　众　签！

田　根　签！

　　　　　[切光。

第二场：智衡法理

　　　　　[美丽的汉江，金牛撑着竹排缓缓上场。

金　牛　（唱）合同一案虽代理，

　　　　　　　　总觉不安撞心扉。

　　　　　　　　若为此真的失去好对象，

　　　　　　　　岂不是强把苦酒饮一杯？

　　　　　　　　愿只愿如人意两全其美，

　　　　　　　　愿只愿大叔他认清是非。

　　　　　　　　汉江边再和春秀来约会，

　　　　　　　　竹篙探深浅试试汉江水。（安康采茶调）

　　　　　[竹排靠岸，春秀背红十字药箱上。

金　牛　春秀……

春　秀　你说话为啥在发抖？是不是感冒了？

金　牛　不是，我是特地来向你报告，最近我们秦巴山区将有一股龙卷风刮来。

春　秀　开啥子玩笑，哪有这样的天气预报？

金　牛　这不是天气预报，是爱情电视连续剧下集预告。

春　秀　啥意思？

金　牛　看来我们是要分手了。

春　秀　为啥？难道是你移情别恋了？

金　牛　那咋可能！其实我们的感情软件、物质硬件都已具备，就差领那张"执照"了。

春　秀　对呀，我们就差领结婚证书了……

金　牛　可是偏偏就在这节骨眼上问题来了，看来我是掌握不了遥控器了。

春　秀　（摸摸金牛额头）不热呀……

金　牛　体温正常。

春　秀　那你今天说话怎么像雾像雨又像风？（春秀手机响起，春秀接电话）喂，对，我是春秀。啥？带环怀孕？现在用的是金属环，又是进口的，弹性好质量高，质量好弹性高，咋会失灵的？好，好，我一会儿就带大凤到医院看看。先这样，再见。

金　牛　你有事啊？

春　秀　（自言自语）难道是宫腔太大？

金　牛　啊？你说我宫腔太大？

春　秀　哎呀，我是说大凤带环怀孕的事。

金　牛　嗨，你三句话不离本行嘛。

春　秀　那当然。你刚才到底要说啥子吗？

金　牛　有一起合同纠纷要涉及你爸爸，很可能我要和他做冤家对头了。

春　秀　合同纠纷？

金　牛　就是田根承包橘园的事。看，委托代理合同都签了。

春　秀　噢，这事我晓得。前两天村委会决定终止合同，我一直投反对票，为这事，我爸对我还有意见呢。

金　牛　你也投反对票？

春　秀　那当然，当干部说话不讲信用怎么取信于民？再说，现在推行依法治国，首先干部要带头依法办事。

金　牛　你说得太好了，我也是这样想的。

春　秀　本姑娘支持你代理合同纠纷一案，为田根他们讨回公道。

金　牛　真的？

春　秀　金牛，你是一名法律服务工作者，为群众提供法律服务、帮助他们维护正当权益，是你的职责所在。你呀，做得对！

金　牛　话是这么说，不过我一旦接手这件事，你爸就是对方当事人，万一到法庭上打官司那就叫冤家路窄，避都避不过啊……

春　秀　这……难怪他有顾虑呀……

（唱）他心情复杂有矛盾，

正说明爱我爱得深。

他畏首畏尾犯犹豫，

皆因为法律爱情难舍分。

我既是情投意合一知己，

就应该帮他排忧扫疑云。

我必须让金牛轻装上阵，

大刀阔斧甩开膀子干事情！

春　秀　金牛！

金　牛　在！

春　秀　上一次，司法局的同志到咱们村宣传普及法律知识，他们讲依法治国的核心就是法律面前人人平等，人人都要知法守法护法。你是堂堂的法律服务工作者，面对群众利益受到侵害竟然畏首畏尾、犹豫不决，你……

金　牛　我……我这么做……还不是为了你嘛……

春　秀　为了我？难道为了我，你就可以不顾职业道德徇私枉法？这还像个法律服务工作者吗？金牛呀金牛，你太让我失望了！

金　牛　是，是，（开玩笑地）组织上的批评我接受。

春　秀　金牛，假如我春秀为了袒护爸爸的错误而干涉你仗义执言，并以婚姻来要挟你，我这样的女子还值得你爱吗？

金　牛　春秀……

春　秀　好了，不多说了，总归一句话：你要全力以赴，为田根他们讨回公道！

金　牛　是！我向你保证：坚决秉公执法、守法护法，做一个有良知有道德的法律服务工作者，定叫你爸爸低头认……

春　秀　哎，当然也要尽量调解矛盾，让冤家路窄变成冤家路宽，化干戈为玉帛。

金　牛　冤家路宽？哎呀，对、对呀！也不一定非打官司，能把矛盾协调化解，让冤家路窄变成冤家路宽，更说明我有办案能力喽。

春　秀　还有顾虑吗？

金　牛　报告，没得了！

春　秀　没有顾虑那就好，放开手脚大胆地去干吧！

金　牛　春秀……（两人紧紧相拥，田根夫妇上）

田　根　哈了①啊，金牛和春秀在亲嘴呀……（对自己媳妇）媳妇啊，他们两个谈恋爱，可对我们不利呀！

柳　英　是呀，那可不行！（对着金牛和春秀大声地）金牛！

　　　　［春秀害羞地捂脸跑下。

田　根　我们可啥都没看到……

柳　英　金牛，原来你和春秀……

田　根　那你还肯替我们办案子？

金　牛　放心，我金牛既然答应为你们提供法律服务，就会对你们负责的。

田　根　那你就不怕得罪春秀和她爸爸，吹了对象？

　　　　［李巧凤悄悄上，在一旁偷听。

金　牛　不怕！法律服务工作者只认法不认人！

柳　英　你真割舍得下春秀？

金　牛　嫂子，没那么严重。再说，我们委托代理合同都签了，已经明确了双方责任，你们还有啥子不放心的！

柳　英　金牛你真是个好律师。

金　牛　哎，我再重申一遍，我可不是律师，我是一名法律服务工作者！我还有事，先走了噢。

田　根　金牛那你走啊，我们也回。

李巧凤　小金牛你真是胆大包天，竟敢和老主任打官司。

　　　　（唱）橘园转包村主任许下话，

　　　　　　　没想到节外生枝又出了岔。

　　　　　　　倘若要把官司打，

　　　　　　　这事可就没了碴儿。

　　　　　　　倒不如先抓机遇把手下，

　　　　　　　找村主任趁热打铁把话拉。

　　　　　　　怂恿他立刻与我签合同，

　　　　　　　吃了定心丸我还怕个啥！

大　暑　（上）大姐，大姐呀……

李巧凤　大暑，干啥吗？

_____

①哈了：安康方言，指情况不妙、不好的意思。

大　暑　你上回不是说给我做媒呢？

李巧凤　我现在没空！

大　暑　那你啥时候有空？

李巧凤　不晓得呢！

大　暑　哼！找我干活是一副脸，求你办事你又是一副脸，啥子狗屁亲戚嘛！
　　　　（下）

李巧凤　烦死了！烦死了！

老主任　（上）巧凤。

李巧凤　老主任，你好啊！

老主任　巧凤呀，我问一下啊，村上那个果品加工投资项目，现在有眉目了吧？

李巧凤　你放心，我表哥王镇长是专门分管招商引资这一块的，只要他把这
　　　　个项目谈成，我一定叫他在我们村选址办厂。

老主任　好！这件事要好好感谢你呀！

李巧凤　谢啥子嘛，我也是村里人嘛。

老主任　是啊是啊，只要咱们干群团结一心，共谋发展，咱们村很快就会奔
　　　　上小康之路啊！

李巧凤　是呀，也请老主任把我的事情多关心关心嘛。

老主任　你放心，我已经答应了，村委会也研究过了，这一片橘子林，同意
　　　　转包给你。

李巧凤　那就太好了，不过合同还没签呢。

老主任　哎呀，这两天忙得很呀，刚才又陪市上几个领导到小河那边参观咱
　　　　们的那个高效农业示范田，忙得个不得了啊。

李巧凤　是啊是啊，老主任是我们村的带头人，又是行政一把手，能不忙吗！
　　　　来，来，先抽根烟。反正家里也没人会抽烟，这包烟我就不带回去了。

老主任　哎，抽一根可以，拿一包不行！

李巧凤　这叫个啥子话？难道抽包烟，还算得上收礼受贿？

老主任　抽一根，乡里乡亲的，正常现象；拿一包性质就不同了。多理解哦。

李巧凤　老主任，你还真是清正廉洁，又一心带领我们群众致富，真是个好
　　　　干部。春树在文化站当站长，我叫他编个节目歌颂歌颂你。

老主任　哎，这个就没必要了，我这个人事迹不多，宛如平常一首歌。哈
　　　　哈哈……

李巧凤　还谦虚呢，其实我在娘家的时候也唱过戏，也能编编唱唱呢。

老主任	哦，难怪你和春树成了夫妻，这一个是文化站的站长，一个是宣传队的演员，志同道合，配，配呀！
李巧凤	你这么一说还真是的呢。老主任，要不我唱一段给你听听？
老主任	好！好！
李巧凤	（唱）一唱我们老主任， 　　　带领群众奔小康， 　　　一颗红心向着党； 　　　二唱我们的老主任， 　　　清正廉洁来发扬， 　　　永垂不朽美名扬； 　　　三唱……
老主任	巧凤呀，停一下，停一下。我刚才听你唱啥？我永垂不朽？这好像不是在歌颂我嘛，倒像是在给我开追悼会嘛。
李巧凤	要死了，要死了，用词不当瞎出洋相，老主任你可是莫多心哦！
老主任	没事没事，只是那个果品加工投资项目，还烦请你多跟你表哥——咱们王镇长说说好话。
李巧凤	一定一定。只是……
老主任	只是啥？
李巧凤	老主任，我有个重要信息向你透漏。
老主任	哦，又有好消息呀？
李巧凤	不是，是你作废了田根的橘园承包合同，听说金牛要帮田根和你打官司呢。
老主任	哈哈哈，金牛是我未来的女婿，俗话说，亲帮亲，邻帮邻，叫花子都帮自家人，他哪会和我打官司呢？
李巧凤	真的，我刚才听他们说的。
老主任	你放心，你放心，不会的，不会的。
李巧凤	那就好，那请你到村部和我把合同签了。
老主任	走，签合同！
金　牛	（上）大叔，我有件事想单独和你谈谈……
老主任	巧凤啊，我们还有点事，你先回去，回头再到村委会来。
李巧凤	那这合同还没签呢。
老主任	放心，合同肯定签！

李巧凤 好！老主任从来说一不二，这下我就放心了。你们有事你们说，我先走了。（下）

老主任 金牛，啥事啊？

金　牛 大叔，我想问一下，那个田根承包橘园的合同是你们双方自愿终止的吗？

老主任 这个嘛……这是村上的事，村委会有权决定。

金　牛 这么说，是村委会一方硬性终止的？

老主任 这不叫硬性终止，这叫创新机制，晓得吧？

金　牛 创新机制？大叔……

老主任 金牛呀，据我观察，近年来你和我们家春秀处得还不错，感情越来越深，是不是呀？

金　牛 （不好意思）是，是的。

老主任 这年轻人，大姑娘小伙子嘛，正常现象，也没有啥不好意思的。依我看哪，你们还是早点把婚事办了，我还急着盼着当外公呢。哈哈哈……

金　牛 好，好啊！

老主任 只不过我家春秀从小娇生惯养，脾气性格还有点任性，以后过日子你还要多体谅哦。

金　牛 没问题，没问题！再说这也不是什么缺点，人就是要有点个性才好。

老主任 好！你这么一说，大叔我就放心了。村上还有点事，我先走了。（匆匆下）

金　牛 大叔慢走。咦，我这是做啥来了？这合同纠纷……哎——大叔，大叔……（追下）

第三场：矛盾升级

金　牛 （边上边唱）为和大叔细谈心，
　　　　　　　特备礼品送上门，
　　　　　　　礼归礼，法归法，
　　　　　　　这个主意定能成。

金　牛 大叔，大叔。

春　秀 哎，金牛，我爸还没回来呢。快，屋里坐。

金　牛 你妈呢？

春　秀　我妈到外婆家去了。咦？你送礼做啥？（金牛与春秀耳语）你呀，还鬼精鬼精的呢。

金　牛　今天，我和你爸进行第一次亲密接触，刚要进入实质性话题，你爸一谈到我们的婚事，我就把正事给忘了。

春　秀　没出息的……

老主任　（幕内喊）春秀，春秀啊！

春　秀　哎！我爸回来了，一会儿你大胆地干，我顶你！

金　牛　是！

　　　　［老主任上。

春　秀　爸。

老主任　哎哟，金牛来了啊，坐，坐嘛。

金　牛　大叔，你回来了！

老主任　到镇上开了个会，回来晚了点。

金　牛　大叔，承蒙您这些年对我的关心和培养，这点薄礼不成敬意，还请您笑纳。

老主任　金牛呀，这都是我们当干部的应该做的。自家人，以后莫这么客气了。

春　秀　（端菜上）金牛在家一块儿吃饭，边吃边谈。

老主任　对，别走了，就在这儿吃。春秀啊，去把我的那瓶咱们安康的"天赋安康"酒拿来，我们叔侄两个把它分了。

金　牛　大叔，我酒量有限，不能喝那么多。

春　秀　金牛，你呀要大胆地"干"，一定要"干"到底！就是喝"醉"了，我爸也不会怪你的。

金　牛　（唱）春秀鼓舞暖心头，
　　　　　　　　浑身是胆雄赳赳，
　　　　　　　　酒后真言讨公道，
　　　　　　　　不达目的不罢休。
　　　　　　　　敬大叔酒一杯，
　　　　　　　　感谢大叔多栽培。

老主任　（唱）大叔没把人看错，
　　　　　　　　如今你果然有作为。

金　牛　（唱）敬大叔酒二杯，
　　　　　　　　千言万语涌心扉，

     禾苗靠灌溉，

     小树靠人栽，

     大叔关心支持记胸怀。

老主任 （唱）大叔待你虽关爱，

     培养人才也应该，

     干部队伍年轻化，

     持续发展永不衰。

金 牛 （唱）敬大叔酒三杯，

     并非把你来恭维，

     两袖清风行得正，

     清正廉洁好口碑。

老主任 惭愧惭愧，金牛呀，牛不知力大，人不知己过，还望你们年轻人多
    提宝贵意见呢。

金 牛 好！那我就直说了。

    （唱）敬大叔四杯酒，

     虚怀若谷品德优，

     有酒咱就喝个够，

     痛痛快快一醉方休。

     有话咱就说个透，

     闸门一开水畅流，

     大叔的缺点有一个——

老主任 哦？是啥子？

金 牛 （唱）法律知识尚不周！

老主任 哦，你是说大叔我不懂法？那好嘛，那你说说具体表现在哪些方面？

金 牛 很明显，田根承包橘园的合同被村委会硬性解除了，这个就不合法。

老主任 我不是说了嘛，这是村上的事，村委会有权决定。

金 牛 不！《中华人民共和国农村土地承包法》第九条规定，国家保护承
    包方的土地承包经营权，任何组织和个人不得侵犯。你明白吗？

老主任 金牛呀，也不是大叔我不懂法，你不了解内幕情况啊！

金 牛 内幕情况？

老主任 咱们村上有个李巧凤，她的表哥是咱们镇的王镇长。王镇长最近正
    在跟广东一家客商洽谈一个果品加工投资项目，我是想利用李巧凤

和王镇长的关系，把这个项目弄到咱们村来落地生根。我这么做，也是为了带领广大村民共同致富嘛。

金 牛 所以你就让李巧凤来承包橘园，让田根做牺牲品？

老主任 大叔我这叫作丢卒保车。再说，村上也会适当考虑给田根一点经济补偿的。

金 牛 这也不行！你这是违法行为。大叔，我劝你还是早些纠正吧。

老主任 金牛呀，你这才吃了几天法律饭，就跟大叔我讲经说法开了。我看你怕是喝醉了。

金 牛 没有醉，没有醉。

老主任 春秀啊，金牛喝醉了，你给他倒杯水。

金 牛 没有醉，没有醉……来，干杯……

老主任 金牛，今天的酒就喝到这儿，你早点回去休息吧。

金 牛 回去休息？春秀说支持我……大胆地和你干……我还没干到底呢……

春 秀 金牛……

老主任 （对春秀）啊？你支持他大胆地和我干？

春 秀 爸，我是让他好好陪你喝酒。

金 牛 大叔，我今天就是专门为田根这个事来的，不信你看，委托代理合同都签了……

老主任 （接过合同仔细观看）哎呀，这是要送我上法庭啊？你们两个人合起伙来整我啊！

春 秀 爸，你莫误会，你听我解释……

老主任 莫解释了！好哇，这就是你找的好对象啊，还没哪儿到哪儿呢，就把老丈人推到审判台上了啊！

春 秀 爸，代理办案是金牛的工作，再说，他也是为你好嘛。

老主任 你还在向着他说话？不行！

金 牛 大叔，你放心，我会一辈子待春秀好……

老主任 金牛，你这个礼我怕是受不起，你把它带回去。（将礼品扔在地上）

金 牛 （猛然惊醒）大叔，你刚才说的啥？

老主任 这个亲，不做了！你走吧！

春 秀 爸，你不能这样。

老主任 不要再说了！

金 牛 （唱）听一声退亲顿时酒醒，

激起我一腔热血往上升，

　　　金牛纵然打光棍，

　　　不丢骨气和精神。

　　　金牛定要讨公正，

　　　代理办案铁了心！

（金牛冲下）

春　秀　金牛……（追下）

老主任　气死我了，气死我了！（拿起酒瓶大口喝酒）

　　　　　［切光。

第四场：争夺证据

金　牛　田根。

田　根　金牛呀，你眼睛怎么发红啊？

柳　英　好像是哭的吧？

金　牛　不是，熬了夜的。

田　根　金牛，我那个事情咋样啊？

金　牛　不容乐观。老主任很固执，我们必须去找大暑给你做证，有了确凿
的证据，就更能迫使老主任和平解决。

田　根　那我们赶紧去找大暑嘛。

金　牛　走！

　　　　　［三人下，老主任上。

老主任　（唱）这世界越变越蹊跷，

　　　　　　　麻雀胆敢斗老雕，

　　　　　　　小牛犊子不怕虎，

　　　　　　　没掉毛的小鸡啄狸猫。

　　　　　　　金牛和我把劲较，

　　　　　　　一时我还真没招。

　　　　　　　倘若这回有闪失，

　　　　　　　岂不是大船翻在小沟壕！

李巧凤　（急匆匆上）老主任，你找我啊？

老主任　巧凤呀，王镇长出差还没回来呀？

李巧凤　还没有呢。不过，你放心，我表哥一回来，我一定叫他把这个项目谈成。

老主任　好！我相信你。到时候村上给你发奖金。

李巧凤　奖金我就不要了，甘做无私奉献。只是我想早点把那个合同签了。

老主任　哎呀，这事这两天有点小变化，我看还是先缓一下。

李巧凤　为啥？

老主任　那个小金牛真的要帮田根代理，要和我打官司啊！

李巧凤　金牛不是你未来的女婿吗？

老主任　原来是的，现在不是了，叫我改革掉了。

李巧凤　改革得好，改革得好。小金牛也太狂了，叫他也尝尝精神痛苦。

老主任　刚才还在给我打电话，劝我一定要依法办事，还说这事证据确凿，要是上了法庭，我肯定败诉。

李巧凤　证据确凿？那是啥证据？

老主任　当时作废合同的时候，只有大暑在场……莫非大暑是他的证据？

李巧凤　这个……

老主任　不过，大暑是个老好人，他轻易不会得罪我啊！巧凤，你放心，这橘子林转包，非你莫属！

李巧凤　那真是太好了。

老主任　我就先走了。那件事你抓紧啊！　（下）

李巧凤　老主任那你慢走哦。

　　　　（唱）小金牛眼太瞎，

　　　　　　　要帮田根维护法，

　　　　　　　分明把我的墙脚挖，

　　　　　　　分明把我的饭碗砸。

　　　　　　　我也不是省油的灯，

　　　　　　　打不过人就动手掐，

　　　　　　　他想恼我李老八，

　　　　　　　我定叫他汤浇皮辣。　（采茶调）

　　　　［金大爷挑一副担子上。

李巧凤　咦，那不是金牛他爸吗？金大爷——

金大爷　哦，巧凤呀。

李巧凤　金大爷，你这挑的啥呀？

金大爷　这是到镇上买的鱼饲料。

李巧凤　来来来，快放下歇歇。

金大爷　好，好。

李巧凤　金大爷，这两年承包鱼塘效益咋样啊？

金大爷　感谢党的政策好，我承包的鱼塘呱呱叫。去年一年就净赚了两万块呢。

李巧凤　那就好。恭喜发财，恭喜发财呀！

金大爷　巧凤呀，你咋在这里呀？

李巧凤　你是我们尊敬的老长辈，这老远看见你，我就想喊，向你学习，向你致敬！

金大爷　哈哈哈，我哪有这个福气哟。

李巧凤　（唱）儿子在镇上做律师，

　　　　　　媳妇是村里花一枝，

　　　　　　您老就等着抱孙子，

　　　　　　小康生活乐滋滋。（安康八岔）

金大爷　要说春秀姑娘呀，那可真是没说的。

李巧凤　不过，根据目前的情况来看，你要想抱大孙子，恐怕有点难嘞。

金大爷　啊？啥意思？

李巧凤　这媳妇就好比足球比赛，只有球到手了，才有机会射门呢。

金大爷　那你这话又是啥意思？

李巧凤　金大爷，我有一个重要信息要向你透漏。

金大爷　啥子信息？

李巧凤　你家金牛——惹祸啦！

金大爷　啊！惹啥祸了？

李巧凤　（唱）你家金牛活发痴，

　　　　　　要帮田根打官司，

　　　　　　惹得老主任动了气，

　　　　　　即刻退亲不迟疑。（安康道情）

金大爷　啥子？老主任退亲了？

李巧凤　你家金牛帮田根打官司，得罪了老主任，春秀也不和他谈了。

金大爷　这个小东西，胆大包天，看我回去不打断他的腿！

李巧凤　金大爷，这儿子大了，有话要好好说……（拿起金大爷的扁担）可不敢用这个东西抽他哟……

金大爷　这个小东西，我这就回去收拾他！（挑担子急下）

李巧凤 （大声喊）金大爷，你可不能拿那个扁担抽他哟。 （小声地）小金牛
　　　　你跟我斗，我叫你有好果子吃！
　　　　［大暑上。
李巧凤 大暑！
大　暑 又想让我给你做活啊？不去不去！
李巧凤 不是，我这次是来给你做媒的。
大　暑 真的呀？
李巧凤 大暑兄弟又不是外人，说起来我还是你远房姨姐姐呢。上一次我没
　　　　好话给你，是因为当时心情不好，你可莫挂在心上呀！
大　暑 不会的，不会的，我大暑肚量大。快说，女方是哪里的？
李巧凤 家住渠北小东庄，名字叫作花美丽。
大　暑 花美丽？这个名字真好听。
李巧凤 看，这是照片。
大　暑 哎哟我的妈呀，这也太漂亮了吧，我怕配不上啊！
李巧凤 人常说，好汉没好妻，赖汉子配仙女嘛。
大　暑 啥子？你说我是赖汉子？
李巧凤 不是，不是。我是说，你这次要走桃花运了。
大　暑 那啥时候相亲呢？
李巧凤 人家在外面打工呢，我已经电话联系过了，过年前肯定回来。
大　暑 那就好，那我跟哪个都不谈了，专门等她。
李巧凤 哎，大暑兄弟呀，有件事我想顺便问一下。听说老主任作废田根的
　　　　橘园承包合同，当时你也在场？
大　暑 嗯，在场。
李巧凤 那金牛现在要帮田根和老主任打官司，你晓得吗？
大　暑 晓得，晓得。
李巧凤 大暑呀，要是他们找你做证，你可莫答应呀！
大　暑 嗯，我晓得，那个金牛和田根一赢，你就转包不到果园了。
李巧凤 哎，我是为你好，你想啊，你一帮他们做证，不就得罪老主任了，
　　　　以后你结婚还得老主任给你开证明盖公章呢。
大　暑 咦？是的呀。
李巧凤 大暑兄弟，那我先走了。 （下）
大　暑 大姐，大姐！嘿嘿嘿……花美丽……

[金牛上。

金　牛　大暑哥，你在看啥呀？

大　暑　嘿嘿，没看啥，没看啥。

金　牛　大暑哥，找对象的事咋样了？

大　暑　快了快了，有人替我找了。

金　牛　介绍人是哪个？

大　暑　这个……

金　牛　大暑哥呀，其实，你人老实又勤快，软环境还是挺不错的，就是硬件差一点。

大　暑　硬件？硬件我一点也不差，我的身体好得很，一顿能吃三大碗！

金　牛　我说的是经济条件。

大　暑　你说这个呀，我也晓得，可现在的钱不好找呀。

金　牛　大暑哥，我和田根说过了，他的橘园准备常年雇用你。田根这个人厚道，他不会亏待你的。

大　暑　真的？

金　牛　我金牛啥时候忽悠过人？

大　暑　那就太感谢你了。

金　牛　大暑哥，有一件事我还想请你帮忙。

大　暑　你是不是想找我做证人？

金　牛　咦？你怎么晓得的？

大　暑　我是听……

金　牛　听谁说的？

大　暑　嘿嘿嘿……我不晓得，我不晓得……

金　牛　大暑哥，当时老主任硬性作废田根橘园承包合同的时候，你不是在场吗？

大　暑　嘿嘿，我当时没在意，没在意，不好意思了……（下）

金　牛　大暑哥！是不是李巧凤刚才跟他说了什么？（发现大暑掉在地上的照片，拾起来）这个莫非就是大暑刚找的对象……

[切光。

第五场：现实说法

[渔场旁，金牛正往鱼塘里撒饲料，春秀上。

春 秀　金牛……

金 牛　春秀，你怎么来了？

春 秀　我爸这两天正在气头上，不让我来找你，我是偷偷来向你打个招呼的。

金 牛　打啥招呼？

春 秀　金牛，那天我爸吵你，你可莫生他气。

金 牛　没关系，就是让你为难了。

春 秀　我们两个这下倒像是地下工作者了……

金 牛　春秀，我有个主意。

春 秀　啥主意啊？（金牛与春秀耳语）嗯，这个主意好。

金 牛　可我爸老实本分，性情耿直，让他装刁蛮人就怕他不肯。

春 秀　这是演戏嘛，你爸的工作我来做。（二人背过身子说话，金大爷上）

金大爷　这不是金牛吗？这个小东西，胆大包天，老主任前脚刚退了亲，他后脚又找了个新的？不行，不能让他胡来！金牛！

金 牛　爸！（把春秀藏在身后）

金大爷　告诉你，除了春秀姑娘，我哪个都不认！你赶快把这个姑娘给我退了，要不然，我可不饶你！

金 牛　爸，我偏爱这个姑娘。

金大爷　啥子？你还敢跟老子犯犟，看我不打死你！

金 牛　娘子救命……

春 秀　大叔，是我……

金大爷　原来是春秀姑娘呀，哈哈哈……

春 秀　大叔，我想请你办件事。

金大爷　春秀啊，只要是你的事，莫说一件事，就是十件事，大叔我也答应你。

春 秀　那就好。（与金大爷耳语）

金大爷　这个……你让大叔去演戏？这可把大叔给难住了。

春 秀　大叔，你要是演好了我有奖励。

金大爷　啥子奖励？

春 秀　我呀，我……让你早点抱上大孙子。（跑下）

金大爷　啊哈，这倒真是最高奖励！最高奖励！

金 牛　爸，啥子最高奖励呀？

金大爷　这个……暂时保密。哈哈哈……最高奖励……（边说边下，留下金牛一个人在思索）

李巧凤　（边上边说）小金牛，痴痴地站在这儿发呆，是不是失恋了？

金　牛　哪个失恋了？

李巧凤　别瞒我了，地球人都知道，你帮田根打官司得罪了老主任，春秀也不和你谈了。

金　牛　你对我倒是很关注嘛。

李巧凤　那当然，亲望亲好邻望邻好嘛，嫂子我也是过来的人，这失恋的滋味呀，难过呢。

金　牛　怎么个难过啊？

李巧凤　就像那个剥洋葱，眼泪止不住地往下流哦。

金　牛　形象，形象。

李巧凤　金牛，只要你不帮田根打官司，嫂子我保证春秀还和你谈。

金　牛　好了好了，我的事不用你操心，你还是关心关心你自己吧。

李巧凤　我当然关心我自己。实话告诉你，这橘园我包定了！

金　牛　巧凤嫂子，我劝你还是改改主意吧。

（唱）红辣椒黄芽菜，

　　　　各人的园子各人栽。

　　　　小村落方圆十几里，

　　　　黄土地处处可生财。

　　　　人人顶着天一片，

　　　　有手垒得锅灶台，

　　　　何必挤在一条道，

　　　　你拥我挤行不开。

　　　　个个都有两条腿，

　　　　自可走出新路来。　（安康八岔调）

李巧凤　（唱）石板上长草根子硬，

　　　　屋檐下滴水有来头；

　　　　兔子不吃窝边草，

　　　　村外的野地好放牛；

　　　　若是吃了窝边草，

　　　　草中有刺卡住喉；

　　　　若是乱啃村里的地，

　　　　扳断它的牛角头！

金　牛　（唱）兔子也吃窝边草，

　　　　　　　自家的田地也放牛，

　　　　　　　若是野草连根啃，

　　　　　　　保住禾苗绿油油；

　　　　　　　若是蛮人和它斗，

　　　　　　　犟牛从来不低头；

　　　　　　　牛角弯弯性子直，

　　　　　　　不克刁蛮誓不休！

李巧凤　小金牛，你最好识相点！

金　牛　可人家田根的合同是受法律保护的。

李巧凤　啥子法律不法律，现在有权人说话就是法！

金　牛　你胡说八道！现在实行依法治国，人人都要依法办事。

李巧凤　你不要跟我讲经说法，我没耳朵听。反正一句话，我是放屁打饱嗝儿——上下通气，你拿我没办法！（下）

金　牛　（唱）她藐视法律实可恼，

　　　　　　　倚官仗势气焰嚣，

　　　　　　　老主任为了把她来讨好，

　　　　　　　竟然以权代法给她撑腰。

　　　　　　　金牛虽是小人物，

　　　　　　　肩头却把重担挑，

　　　　　　　维权护法责任大，

　　　　　　　不怕崎岖路又遥。

　　　　　　　一朵浪花虽然小，

　　　　　　　万朵浪花汇成涛。（安康高腔山歌）

　　　　（白）对，就按预定方案进行！（下）

金大爷　（上）春秀叫我去演戏，我只好去试试——不！我一定要演好，争取拿到最高奖励。

　　　　［春秀拉老主任上。

老主任　哎呀哎呀，你这个鬼女娃子，这么忙的，你把我拉到这个鱼塘来做啥吗？

金大爷　老主任，我正要找你。

老主任　金大哥，好久不见啊，找我啥事？

金大爷　这个鱼塘啊……我不包了！

老主任　哎，金大哥，怎么陡然变成这个样子了，吃错药了吧？

金大爷　对，我吃的是激素药。不包喽，不包喽，赚不到钱有啥包头，这是合同，把它撕了算了。

老主任　金大哥，你不是跟我说这个鱼塘好得很嘛，一年能赚两万多的吗？

金大爷　那我是在亲家面前要面子，现在你退亲了，这个面子我也不要了。

老主任　不行！合同没到期，你必须自觉履行，继续承包，擅自撕毁合同那是违法的！

金大爷　那你硬性撕毁田根的橘园承包合同，不也是违法的吗？

老主任　这个……

金大爷　要我承包也可以，承包金减免一半。

老主任　不行！这个承包金是返还给村上各家各户的，是为了让广大村民共享改革成果得实惠。一分钱都不能少！

金大爷　不行也得行，你能违法，我也能违法。

老主任　哎呀，金大哥，你向来是老实本分、奉公守法的，今天为啥突然变成这个样子了？

金大爷　这个……我……我……（探头望老主任身后的春秀）

老主任　咦，你眼睛怪怪地在望哪个？哎呀，不包了，不包了，到底是为啥吗？

金大爷　为了我大孙子——坏了，说漏嘴了。

老主任　你连儿媳妇都还莫得，还想抱大孙子？

金大爷　坏了坏了，戏演砸了，拿不到奖励了，赶快趁早收场。老主任，我说过了不作废合同也可以，承包金减免一半，你看着办吧。（下）

老主任　金大哥，金大哥！唉！

　　　　[村民甲、村民乙上。

村民甲　老主任，我也不想承包了。

老主任　大祥子、二邦子，你们又来胡闹啥？

春　秀　祥大哥、二邦子，这是怎么回事？

村民甲　你爸爸硬性作废田根的橘园承包合同，我们心里不服。

村民乙　承包没保障，说变就变，我不想再投入本钱了，干脆到此结束吧。

老主任　不会！田根那是特殊情况，你们放心。

村民甲　你莫在这儿忽悠我们了，田根的例子在这儿摆着呢。

村民乙　你做事已经违背法律了，我们就是不放心。

村民甲　　走！到村部去，干脆把合同作废了，省得以后吃大亏。

春　秀　　祥大哥、二邦子，你们给我爸点时间，让他好好考虑考虑吧。

村民乙　　（故意大声地）好，既然春秀说了，我们给个面子。走！（下）

老主任　　唉，乱套了，乱套了！

春　秀　　爸，活生生的教训说明，不依法办事，危害性还真不小呢。

老主任　　是啊——

　　　　　（唱）金大爷，老实人，

　　　　　　　　突然要耍横；

　　　　　　　　大祥子、二邦子，

　　　　　　　　也掀退田风。

　　　　　　　　都说我违背法律不讲信用，

　　　　　　　　一时间倒真叫我耳热脸红。

春　秀　　（唱）看眼前农田缺少人耕种，

　　　　　　　　青壮劳力纷纷去打工，

　　　　　　　　细想田根也不易，

　　　　　　　　守田园汗水饱含土地中。

老主任　　（唱）有心想收回成命来纠正，

　　　　　　　　怕只怕丢了面子无地容，

　　　　　　　　斗不过金牛小犟种，

　　　　　　　　村民面前扫威风。

春　秀　　（唱）护面子错误越犯越严重，

　　　　　　　　知错就改本是好作风。

老主任　　（唱）又怕得罪李巧凤，

　　　　　　　　投资项目变成空。

春　秀　　（唱）王镇长未必私心如此重，

　　　　　　　　等他回来时刻与他沟通，

　　　　　　　　劝爸爸立即履行原合同，

　　　　　　　　不违法不失信，

　　　　　　　　堂堂正正挺起胸。

老主任　　这……

春　秀　　爸，你不是经常教育我们说，没有规矩就成不了方圆，如果人人都
　　　　　不讲规矩，都有法不依，当干部的一人说了算，把国家的法律当成

了摆设，那天下还不大乱嘛！

老主任 是啊。可是……

春　秀 可是啥？

老主任 为了能够把这个项目搞成，我必须要依靠李巧凤，现在事情弄成这个样子，咋办呀？

春　秀 田根的承包合同是受法律保护的，只要你勇敢地站在法律一边，走到哪里，腰杆都挺得直直的。只有这样乡亲们才能更加敬重你。

老主任 这件事要是让王镇长知道了，那投资怕是要泡汤了。

春　秀 爸，据我们了解呀，王镇长可不是那种徇私枉法的人。再说，金牛他有的是办法帮你做成事情的。

老主任 唉，那天在屋里喝酒，我……我都退亲了，金牛哪还肯帮我呀！

春　秀 爸，退亲是你说的，我可没有说。

老主任 你们还在接触？

春　秀 金牛又没有得禽流感，我怎么不能跟他接触了？

老主任 老辈子有话，父母之命、媒妁之言。说出去的话泼出去的水，不……不能再变了。

春　秀 爸，我的婚事我做主，你说了不算。

老主任 老爸说了都不算，哪个说了算？

春　秀 《婚姻法》！爸，你慢慢想啊，拜拜！（跑下）

老主任 哎，到处都在讲法。回来！回来！我也给你说一下家法。（追下）

第六场：惠风和畅

[田根橘园，田根夫妇和一群姑娘在摘橘子。李巧凤上。

李巧凤 莫摘了，莫摘了，这橘园以后就是我的了。二蛋、狗宝，挖沟施肥。

田　根 不准挖！

李巧凤 你做啥呀，我在我的橘园挖沟施肥，关你啥事？

[一姑娘拉老主任上。

老主任 巧凤啊，田根的合同虽然作废了，咱们的新合同还没有签，这件事我看还是先缓一下，先缓一下。

李巧凤 老主任，这个事不能缓，一缓就黄了。我表哥王镇长说了，橘子园由我来转包，一切后果由他担着。田根，合同是你自愿作废的，现在想耍赖呀？做梦！二蛋、狗宝，给我挖！

田　根　我看谁敢挖?!

李巧凤　嘿，镇长说话都不算数啦？我来挖！（李巧凤动手挖地，田根阻拦，相互拉扯，李巧凤摔倒在地）哎呀，田根打人了，大家都来看呀，田根打人啦！

　　　　〔金牛、春秀上。

金　牛　住手！李巧凤，你还想要浑①呀？

李巧凤　小金牛，你在这儿吼啥子，老主任还在这儿，轮不到你说话！

田　根　怎么轮不到他说话，他是我们请的律师。

李巧凤　律师？莫笑掉了我的大牙。

金　牛　你笑啥呀？

李巧凤　大伙儿听听，金牛说他是律师，丢人现眼！我到镇上已经打听过了，真正的律师是要通过国家考试、经省里批准，他金牛根本就算不上啥律师。

金　牛　李巧凤，我从来就没有自称过律师，可我这个法律服务工作者是经省里考试通过，证件齐全的，这个不假吧？

李巧凤　啥子法律工作者？

　　　　（唱）属鸡子，吃一爪来刨一爪，
　　　　　　　还得靠黑汗长流挖泥巴。

金　牛　（唱）边种田边执业，
　　　　　　　有钱有粮乐滋滋。

李巧凤　（唱）帮人告状红脸汉，
　　　　　　　算个什么好交易。

金　牛　（唱）红脸关公讲正义，
　　　　　　　敢把公道来主持。

李巧凤　（唱）什么公道不公道，
　　　　　　　人嘴说话两块皮。

春　秀　（唱）全凭法律为武器，
　　　　　　　服务群众不受欺。

李巧凤　（唱）若是我，情愿嫁个手艺人，
　　　　　　　也胜过不土不洋的土律师。

---

①耍浑：安康方言，指人胡搅蛮缠、不讲道理。

春　秀　你！你不要贬低人！

金　牛　李巧凤，你一天到晚游手好闲，专想靠投机取巧来发财，就是橘园承包给你，我谅你也种不好。

李巧凤　你操得哪门子心？我这个人，血压不高，血脂不高，就是科技含量特高。

金　牛　那好，那就让田根考考你种金钱橘的知识。

李巧凤　种金钱橘哪个不会？考就考，吓哪个！

金　牛　田根，考！

田　根　好！李巧凤你听着：

　　　　（唱）一问橘树花期多少天？

李巧凤　（唱）花开一礼拜累了歇一天。

村　民　（合唱）金橘树花期半个月，

　　　　　　　　　瞎说八道真是笑谈。

田　根　（唱）二问你授粉的有效时间？

李巧凤　（唱）半夜里授花粉公母团圆。

村　民　（合唱）授粉在花开当日和次日，

　　　　　　　　　又不是人结婚夜半缠绵。

李巧凤　（自嘲地）算及格算及格。

柳　英　（唱）三问你橘树修剪哪两季？

李巧凤　（唱）立春后秋分前正当修剪。

村　民　（合唱）夏季里新梢旺盛剪叶片，

　　　　　　　　　方能够贮藏养分保肥源。

柳　英　再问你，如果要你向收购商介绍金钱橘的特点和口味，你该怎么说？

李巧凤　这个哪个不会说？皮薄肉厚汁水多，吃了金钱橘很快变大波，一代波波丽丰胸有效果。

老主任　李巧凤！你在这儿胡扯些啥嘛，丑不丑？金牛，你们不是说，有人能证明田根的那个合同是村上强迫田根作废的，是哪个？

田　根　大暑啊！

老主任　那你赶紧去把大暑找来。

金　牛　田根，去把大暑找来。

老主任　要是有人出面做证，大叔我愿意认错。

李巧凤　小金牛，大暑是不会为你做证的，你就死了这条心吧。（田根和村

民甲拉大暑上)

大　暑　莫推我，莫推我……

李巧凤　大暑，还有三个多月就过年了，恭喜你今年结婚，明年抱儿子。

大　暑　嗯嗯。

村民乙　大暑，请你来做证呢，你倒是快说呀。

众村民　快说嘛，快说嘛。

大　暑　我不晓得啥。

金　牛　大暑哥，这个照片是不是你掉的？

大　暑　嘿嘿，花美丽，我终于找到你了。

众村民　花美丽？花美丽是哪个呀？

大　暑　嘿嘿，是我新谈的对象。个人隐私，保密保密。

金　牛　大暑哥，你晓得这是谁的照片吗？

大　暑　当然是花美丽嘛。

金　牛　不是，这是影视明星赵薇的照片，是从杂志上剪下来的。

大　暑　啊！

李巧凤　大暑，别听他瞎说，世上长得像的人多的是。

春　秀　不错不错，这正是赵薇的照片。大暑哥，你看，跟我手机屏幕上的一模一样。

大　暑　李巧凤，原来你是在日弄①我啊！老主任，就是她不让我做证的。

李巧凤　老主任，就是大暑做证也不怕，我表哥王镇长说了，橘园转包，村里有权决定，一切后果由他担待。

金　牛　李巧凤，你不要得意，王镇长刚出差回来，我已经向他了解过了，他从来就不知道你转包田根橘园的事。

老主任　啊？

李巧凤　小金牛，你不要胡说！不要胡说！

金　牛　不信我现在就打电话。（打电话）喂，王镇长，你好！

画外音　金牛，你好啊。

金　牛　王镇长，关于果园转包的事，老主任在这儿，能不能请你和他说一下？

画外音　好，你把电话给他。

金　牛　大叔，请你接电话。

---

①日弄：安康方言，有戏弄之意。

老主任　王镇长，你好。

画外音　老伙计，你好啊，你们村上的事我已经知道了。国家法律有明确规定，"承包期内发包方不得收回承包地"，你晓不晓得？

老主任　我晓得，我晓得。

画外音　你晓得还这样搞啊？你这是违法行为，必须立即纠正。

老主任　纠正！纠正！今后我们一定依法办事。

画外音　另外，我要告诉你一个好消息，经专家论证，你们村的金钱橘属于稀有品种，好几个客商都愿意在你们村投资办厂啊。

老主任　啊！这真是太好了，太好了，真是太感谢你了，王镇长。

画外音　项目考察团马上就到你们村了，你们赶快准备一下。

老主任　好！好！你放心，你放心，一定安排好，一定安排好。（挂电话）乡亲们，你们听到了吧？咱们村的橘子还是稀有品种呢，好多客商都愿意在咱们村投资办厂。这个项目一上马，咱们马上扩大种植面积，实现金钱橘产供销一条龙。李巧凤呀，你看你都做了些啥事嘛！其实你人不错，脑子灵，文化程度又高，等这个项目上马了，村上的工作自然会用上你的。

李巧凤　老主任，我错了……

田　根　老主任，我早就想扩大橘园面积了，可就是没有土地呀。

老主任　小伙子，土地有的是！咱们现在正在搞土地流转，向种田大户和种植能手这儿集中，到时候，村里一定想办法再划一块好地给你，还要补贴你一定的资金呢。

田　根　那就太谢谢你了，老主任！

老主任　惭愧，惭愧，大叔我这也是将功补过呀！

金　牛　大叔，思想通了？

老主任　通了！通了！哈哈哈哈……

金　牛　大叔，这件事给咱们全村都提了一个醒，我们是社会主义新农村，和过去不一样了，凡事都得讲规矩守法律，不能让法律成了摆设。只要我们人人学法、守法、护法，小康路上就不会有冤家路窄，只会越走越宽广，越走越舒坦啊！

老主任　是啊，古人云：法者，天下之仪也！无法，则天下大乱啊！

金　牛　大叔，你说得太好了。

金大爷　（上）金牛。

春　秀　爸，你找金牛？

金大爷　春秀，你刚才叫我啥呀？

春　秀　爸……

金大爷　哎——哈哈哈哈……

老主任　金大哥，你养了一个好儿子呀！

金大爷　你也是我的好亲家呀！

老主任　乡亲们哪，咱们赶紧回去准备一下，小伙子们都搞得精神点，姑娘们都打扮得漂亮点，咱们一起到村口去迎接项目考察团。

众　人　（合唱）土律师直性子，

　　　　　　　　替人维权热肠子，

　　　　　　　　有勇有谋有点子，

　　　　　　　　秉公执法办案子，

　　　　　　　　得个未婚好妻子，

　　　　　　　　将来生个胖娃子；

　　　　　　　　胖娃子胖娃子，

　　　　　　　　长大以后种橘子，

　　　　　　　　金钱橘变银子，

　　　　　　　　小康路上甩膀子；

　　　　　　　　胖娃子胖娃子，

　　　　　　　　长大以后种橘子，

　　　　　　　　金钱橘变银子，

　　　　　　　　小康路上甩膀子，

　　　　　　　　甩膀子！

（全剧终）

（该剧 2014 至 2015 年在陕西省巡演，共演出一百六十七场）

小

戏

独幕汉调二黄戏

冉本义

人　物　冉本义，男，三十八岁，紫阳县焕古镇文化站干部。

　　　　冉　母，女，七十岁，冉本义母亲。

　　　　曾邦芳，女，三十五岁，冉本义妻子。

　　　　冉紫豪，男，十四岁，冉本义儿子。

　　　　李大爷，男，七十岁，受灾村民。

　　　　小　花，女，十四岁，冉紫豪同学。

　　　　小　张，男，二十六岁，焕古镇干部。

时　间　2010 年 7 月 18 日。

地　点　冉本义家中。

场　景　屋外乌云压顶，电闪雷鸣，大雨滂沱。屋内四处漏雨，墙上悬挂着冉本义 "2000 年紫阳县抗洪抢险先进个人" 的奖状。冉母、曾邦芳一边用脸盆、水桶接着屋内的漏雨，一边用笤帚扫着屋内的积水。

冉　母　唉！

　　　　（唱）大雨不歇本义儿未回还，

曾邦芳　（唱）为抢险不归家，我心不安。

冉　母　（唱）盼只盼风停雨歇早报平安，

曾邦芳　（唱）一家人欢声笑语快乐无边。

冉　母　（望着屋外大雨滂沱的天空）唉，我老婆子活了七十多岁了，还没见过这么大的雨。老天爷呀，这雨可不能再下啦，再下就要出人命了。

曾邦芳　妈，妈，快，再拿个盆子来，紫豪的床上面也在漏雨啦。

冉　母　来啦、来啦！老天爷呀，别再下啦，阿弥陀佛，阿弥陀佛……

冉紫豪 　（幕内）警察叔叔再见！

　　　　（唱）瓢泼雨下三天学校停课，

　　　　　　　回家路被冲毁寸步难挪，

　　　　　　　派出所李叔叔一路护送。

　　　　（白）妈妈，妈妈，我回来啦！

曾邦芳 　老天爷呀，这么大的雨，你咋回来的？

冉紫豪 　（唱）好阿 sir 李叔叔背咱到家。

冉　母 　你呀你呀，又麻烦你李叔。

曾邦芳 　唉，派出所的这些小伙子呀，个个都像是铁打的，昨天二组梁上塌
　　　　方，要不是他们来得快……唉，真是难为他们了。

冉　母 　是呀是呀。紫豪呀，你爷爷和爸爸都参加抢险突击队了，这屋里又
　　　　到处漏雨，我和你妈要屋里屋外地招呼，你现在跑回来，哪有时间
　　　　招呼你呀！

冉紫豪 　奶奶，你不知道，上个礼拜爸爸跟我还有我妈都说好了，爸爸入党
　　　　马上就一个月了，明天又是我过生日，这两件喜事都要在今天一起
　　　　庆贺呢。

冉　母 　你看这老天爷把雨下得，这可咋庆贺嘛！

曾邦芳 　妈——

　　　　（唱）烧腊肉粉蒸肉凉拌黄瓜，

　　　　　　　青辣子炒隼鸡撒上芝麻，

　　　　　　　蒸盆子热腾腾早都炖好，

　　　　　　　六个凉八个热一样不少，

　　　　　　　只等着你的儿上席来坐，

　　　　　　　夫入党儿过生一起来贺。

　　　　（白）菜炒好都盖在锅里了，一会儿等老冉回来咱们就吃饭，好好庆
　　　　贺一下紫豪的生日和老冉的大喜事。

冉紫豪 　太好了，太好了！我长这么大，爸爸还没有陪我过过生日呢。别的
　　　　同学过生日，他们的爸爸、妈妈都带他们去逛安康城，我连安康城
　　　　是什么样子都不知道呢。

冉　母 　紫豪呀，等这雨停了，爷爷、奶奶一定带你去安康城好好玩玩。

冉紫豪 　我要爸爸一起去！

曾邦芳 　这雨一停呀，你爸又得忙他那个文化站了，哪有时间带你去呀！

　　［一声炸雷，紫豪吓得钻进冉母怀里，屋外倾盆大雨越下越大，冉
　　母、冉妻、紫豪相拥在一起，惊恐地望着屋外。

冉　母　老头子啊，你看好我儿，儿子碰破一点皮，我都饶不了你……

曾邦芳　老冉，当心呀……

冉紫豪　爷爷、爸爸，你们快回来吧……

　　　　［又一声炸雷响过。

曾邦芳　哎呀！刚才我看咱家后面那堵墙裂了好长一条口子，现在不知道咋
　　　　样了。

冉　母　快去看看、快去看看。

　　　　［三人进里屋。切光。光启，雷电交加、大雨如注。

冉本义　（幕内唱）风凄厉雷震天乌云遮山——

　　　　（拉李大爷、小花上）

　　　　（唱）风凄厉雷震天乌云遮山，

　　　　　　　黑压压雨如注，乡亲们胆战心寒，

　　　　　　　瓜果园好良田毁于一旦，

　　　　　　　青山绿水美家园化成云烟。

　　　　　　　任凭你龙王爷发威发难，

　　　　　　　党领导战洪灾人定胜天！

　　　　（白）到啦到啦，到家啦。（先把老人安置坐下，拉着小花向里屋）
　　　　妈，妈！

　　　　［冉母、冉妻、紫豪上。

冉　母　老天爷呀，这是怎么了？

　　　　［小花大哭。

冉紫豪　妈，她是我同学，叫小花。

曾邦芳　小花，莫哭莫哭，你咋一个人过来了？

小　花　今天放学我刚走到家门口，就看见我家后面那座山倒了……

冉　母　哎呀！那是山神搬家，凶得很呀！

冉本义　（神情凝重地）那不是山神搬家，是滑坡和泥石流。

小　花　爸爸被山洪冲走了，再也回不来了，妈妈被送到医院去了。爸爸，
　　　　妈妈——

　　　　［背景音乐起。

曾邦芳　老冉，到底咋回事？

冉本义 这次山洪灾害是咱们焕古镇有史以来最大的一次，它来势猛、范围广，危害程度之大是所有人始料未及的。形势非常严峻啊！

李大爷 是呀，我活了七八十岁了，还没有见过天上下这么大的雨，河里涨这么大的水。一转眼，我家的房子就不见了。今天，要不是老冉带人来救，我这把老骨头就交给龙王爷了。

冉本义 李大爷家的房子已经被冲毁了，小花的爸爸可能已经……

小　花 爸爸——老冉叔叔，我要爸爸……

冉本义 （唱）见小花直哭得肝肠寸断，

冉本义也难免泪洒衣衫，

天无情降下这夺命淫雨，

众生灵遭涂炭我心似刀剜。

叫小花莫再哭把泪擦干，

你妈妈受重伤已送医院，

倒塌的新房子定会重建，

解放军和武警再加公安，

星夜兼程马不停蹄已到镇前，

有政府和党在就不怕天塌地陷。

回转身我再把大叔来劝，

房倒屋塌良田被淹，

你的家已被毁不能再返，

今夜晚在我家暂把身安。

但等这天灾过拨云见天，

挽起袖子重头来，咱们重建家园！

冉紫豪 小花，今晚我和奶奶睡，你就睡我的床吧！

曾邦芳 你的床呀，都快成游泳池了。走，我们去把你的床架到咱家的粮食柜子上，这样你们就可以安心睡觉了。

冉紫豪 好好好，我给妈妈帮忙。

　　［冉妻、紫豪、小花下。

冉本义 李大爷，您老要是不嫌弃，就睡我的床吧。

李大爷 这咋行，这咋行嘛！

冉　母 他叔啊——

　　（唱）青藤靠着山崖长，

一人有难众人帮，

乡里乡亲莫见外，

天荒地荒情不荒。

（白）都啥时候了，还客气啥呀！本义呀，快扶你叔休息去。

冉本义　哎！（扶李大爷进里屋）

冉　母　唉，真是造孽呀，这雨要下到什么时候啊……

冉本义　（上）妈，我不能在家多待，还得赶紧走。

冉　母　刚落屋又要走？你看看咱家，到处都在漏雨，你也帮着收拾一下。

再说，你都一整天没有吃饭了。

冉本义　妈——

（唱）这一次大灾害前所未见，

来势猛范围广危害不浅，

泥石流恰似那恶龙出水，

大滑坡就好像猛虎下山，

千年古镇面临着严峻考验，

万亩茶园有可能毁于一旦。

指挥部发通知新险情初现端倪，

大连村后山体将会有滑坡出现，

那里面有十四户老弱病残，

未转移不安全我心难安。

派出所罗春明带武警已去救援，

我护送李大爷和小花确保安全。

大连村和我们血肉相连，

为抢险救乡亲，儿实难忠孝两全。

冉　母　（唱）大连村山高路险怪石指天，

更有那鬼见愁绝壁难攀，

平日里去一回鞋底磨穿，

现在去叫为娘心怎能安？

冉本义　（唱）娘给儿这一副铁打的身板，

上高山下绝壁如履平川。

大连村救乡亲脱离危险，

我的娘你在家把心放宽。

冉　母　　唉，那你路上一定要当心，早去早回。紫豪今天过生日，你媳妇准备了好多菜，都在等你回来呢。

冉本义　　现在哪有时间给他过生日呀！妈，你快帮我再找双鞋。

　　　　　[冉本义脱下脚上已经破洞、露着脚板的鞋，换上冉母递来的新鞋。此时屋外炸雷声、警报声、广播声响成一片，曾邦芳、冉紫豪、小花闻声上。

冉紫豪　　爸爸，你又要出去呀？爸爸，我怕……

小　花　　老冉叔，我也怕……

冉本义　　（蹲下，把两个孩子搂在怀里）孩子们，不怕！刚才我不是说了嘛，只要有政府在，有解放军在，有你老冉叔叔在，天就塌不下来。再说，还有奶奶和妈妈在家陪着你们呢。

曾邦芳　　老冉，咱家这房子也不保险呀，到处都在漏雨。

冉本义　　（环顾房屋四周）唉！邦芳啊，这个家就交给你了。

曾邦芳　　（坚定地）去吧！家里有我，你放心吧！

冉本义　　好，等把大连村四方院子那四十三个人转移出来，我马上就回来。

冉紫豪　　爸爸早点回来，我们等你回来一起给我过生日，还要庆祝你入党一个月了呢。

冉本义　　乖宝贝，爸爸一定回来！（对冉母、曾邦芳）我走了！（下）

曾邦芳　　当心呀……

　　　　　[此时，屋外炸雷声、警报声、广播声又响成一片，李大爷闻声上。

冉　母　　他叔，你怎么起来了？

李大爷　　本义又走啦？

曾邦芳　　可不是嘛，这种时候，要让他坐在家里，那比登天还难。

李大爷　　本义，好人啊！

　　　　　（唱）听说是老冉他又去抢险，

　　　　　　　　不由得年迈人珠泪涟涟，

　　　　　　　　想起了二〇〇〇年镇上遇险，

　　　　　　　　焕古镇和外界通信全断，

　　　　　　　　老冉他硬凭着一把刀披荆斩棘砍路出山，

　　　　　　　　把灾情通报给上级机关，

　　　　　　　　又领着抢险队和武警赶来救援，

　　　　　　　　解救了咱全镇人于性命攸关。（西皮流水）

| 冉　母 | （唱）二〇〇〇年那一次他指挥抢险， |

冉　母　（唱）二〇〇〇年那一次他指挥抢险，
　　　　　　　　正赶上二狗蛋他奶奶不搬不迁，
　　　　　　　　舍不得二亩三分地鸡鸭鹅圈，
　　　　　　　　任凭紫豪他爸说破天也不下山。
曾邦芳　（唱）四季豆下了锅不进油盐，
　　　　　　　　老冉他也只好使狠下蛮，
　　　　　　　　用全力把老人背出家门，
　　　　　　　　再回头看房子惊掉人魂——
冉紫豪　妈，二奶奶的房子咋了？
李大爷　你爸爸刚把她背出家门，一股山洪就把她家的房子冲下河了，要不是你爸爸手脚快，她那条老命早就报销了啊！
曾邦芳　（唱）但愿今日里吉星高照，
李大爷　（唱）大连村众乡亲一个不少，
冉　母　（唱）本义儿早回还一家团圆，
众　人　（合唱）灾害过齐心协力重建家园。
冉紫豪　（指着墙上的奖状）小花，你看，我爸还是那年咱们紫阳县抗洪抢险的先进个人呢。
小　花　紫豪，你爸爸真了不起！
冉紫豪　我爸爸是世界上最好的爸爸！
小　花　可是我爸爸……（呜咽）
冉紫豪　你不用害怕，我爸爸一定会帮你找到你爸爸的。
李大爷　是呀，孩子，有你老冉叔在，就不怕！
　　　　［此时屋外炸雷声、暴雨声、警报声、广播声又响成一片。
　　　　［画外音：全体村民请注意：大连村二组发生重大山体滑坡灾难。由于村民们在镇政府干部有序的组织下已经提前转移到安全地带，截至目前，没有发现村民有人员伤亡，请广大村民放心。
冉　母　阿弥陀佛，阿弥陀佛……
　　　　［幕内喊嫂子——！小张上。
小　张　嫂子，老冉哥他……
曾邦芳　他怎么了？
冉紫豪　小张叔叔，我爸爸怎么了？
小　张　他……

冉　母　快说呀，他怎么了？

小　张　嫂子啊——

（唱）监测点发警报，大连村四方院子山体出现滑坡征兆，

本义哥、罗指导，带领抢险队前去救援及时赶到，

十四户、四十三位村民安全救出了四十二个；

最后一个是四方院子的村民罗正河，

本义哥、罗指导再次前去仔细寻找。

（白）就在刚刚找到村民罗正河，三个人正在向外转移的时候，四方院子山体突然整体滑塌，老冉哥和罗指导根本没有反应的时间，就被十多米高的泥石流给……给……给掩埋了！

冉　母　啊！我的儿啊！

曾邦芳　老冉！

冉紫豪　爸爸！（撕心裂肺地大哭）

小　花　老冉叔！（撕心裂肺地大哭）

李大爷　本义啊！老天爷呀！

［定格造型。

［画外音：紫阳县焕古镇文化站干部冉本义同志，在"7·18"特大洪水灾害中，在组织群众安全转移时不幸遇难，年仅三十七岁。这一天，是冉本义同志加入中国共产党的第十八天，他用自己的鲜血谱写了一曲共产党员立党为公、执政为民的壮丽乐章，他用自己的生命诠释了自己的入党誓词。同时遇难的还有紫阳县焕古镇派出所指导员、共产党员罗春明。让我们永远记住他们的名字：优秀的基层干部、杰出的共产党员——冉本义、罗春明。

（全剧终）

（该剧荣获安康市人民政府"政府精品奖"）

陕南花鼓戏

牵 挂

时　间　当代。

地　点　陕南山区巴山深处一农家小院。

人　物　郝大叔，男，五十多岁，农民。

　　　　郝大婶，女，五十多岁，郝大叔妻子。

　　　　王书记，中年。

　　　　小　张，书记秘书，青年。

[欢快的音乐声中郝大叔上。

郝大叔　（唱）清早起来把门开，

　　　　　　　一阵清风吹过来，

　　　　　　　喜鹊屋檐喳喳叫，

　　　　　　　我猜贵客要来到。

　　　　（向内）哎，我说老婆子呀，你莫肉①了，赶快出来嘛。

郝大婶　（内应）哎，来了、来了——（上）

　　　　（唱）母鸡下蛋公鸡叫，

　　　　　　　圈里的猪仔往外跳，

　　　　　　　猫儿不停上锅灶，

　　　　　　　像是有喜事上眉梢。

　　　　（白）我说老头子呀，一大清早你就在这院坝里大喊大叫，吼得个雾气狼烟、鸡飞狗跳的，啥事嘛？

①肉：安康方言，形容性子慢，动作迟缓。

郝大叔　我说老婆子呀，咱们县上去年开始精准扶贫，算算都一年多了。这一年多来，你看咱家变化多大，这真是要多谢党的好政策呀！

郝大婶　这些我都知道，不用你天天挂在嘴上叨叨叨。

郝大叔　你知道个啥，你知道？今天一大早这喜鹊就叽叽喳喳地叫个不停，我在想，今天咱家一定有贵客要来到。

郝大婶　你说啥？今天咱家有贵客？

郝大叔　我说老婆子呀，咱在这山里头住了几十年了，你啥时候见过县上、镇上，包括市上的那些书记、县长、镇长天天往咱这山里头跑啊？

郝大婶　老头子，你到底要说啥嘛？

郝大叔　我听说县上王书记昨晚上到咱们镇上了。我问你，王书记哪一次进山不到咱家来呀？

郝大婶　你是说——王书记今天可能要到咱家来？

郝大叔　不是可能，是肯定！

郝大婶　肯定？

郝大叔　你想一下，王书记上半年来咱们家，送来那么多土鸡崽崽，还有那么多中药材苗苗，这大半年过去了，你想……

郝大婶　你是说，王书记今天要来看看咱们这半年多土鸡崽崽、药材苗苗长得咋样？

郝大叔　两个光额①见面——对头！过去王书记到咱家，每次都是饭不吃、酒不喝的。今天他要是真的来了，你打算怎么招待咱们的王书记呢？

郝大婶　我呀——烧腊肉粉蒸肉凉拌黄瓜，青辣子炒隼鸡撒上芝麻，今天要请王书记坐上席，好好敬上几杯酒，感谢他这些年为帮咱家脱贫致富，操心跑路。

郝大叔　哈哈哈哈……这才是我的好老伴儿啊！那就莫耽搁，赶快准备吧。

郝大婶　对对对，赶快准备，你去烫酒我炒菜。

　　　　[二人下，音乐另起，小张上。

小　张　（唱）满山桃花处处开，

　　　　　　　我陪书记下乡来，

　　　　　　　翻山越岭不觉累，

　　　　　　　扶贫攻坚我在先！

_____

①光额：安康方言，额，脑袋。光额，指光头。

(向内喊) 王书记，咱们到了。

王书记　(边上边唱) 精准扶贫整一年，

百姓疾苦挂心间。

今日回访郝大叔，

要确保脱贫攻坚措施落实到每一户农家小院。

小　张　王书记，刚才在路上听你说起咱县上贫困户的情况，你怎么知道得那么清楚呢？

王书记　小张啊，咱们这里地处大巴山腹地，山大沟深，底子薄、基础弱，脱贫攻坚任重道远。要带领群众脱贫致富，早日走上小康之路，不能只停留在嘴边的口号上，必须扎扎实实地落在行动上，所以对全县的贫困状况必须烂熟于心。

小　张　王书记，你真行！

王书记　如果我们不把每个村、每一户的基本情况搞清楚并烂熟于心，又怎么能严格按照脱贫攻坚计划，逐户逐人制订分类扶持措施呢？

小　张　嗯，王书记，我记住了。

王书记　嗨，我们到了。(向内) 郝大叔，我又来串门子啦——！

　　　　　[音乐起，郝大叔上。

郝大叔　哎呀，贵客呀——

(紧握王书记的手)

(唱) 喜鹊喳喳停屋檐，

贵客果然到门前，

回头我把老伴儿叫，

老伴儿哎——

(唱) 快看是谁站门前。

郝大婶　(边上边唱) 老伴儿院子一声喊，手搭凉棚往外看，

哎呀，这不是小张、王书记吗？

(唱) 到家就该进屋里，咋能在这院子站？

贵客呀贵客呀，快进屋快进屋。

小　张　(唱) 我和书记刚进院，大叔、大婶不麻烦。

郝大叔　不麻烦，不麻烦。走走走，进屋进屋！

王书记　大叔，我和小张今天是来走亲戚、串门子的，亲戚朋友要经常走动，感情才能越来越深。你莫说，几天不来，还蛮想你们的呀！

郝大婶　我们也想你呀！

王书记　大婶，今天我们来啥都不干。我们呀，只想看——

郝大叔　想……想看啥？

小　张　（把郝大叔拉到一边）大叔呀，上半年，王书记亲自送来的土鸡崽崽、药材苗苗现在咋样了？今天他来就是专门看——

（音乐起，数板儿）锅里有没有煮的、手上有没有数的、银行有没有存的、衣裳有没有新的，还要看——你地里头种的、圈里头养的、房梁上挂的和心里头算的。

郝大叔　心里头算的？

王书记　就是你明年的致富打算呀。

郝大叔　王书记呀，我们家人老几辈子就住在这里，几辈子受穷，做梦都想过上好日子，一年到头起早贪黑，忙前忙后还是难把这穷根挖掉啊。你看现在，镇上领导亲自上门，帮我制订脱贫规划，驻村干部直接下地，手把手教我科学种植……

郝大婶　就连鸡咋养、猪咋喂、牛羊咋样配饲料，都是县上派人来一样一样教我们……

郝大叔　镇上的书记、村上的书记，就连你这县上的书记，都天天往我家里跑，帮我找到了受穷的原因，还一条又一条地制订帮扶措施……我……我……

郝大婶　哎呀，莫再"我、我、我"的了，小张、书记你们看——

（唱）书记、小张你们看，看看我们的新家园。

小　张　（唱）散养土鸡树梢站，还有羊儿在下面。

郝大叔　（拉王书记到一边）看这边，看这边——

王书记　（唱）巴山特产遍山种，漆、麻、耳、贝样样全。

郝大婶　（拉住王书记到另一边）看这边，看这边——

小　张　（唱）绿油油的庄稼地，又是一个丰收年。

王书记　（唱）喜看脱贫好局面，重点在于组合拳。

小　张　（唱）撸起袖子加油干，一定能把面貌变。

王书记　（对小张唱）撸起袖子加油干，群众才有幸福感。

郝大叔　王书记，我家几代吃苦受穷，现在能有今天，我……我……我老汉不说虚话，感谢王书记，感谢政府，感……感……感谢党的好领导！

王书记　大叔、大婶，你们的致富之路才刚刚起步，接下来还有很多的工作要做。我们绝不辜负你们和父老乡亲的期望，一定下定决心脱贫攻坚，坚决把脱贫致富的各项措施落实到位。除了要增强你们自身的"造血"功能之外，还要发挥联村帮扶单位和社会力量的帮扶作用，坚决形成全县上下共弹"扶贫调"、共跳"集体舞"，群众欢唱致富歌的良好局面。

郝大叔　老婆子，你听到了没有？你听到了没有？

郝大婶　听到了——听到了——！

郝大叔　我老汉能赶上今天的好光景，我……我……（不好意思地对着王书记）我想唱两句……

王书记　好啊！

小　张　王书记，郝大叔的花鼓子唱得可是咱县上一绝呀！

王书记　大叔，心里高兴你就唱。

郝大叔　（清唱花鼓）

　　　　　　哎——

　　　　　　喜连天哎笑连天，

　　　　　　书记来到咱门前。

　　　　　　来到咱家不为啥，

　　　　　　只为咱日子过舒坦。

郝大婶　（唱）死老头子只顾唱，

　　　　　　客人院子站半天，

　　　　　　沏上好茶斟上酒，

　　　　　　再和书记谝闲传①。

郝大叔　（唱）哎——

　　　　　　那就唱到这里算一段，

　　　　　　你要想听就到秦巴山。

　　　　　　老汉今天我有点忙，

　　　　　　我要和书记谝闲传，

　　　　　　欢迎你来玩。

王书记　（唱）扶贫攻坚关键年，

　　　　　　咱们撸起袖子加油干。

———————————

①谝闲传：安康方言，即聊天。

　　　　只为乡亲们的幸福感，

　　　　再苦不怕难！

郝大叔　哎呀，这王书记的花鼓子唱得比我好多了嘛。

众　人　哈哈哈哈……

郝大婶　走走走，屋里坐，屋里坐。

　　　　[在欢快的音乐声中相互谦让进屋，郝大叔到台中间。

郝大叔　再见！

（完）

陕南花鼓戏

新民风吹开幸福花

时　间　当代。

人　物　张婆婆，女，六十多岁。

　　　　李翠莲，女，三十多岁，张婆婆的儿媳。

　　　　"李翠莲孝老驿站"成员六至八人。

　　　　[在欢快的音乐声中，"李翠莲孝老驿站"成员们载歌载舞上。

众　人　（唱）旭日东升艳阳天，

　　　　　　　汉江两岸歌声喧。

　　　　　　　一江清水送北京，

　　　　　　　秦巴明珠美名传。

　　　　　　　世纪盛会十九大，

　　　　　　　开辟小康新纪元。

　　　　　　　歌唱盛世舞翩跹，

　　　　　　　我们要做新贡献。

　　　　　　　今日再聚汉江边，

　　　　　　　为孤寡老人洗衣衫。

　　　　　　　缝补浆洗事虽小，

　　　　　　　谱写敬老新诗篇。

群　甲　（向幕内喊）哎——翠莲姐，太阳都晒沟蛋子了，你咋还不出门哟？

众　人　（齐声）太阳都晒沟蛋子了，你咋还不出门哟？

　　　　[李翠莲上。

李翠莲　嘘，小点声，声小点，我才把婆婆哄落眠。

群　甲　翠莲姐，今天咱们社区的"孝老驿站"要去给社区的孤寡老人洗衣
　　　　服送温暖，时候不早了，咱们走吧。

李翠莲　走！

众　人　（边舞边唱）新民风新起点，

　　　　　　　　　　孝老驿站走在前。

　　　　　　　　　　姐妹齐聚汉江边，

　　　　　　　　　　践行核心价值观。

张婆婆　（上）都站住！

李翠莲　哎呀，妈，你怎么又起来了？

张婆婆　今天星期天，你们都不好好待在家里，又一浪一伙地要出去做啥？

群　甲　我们呀——嘿嘿，不告诉你。

张婆婆　还不告诉我，我早就知道了。

李翠莲　妈，你知道啥？

张婆婆　媳妇啊，

　　　　（唱）妈妈今年六十八，

　　　　　　　耳不聋来眼不花。

　　　　　　　北京召开十九大，

　　　　　　　社区人人乐开花。

　　　　　　　你们为老人献爱心，

　　　　　　　可不能把我来落下。

群　甲　（唱）老人家你年纪大，

　　　　　　　就在家里歇着吧。

　　　　　　　小事一件您别操心，

　　　　　　　我们替您代劳啦。

张婆婆　（唱）事情虽小影响大，

　　　　　　　社区也是我的家。

　　　　　　　尊老爱幼好传统，

　　　　　　　怎能把我来落下？

李翠莲　（唱）我的婆婆我知道，

　　　　　　　我要好好夸一夸。

　　　　　　　退休回家好几年，

　　　　　　　没有一天能闲下。

为了儿女操碎心，

好妈妈您辛苦啦！

众　人　（唱）婆爱媳妇媳敬妈，

婆媳互爱人人夸。

张婆婆　（对翠莲唱）好媳妇你别夸妈，

你是妈的宝疙瘩。

你单位上班是模范，

回到家里还不得闲。

（对众人唱）他公公患有高血压，

我腿疼的毛病也经常犯。

儿子当兵守边关，

孙子要上幼儿园。

（对翠莲唱）这一家老小多亏你，

婆婆记在心里面。

众　人　（对翠莲唱）孝敬公婆是典范，

还带领我们成立了社区里的孝老驿站。

李翠莲　（唱）驿站虽小意义大，

弘扬核心价值观。

传统美德不能忘，

树立社区新风尚。

张婆婆　（唱）社区就是咱的家，

有你有我还有他。

孝老驿站归你们，

我们老人也不能闲。

老姐妹们已商量好，

成立幼儿托管点。

你们安心上班做贡献，

家里不要把心担。

李翠莲　哎呀妈，真的呀？

张婆婆　真的，我们几个老姐妹都商量好了，你们年轻人成立孝老驿站敬老，我们老姐妹们就成立个托管点爱幼，让咱社区所有的孩子放学以后都有个落脚点，不冻着，不饿着。你们呀，就安心上班吧……

李翠莲　妈，你真是我的好妈妈！

众　人　向大妈学习，向大妈致敬！

张婆婆　哎哟哟，那电视上天天在讲要把粗俗陋习杀下去，把高尚新风树起来，你们年轻人都做得这么好，我们做长辈的就更不能落后呀！

李翠莲　妈，你说得太好了！

张婆婆　那你们今天下河去为社区的孤寡老人献爱心、洗衣服，我能不能去呀？

众　人　这……

李翠莲　妈，我们今天先要挨家挨户上门去把老人们的脏衣服收起来，然后拿到河边去洗，路远也不好走，你就不去洗了哦。

张婆婆　那我就跟你们一起去串串门收衣服，顺便再联络些老姐妹商量娃娃托管点的事。你们去洗衣服，妈不下河，就在河堤上看着，该行吧？

李翠莲　那好，那我们就走吧。

众　人　我们走啊——

　　　　　　（边唱边舞）旭日东升艳阳天，

　　　　　　　　　　　　汉江两岸歌声喧。

　　　　　　　　　　　　一江清水送北京，

　　　　　　　　　　　　秦巴明珠美名传。

　　　　　　　　　　　　世纪盛会十九大，

　　　　　　　　　　　　开辟小康新纪元。

　　　　　　　　　　　　树新风把爱心献，

　　　　　　　　　　　　新人新事新诗篇。

　　　　　　　　　　　　歌唱盛世舞翩跹，

　　　　　　　　　　　　我们要做新贡献，

　　　　　　　　　　　　新贡献！

　　　　　[造型，切光。

（完）

三幕情景剧

幸福之路

时　间　当代。

地　点　上海前往镇坪的城市轻轨、飞机、汽车上；"平镇高速"建设工地
　　　　旁某农家乐。

人　物　讲述人。

张老汉，七十多岁，在上海儿子家颐养天年的镇坪籍老人。

张璐璐，十四岁，上海某小学学生，张老汉孙女。

张路宽，四十多岁，张老汉大儿子，镇坪县某农家乐经营者。

张路畅，三十八岁，张老汉二儿子，上海某公司老总。

李梦璐，三十五岁，张路畅妻子。

高速集团领导、筑路工人、群众若干。

第一场　回家之路

[舞台灯光全黑，一束追光打在舞台一侧的讲述人身上。

讲述人　今天我要讲的是一个关于路的故事，是一家四代人和路的故事，也
　　　　是咱镇坪人魂牵梦绕的路的故事，故事不长，但路很长……

　　　　[追光灭，讲述人下。音乐弱起，LED大屏渐亮，大屏画面呈现上海
　　　　杨浦大桥西侧著名的杨浦立交桥川流不息的车流。追光渐亮，照在
　　　　站在舞台一侧的张璐璐身上，张璐璐身旁有一只红色的小拉杆箱。
　　　　随着张璐璐的独白，主观镜头逐渐移至轻轨进站口。

张璐璐　叔叔、阿姨、爷爷、奶奶们，大家好，我叫张璐璐，是上海徐家汇

第四小学的学生。过了这个暑假我就毕业了，明年我就是一名中学生啦。我虽然都快十四岁了，可我还没回过陕西安康的镇坪老家呢。爷爷岁数大了，身体不好，在我上三年级的时候，爸爸把爷爷从老家镇坪接到了上海，爷爷天天给我讲老家镇坪的故事。爷爷说，我们镇坪可好了，山清水秀、地美天蓝，山上有采不尽的蘑菇，河里有灵动的小鱼，小朋友们个个都会唱山歌。我做梦都想回老家镇坪，和老家的小朋友一起上山采蘑菇、下河捉小鱼。可是爸爸和爷爷总是说："镇坪远，路太难走，以后等高速路修好了再回去！"前几天，爷爷突然说："咱老家镇坪有大喜事了，璐璐啊，爷爷带你回老家去！"嘿！我今天就要和爷爷回镇坪老家啦。（向幕内）哎呀，爷爷，您快点呀，轻轨都过去三趟了。

［张老汉拉一只大拉杆箱上。

张老汉 来啦，来啦。这一说回老家镇坪，看把你乐的，一路小跑，爷爷哪能赶得上你呀！

张璐璐 轻轨都过去三趟了。

张老汉 知道、知道，咱是 9 点 10 分的飞机，现在才 7 点半，坐轻轨从这里到机场只需要二十分钟，来得及，来得及。

张璐璐 爷爷，爷爷，轻轨来了，咱们快上车。

张老汉 慢点，慢点，看把你急的，比我还急。

［表演上车、坐下。大屏画面切至轻轨车厢内。

张璐璐 爷爷，爸爸说，回老家镇坪早上从上海走，晚上就到了，你怎么说得三四天呢？

张老汉 爷爷说的那是过去。你看哦，过去从上海到咱陕西的西安坐火车得两天半；从西安到安康啊，得坐两天的汽车；从安康到镇坪啊，还得整整一天时间啊。

张璐璐 难怪爸爸说老家好远好远呢。那现在怎么这么快，早上走，晚上就到了呢？

张老汉 这就是爷爷这次带你回老家的原因啊！

张璐璐 嗯？

张老汉 以后啊，你和爸爸回老家镇坪，比这还要快。

张璐璐 爷爷，到机场了。

［大屏切至上海虹桥机场。

张老汉　　瞧，还不到 8 点呢。

张璐璐　　爷爷，咱们去安检、登机，9 点 10 分起飞，11 点 20 就到西安了。

张老汉　　是呀是呀，看把你急的！走，上飞机。

　　　　　[大屏切至登机口，后切至空中飞行画面。

张璐璐　　爷爷，您说，过去回趟老家镇坪，为什么要走那么久呢？

张老汉　　蜀道难，难于上青天。说来话长啊……爷爷慢慢给你讲……

　　　　　[舞台切光，大屏画面切至镇坪，讲述人上。画面随讲述人的语言内容不断变换。

讲述人　　美丽的镇坪，地处大巴山腹地，位于陕西的最南端。就像刚才那位小姑娘说的一样，这里，山清水秀、地美天蓝，物华天宝、人杰地灵。满山的奇珍异草，遍地的珍禽异兽。可是，几千年来，镇坪人脚下的路，却成了多少代镇坪人的心头之痛。那古盐道上的每一级石阶，每一个岩孔，每一处残破的栈道立柱，每一段狭窄的仅能容下一只穿着草鞋的脚的绝壁小径，无时不在向人们诉说着过去镇坪人出行的艰难和无奈。

　　　　　[大屏画面切至空中的飞机。

张璐璐　　爷爷，您怎么哭了？

张老汉　　我想起你的太爷爷和二太爷爷啦……

张璐璐　　太爷爷、二太爷爷？

张老汉　　璐璐啊，你太爷爷生活的那时候，咱镇坪根本就没有路啊，太爷爷、太奶奶、二太爷爷、二太奶奶，还有好多好多咱老家的人，吃的、穿的、用的，都得靠两个肩膀，用背篓往回背呀！

张璐璐　　用背篓背呀？

张老汉　　是呀，太爷爷们背着背篓，硬生生在深山老林、悬崖绝壁中间踩出了一条路，把山货背到山外，把油盐再背进山里……

张璐璐　　我知道啦，我知道啦，爸爸给我说过，那条路就是"古盐道"，是咱老家镇坪的国家级非物质文化遗产呢。

张老汉　　对，就是那条古盐道……

　　　　　[切光，讲述人上。

讲述人　　一条古盐道，一把辛酸泪。为了让我们这一代人不再走这条盐道，为了让我们这一代人能追赶上历史发展的脚步，多少代人的期盼化成了奋斗的力量，镇坪人终于用汗水甚至鲜血于 2015 年铺就了"平镇二级公路"，镇坪和外面世界的距离正在逐渐拉近……

［追光切，讲述人下。

张璐璐　爷爷，这真是太好了！有了平镇二级公路，就不会再走那条古盐道了，您应该高兴呀，怎么还在流泪呢？

张老汉　璐璐啊，平镇二级公路是一条脱贫之路，它让咱镇坪的乡亲们基本不再为出门发愁了，也让好多好多的乡亲们因为这条路摆脱了贫困。咱们现在有了这条致富之路，是不是还应该有一条更宽阔的幸福之路啊？

张璐璐　幸福之路？

张老汉　如果咱老家有了一条幸福之路，你说，是不是一件大喜事呀？

张璐璐　哦，爷爷说的老家有大喜事，原来是这个呀。

张老汉　对喽，哈哈哈……

张璐璐　爷爷，飞机降落啦，咱们到西安啦。

张老汉　真是快呀，现在是 11 点 20，咱们去坐 12 点的西康高速，3 点就到安康了，你大伯就在高客站接咱们呢。

［二人下，讲述人上，大屏画面切至西康高速。

讲述人　就这样，这爷孙俩经过二十分钟的城市快速轻轨和两小时十分钟的飞行，就从祖国的东海之滨来到了八百里秦川，他们将继续乘坐西康高速客车，共经过三个小时的旅程，到达陕南重镇、秦巴明珠——安康。二十年前，从西安到安康，乘火车得十八个小时；坐汽车翻越秦岭，必须得两天时间。瞧，爷孙俩到安康了。

［大屏切至西康高速安康站出站口。张路宽上，焦急地向幕内张望。
张老汉、张璐璐上，向前方张望。

张路宽　爸爸，璐璐！

张璐璐　大伯！

［张路宽抱起璐璐高兴地转圈。

张老汉　哎哎哎，小心点小心点，别摔着孩子。看把你高兴的。

张路宽　（抑制不住喜悦的心情，压低嗓门）爸，咱们要发财了。

张老汉　我就是为你要发财这件事回来的。

张路宽　您这一回来给我撑腰，我的腰杆就更硬了，嗓门就更亮了。

张老汉　走，回家！

张璐璐　回老家喽！到镇坪喽！

［三人同下。

第二场：坎坷之路

[张路宽经营的农家乐院内，张老汉、张路宽坐在一张石桌的两头，似乎刚争论了什么，气氛显得有些紧张。

张路宽　爸，你怎么……

张老汉　我怎么了？我哪一句话说错了？

张路宽　你说的都对，可是……

张老汉　可是啥？这咱镇坪人盼了几辈子的平镇高速公路终于开工了，你看一下，沿线的乡亲们有多高兴，政府挨家挨户宣传，乡亲们争先恐后支持。你二舅爷那一片多好的菜地，听说要修平镇高速公路，他老人家二话没说，第一个让出了自己的地，还有你……

张路宽　还有我二大①、我三表叔……可他们能跟我比呀？

张老汉　怎么不能跟你比？

张路宽　爸，平镇二级公路刚刚修好，我好不容易在路边上开了这个农家乐，托这条二级公路的福，来镇坪的游客越来越多，我这农家乐的生意也越来越好。刚刚赚了钱，正想再扩大一下，好挣更多的钱，嘿，又要修高速公路了，还正好要从这个院子经过。我不是不支持修高速公路，我是觉得，这是一次千载难逢发大财的机会呀，我的亲老子哎！

张老汉　你……

张路宽　爸爸爸爸爸爸，你莫再说了，他们要我拆迁，我没有说不迁嘛。

张老汉　可是，你向人家提的那些条件，你……你……你怎么说得出口嘛！

张路宽　我的好老子哟，那明知道小娃娃要尿床，为啥不让他睡筛子呢？明知道路要从我这里过，就一定要给我补钱。

张老汉　拆迁补偿国家是有政策标准的，不许你红口白牙胡乱说！

张路宽　（带哭腔）你还是不是我的亲老子呀？我才要他们三百万，你还说我胡乱说，我还指望你回来了给我撑腰，没想到……

张老汉　把你的腰撑起来了，平镇高速公路沿线乡亲们的腰就直不起来了，咱镇坪人的头也就抬不起来了！

张路宽　我的亲老子呀——我的农家乐呀——我……我……我……

---

①大：对父亲或叔父的称呼。

张老汉　嗯？

张路宽　不给三百万，我——不——迁！（坐下）

张老汉　你……你……你……（长叹一口气，走到儿子身边）你还记得你为啥叫路宽，你兄弟为啥叫路畅吗？你还记得你爷爷、你二爷吗？你还记得你二爷死的时候说的那句话吗？

张路宽　我……

张老汉　你爷爷在盐道上背了一辈子盐，光光堂堂的小伙子，硬是让背篓压成了佝偻之身，死了，也只能侧放在棺材里面哪！你二爷那一年得急病，七八个小伙子抬了一夜才抬到公路边的急救车跟前，在咱们这坑坑洼洼的土路上一颠簸，没到医院就没气了。你知道他临死前说的最后一句话是啥吗？

张路宽　我……

张老汉　你二爷说……他说……他说："路……路……这要命的路哇！"

张路宽　爸……

张老汉　我给你起名字叫路宽，给你兄弟起名字叫路畅，就是希望我们镇坪的路越来越宽畅，你们，还有你们的儿子，日子越过越宽畅啊！政府为了我们，真是想尽了办法，修整了县级路，咱们的日子有了盼头；又修了二级路，多少人因为路宽了、路直了而挣了钱、致了富。现在，党和政府为了让我们再富裕、再幸福，决定修这一条咱们盼了人老几辈子的高速路。没有路之前，你也天天喊："要致富，先修路。"现在，幸福之路走到了你的门前，你……你……你还叫不叫路宽？你还是不是我的儿子？

张路宽　爸，你莫说了，我……我……我……可是……

张老汉　可是啥？

张路宽　高速路从我这里穿过去，就是咱家的老祖屋啊！

张老汉　全镇坪的人都在为这条高速路出力，我们老张家坚决不能给镇坪人丢脸！你这农家乐迁还是不迁？

张路宽　（不情愿地）迁。

　　　　（突然坐在地上）我的农家乐呀——

张老汉　丢不丢人！起来！

　　　　（向幕内）二蛋、四牛！

　　　　（两男青年上）我让你们找的人找好了没有？

二青年　都在坡上等着呢。

张老汉　（对张路宽和二青年）走！挖老庄子，腾老祖屋，给平镇高速让路！

第三场：幸福之路

　　[大屏显示平镇高速公路某施工现场，在刘欢《在路上》的音乐背景中，讲述人上。

讲述人　这就是我今天要讲的故事，就是一个关于路的故事。平镇高速开工以来，得到了沿线广大人民群众的极大支持，涌现出了许许多多舍小家为大家的动人故事和模范人物。全县人民心往一处想，劲往一处使，为的就是要让这条幸福之路早日贯通，让它真正成为一条带动镇坪社会经济发展的腾飞之路。从此后，天不再高，路不再远，有的只是我们镇坪人幸福的笑脸。

　　[《筑路歌》音乐起，全体演员从舞台不同方向上。

高速集团某领导　（和张老汉紧紧握手）老同志，谢谢您！谢谢您！

张老汉　一家人不说两家话，你们为我们架设幸福之路，我们应该谢谢你们呀！

张璐璐　（向幕内）爸爸——（跑下，拉张路畅，复上）

张路畅　爸！哥！

张老汉　你怎么也回来了？

张路畅　老家这么大的喜事，我怎么能不回来呢？这高速路一通啊，咱镇坪可就了不得啦，我也准备回镇坪投资，专营镇坪土特产啊！（众欢呼）

地方政府某领导　（拉住张路宽的手）老张，你的农家乐新址，我们已经为你选好了。

张路宽　在哪儿？

地方政府某领导　就在你日思夜想的高速路出口。

张路宽　谢谢！谢谢！

张路畅　哥，你的农家乐我入一股。

众　人　我也入一股。我也入一股。

张老汉　乡亲们！闲话不说了，上工地，修高速！

众　人　上工地！修高速！

　　[音乐起，众演员简单走场，造型，完。

（全剧终）

音乐情景剧

宏远，我温暖的家园

时间 当代。

地点 虚拟。

人物 讲述人，甲、乙、丙、丁、戊、已，少年儿童两名(男女均可)。

[在舒缓优美的背景音乐衬托下，讲述人上。

讲述人 时光荏苒，我们又一次欢聚一堂；逝水东流，我们依然初心不变。岁月如歌，朝花夕拾。不知不觉中，我魂牵梦绕的宏远啊，已走过四十八年辉煌的历程。又是一年新春到，又是一年芳草香，孩子们又穿了新衣，点了鞭炮。回首无数的坎坷和蹉跎，我整理如潮的思绪，宏远啊，我有多少话要对你说，你是我今生不离不弃的温暖家园。在这个温暖的大家庭里，每天都发生着团结、关爱、拼搏和奋进的故事，每天都在高唱着人人为之动容的赞歌……（下）

甲 （上）妈妈工作在宏远，我是妈妈的心尖尖。春风又绿汉江畔，手捧喜报回家转。（向幕内）妈妈，妈妈——

乙 （上）小声点，小声点，整栋楼都要被你叫塌了。

甲 妈妈你看！（递上大学录取通知书）

乙 考上啦？

甲 嗯，（小声地）考——上——啦——！

乙 好，好，好，功夫不负有心人啊……

甲 （大声向四周）我考上大学啦——我考上大学啦——（见妈妈在擦眼泪）妈妈，你怎么了？

乙 妈妈高兴，妈妈高兴啊……

甲　　那你怎么哭了？

乙　　（看着录取通知书）唉！

甲　　（接过录取通知书）学费……

乙　　你爸走得早，这些年，咱娘儿俩相依为命，妈妈做梦都在盼着你能考上大学，今天终于如愿以偿了，可这学费……

甲　　（和妈妈相拥而泣）妈妈！

　　　　［欢快的音乐声起。丙、丁、戊、己和两名少年儿童上。

丙　　李大姐，祝贺你呀，小静终于考上了自己心仪的大学。我们大家受公司领导委托，专门来祝贺你，祝贺小静。

乙　　谢谢，谢谢大伙儿，谢谢公司领导……

甲　　阿姨，我们……

丙　　李大姐、小静，你们是在为学费发愁吗？

乙　　是呀，我家这情况大家伙儿都知道……唉……

丙　　李大姐、小静，你们不用发愁，公司领导早就想到了。咱宏远是一个大家庭，小康路上一个都不能少，一个都不能掉队。（从包里拿出两个大红包）你瞧！这是公司奖励给小静的，这是大家伙儿凑的一点心意。小静的学费，你就放心吧！

众　人　你们放心吧！

乙　　谢谢，谢谢公司领导，谢谢大家伙儿！

甲　　（大声地）谢谢宏远！宏远，我爱你——

　　　　［众人造型。切光、众下。

讲述人　是啊，宏远人是一家，你帮我来我帮他。和谐温暖大家庭，公司发展靠大家。记得今年 6 月，骄阳似火，酷暑难当，公司年仅三十七岁的职工胡晓波不幸身患原发性肝癌。为挽救他的生命，家人已花光所有积蓄。面对情同手足的同事和兄弟，集团工会紧急组织公司全体职工为胡晓波捐款，就连职工们的亲朋好友也走进了募捐的队伍。在集团工会的积极倡导下，社会热心人士也纷纷加入了这场爱心奉献活动。虽然最后病魔还是夺走了胡晓波的生命，但我们相信，他的在天之灵一定会倍加欣慰。是啊，因为我们是一家人，我们是相亲相爱的一家人。正是这种团结、友爱、和谐的企业文化，激励着一代又一代宏远人克难奋进、砥砺前行！瞧，退休多年的老师傅又回家串门来了。（下）

丁 （上）老汉今年六十八，退休多年在老家，人虽退休心未退，要当宏远宝疙瘩。哈哈哈……大家伙儿都别笑，我在咱宏远干了一辈子，现在光荣退休了。咱人虽然是退休了，可这心呀，一刻都没有离开过宏远，过上几天不来公司转转、工地上看看，这心里呀，总觉得空落落的。这几天，老汉在家把我这几十年的工作日志、施工记录、工地安全注意事项收拾整理了一下，给我那两个徒弟送过来。这就叫：虽然退休度晚年，心系宏远做贡献。（绕场四周上下看）在哪儿呢？哎——小子，下来歇歇。

戊 师父，大冷的天，你咋来啦？

己 咱师父几天不到工地上来看看呀，这心里一定是慌慌慌。

丁 那是，宏远是我家，咱男女老少都爱它。我二十来岁到宏远，今年已经六十八，这辈子也没啥牵没啥挂，就是希望咱宏远越做越强、越做越大，你们年轻人越来越有出息啊！

己 师父，今天给我们带啥好吃的来了？

丁 就你是个馋猫。（从挎包里拿出一摞笔记本和书籍）来，拿着，这可比啥好吃的都金贵。

戊 哇，工作日志、施工记录、《工地安全常识》。

己 《世界顶级建筑集萃》《鲁班奖申报程序》……

戊 精神食粮啊！（戊、己二人向师傅鞠躬）谢谢师父，谢谢师娘！

丁 好好看看吧。小子们啊，我好几天没过工地来转了，你们最近怎么样啊？

己 他呀，他现在可是我们大家学习的模范啦。

丁 哦？

戊 师父，我已经取得优秀建造师的资格了！

丁 好，好，好啊！

戊 师父，我也被评为优秀员工了。

丁 好，好，好啊！

戊 咱这工地现在也是优秀工地了。

丁 好，好，好啊！

己 师父，您别老是好好好的，您老坐。

丁 看见你们都越来越好，越来越有出息，我坐不住啊！

戊 那正好，师父，我们刚才被一个问题给难住了，正想下班了去找您呢。

丁　　　哦？什么问题？

戊　　　就是钢筋捆扎……

[话语声渐弱，音乐起。戊、己在音乐声中着急地向师父比画问题。

您去一看就知道了。

丁　　　这个问题呀，小事一桩。走！师父给你们现场示范。

己　　　嘿！老将出马，一个顶俩！

丁　　　就你话多，走！

戊
己　　　（齐声）哎！

[音乐起，三人下，讲述人上。

讲述人　在宏远，这样的事情天天都在发生着。老爱小、小敬老，老一辈把
　　　　他们最过硬的技术和作风毫无保留地传给下一代，下一代更是兢兢
　　　　业业，虚心学习。正是有了这种传统和作风，宏远集团才会不断地
　　　　在风雨中成长，在坎坷中铸就辉煌！在这样的氛围中，每一个宏远
　　　　人都深切地体会到了宏远这个大家庭的温暖。因为，我们是一家人，
　　　　我们是相亲相爱的一家人，有福就该同享，有难必然同当，我们用
　　　　相知相守换地久天长。

丙　　　（上）哎，过年啦，公司召开表彰大会，还有文艺会演，大家都去看噢！

[音乐起，丁、戊、己，两名少年儿童上。

丙　　　张师傅，您也来啦？

丁　　　过年了，公司大喜事，我怎么能不来呢！

丙　　　我和工会的同志还说明天去您家看望您和您老伴呢。

丁　　　欢迎欢迎欢迎啊！

丙　　　过年啦，公司在搞文艺会演，咱们可不能落后，一定得参加呀。

戊
己　　　（齐声）那是必须的！

丙　　　（对戊、己）还要给你们两位发奖状呢。

戊
己　　　（齐声）真的呀？太好啦！

讲述人　哎哎哎，你们只顾着热闹，没人理我呀，公司的表彰大会和文艺会
　　　　演，我也要去呀。

二儿童　我也要去，我也要去！

丁　　　去去去，一个都不能少，一个都不能少！

丙　　张师傅，那咱们走吧！

众　人　走，演节目去！

　　　　　[甲乙内喊：还有我们呢！上。

丙　　李大姐，你也来啦？

乙　　公司这么热闹的事，我怎么能不来？瞧，还有她呢。

丙　　小静？

甲　　阿姨，我毕业啦。我要在宏远集团的舞台上把我的毕业证展示给宏远的叔叔、阿姨们，我要让他们放心。我还要告诉大家，我毕业了，我要到宏远公司来上班！

众　人　（欢呼）

　　　　（音乐起，领唱、齐唱、表演唱）

　　　　　　我喜欢一回家就有暖洋洋的灯光在等待，

　　　　　　我喜欢一起床就看到大家微笑的脸庞。

　　　　　　我喜欢一出门就为了家人和自己的理想打拼，

　　　　　　我喜欢一家人朝着同一个方向眺望。

　　　　　　我喜欢快乐时马上就想要和你一起分享，

　　　　　　我喜欢受伤时就想起你们温暖的怀抱。

　　　　　　我喜欢生气时就想到你们永远包容多么伟大，

　　　　　　我喜欢旅行时为你把美好记忆带回家。

　　　　　　因为我们是一家人，

　　　　　　相亲相爱的一家人。

　　　　　　有缘才能相聚，有心才会珍惜，

　　　　　　何必让满天乌云遮住眼睛。

　　　　　　因为我们是一家人，

　　　　　　相亲相爱的一家人。

　　　　　　有福就该同享，

　　　　　　有难必然同当，

　　　　　　用相知相守换地久天长。

　　　　　　因为我们是一家人，

　　　　　　相亲相爱的一家人。

　　　　　　有缘才能相聚，

　　　　　　有心才会珍惜，

何必让满天乌云遮住眼睛。

因为我们是一家人，

相亲相爱的一家人，

有福就该同享，

有难必然同当，

用相知相守换地久天长。

因为我们是一家人，

相亲相爱的一家人。

[集体造型，切光，完。

（全剧终）

情景剧

模范就在我身边

时　间　当代。

人　物　尤青枝，女，四十八岁。

　　　　小　张，男，三十岁。

　　　　商　晓，男，四十九岁。

　　　　客　商，男，外地人。

　　　　张巧云，女，六十岁。

　　　　女游客，二十多岁。

　　　　侯柱铭，男，四十四岁。

　　　　郑永庆，男，六十多岁。

　　　　郑吉庆，男，五十多岁。郑永庆之弟，残疾人。

片段之一

[场景：LED 大屏显示为尤青枝办公室，墙上挂着"诚实守信　合作共赢"的牌匾。尤青枝边接电话边上。

尤青枝　好的，好的，张大爷，您放心，您要的米、面、油和盐酱醋，都给您准备好了。您老腿脚不方便，就别往城里跑了，我一会儿让小李开车给您送过去。不用谢，不用谢，您老人家在家里等着就行了。我呀，还给您老准备了一点新茶叶呢，您老就慢慢品吧。好了好了，不谢不谢。再见，张大爷。

小　张　（急匆匆地上）尤总。

尤青枝　情况怎么样？

小　张　尤总，我到仓库仔细检查了，因为这次强降雨导致仓库漏水，所有的茶叶和丝绸都被浸湿，霉烂变质已成定局！

尤青枝　那你们部门的意见呢？

小　张　我们刚刚开了个短会，我们的意见是……

尤青枝　说！

小　张　这些茶叶和丝绸虽然被水浸湿受潮了，但目前尚未开始变质，只要我们抢时间把它晾好晒干，掺在没有受潮的茶叶和丝绸里，完全可以销售出去。凭咱们公司现在的信誉，客户是不会怀疑的。

尤青枝　小张，我问你，咱们公司现在这良好的口碑和信誉是怎么来的？

小　张　尤总……

尤青枝　小张啊，你到公司已经快六年了，你知道，公司刚刚起步的时候，咱们也曾上过当、受过骗，我们也曾采购到假烟假酒，但我们并没有将损失转嫁给消费者，而是将这些东西交给了工商部门去处理。咱们就是凭着宁愿自己吃亏受损也不做违背良心的事这个原则在经营，在发展。

小　张　尤总，我……

尤青枝　我还是那句老话，做咱们这一行就是做良心，不能因为一点小小的利润就昧着良心来做事。不论是对产品、对员工、对市场，都要讲良心。只要讲良心，就会有回报！

小　张　可那是一百多万的东西呀……

尤青枝　小张啊，钱丢了还可以再赚回来，做人的良心要是丢了，可就很难再找回来了。

小　张　尤总，那您的意见是……

尤青枝　全部销毁！

小　张　啊？！

尤青枝　就这样决定了，你马上去安排，所有受潮变质和有变质隐患的东西，一律销毁！

小　张　是！

尤青枝　安排好以后马上和我一起出趟门。

小　张　去哪里？

尤青枝　呵呵，年纪不大，忘性倒不小。昨天不是说好今天去看望郑永庆郑大爷的吗？

小　张　　嗨，我都忙忘了，我这就去准备。

尤青枝　　多带点东西！

小　张　　好嘞！（下）

尤青枝　　（拿出电话，边打边下）小李呀，你马上备车，把松树村二组张大爷买的东西送过去，别忘了还有我送给他的新茶叶。

　　　　　［切光，换景。

片段之二

　　　　　［场景：LED 大屏显示为车水马龙的大街上，骄阳似火，出租车司机商晓怀抱一个公文包，站在自己的出租车旁焦急地东张西望。

商　晓　　哎呀，这个乘客就是在这里下的车呀，真是急死我了……这包里可是整整十万元钱呀……也不知道这个乘客着急成啥样了……这可怎么办呀……（手机铃响，商晓接电话）啊喂，哦，派出所呀，对对对，我是商晓。是的是的，是我给你们打的电话。对呀，对呀，我现在就在丢包的乘客下车的这个地方等着哪。啥？乘客的特征？哎呀，我一天不知道要拉多少位乘客，要是个个都记得清清楚楚，我真成神仙了。哦，对了，我只记得他说他是到咱们安康来投资做生意的，好像是戴了副眼镜……好，我先在这里不动，先等等看。（挂电话）哎呀，真是急死人了……（焦急地东张西望，外地客商焦急地上）

客　商　　嗯，好像是在这里下的车……（发现商晓）嗯？这个人好面熟，好像在哪里见过……

商　晓　　呀！好像就是这个人……（两人相互打量，仔细辨认）

商　晓
客　商　　（齐声）你……？

客　商　　你是……

商　晓　　我是安康开车的，开出租车。

客　商　　哎呀！我是坐车的，坐出租车。

商　晓　　你坐的就是我的车！

客　商　　我把一个包包丢在你车上了的。

商　晓　　（学外地客商说话）我正好在车里捡到一个包包。

客　商　　那是我的包包。（欲拿包）

商 晓　你怎么证明这是你的包？

客 商　哎呀，小哥哥，你现在打开那个包包。

商 晓　不用打开，我已经打开看过了。你说，这里面装的是什么？

客 商　哎呀，急死人了……

商 晓　你不说，这包就不能给你。

客 商　有个驾驶证，持证人是我，名叫谭同浩。

商 晓　嗯，还有……

客 商　有一沓文件，第一页上面的红字写的是：安康富硒茶产业园区立项报告，署名也是谭同浩。

商 晓　对！还有……

客 商　哎呀，急死人了！还有一个手机充电器、一支笔、一个小本本，还有……还有……

商 晓　还有啥？

客 商　（四下张望一下，扒在商晓耳朵边悄声说话，然后大声地）噢，对了，还有五块三毛钱零钱。

商 晓　回答正确，这包……

客 商　怎么了？

商 晓　还给你！

客 商　（未接包，上前紧紧抱住商晓）哎呀，太好了，谢谢你。（使劲亲商晓的脸）

商 晓　哎哎哎……这可受不了，受不了，记得下次出门刮胡子，扎死我了……（把包交给客商）我呀，在这里都等你快一个小时了。

客 商　（打开包，取出一沓钞票）小哥哥，这是我的一点点小意思，千万请收下！

商 晓　哎哎哎，这就是你的不对啦。

客 商　我怎么不对啦？包包完璧归赵，一点心意酬劳，天经地义嘛！

商 晓　我要是为了你的酬劳，我就不在这里晒着太阳等你啦；我要是为了你的酬劳，我就不配当安康的的哥啦！

客 商　安康好，安康好啊，看来我投资选对地方啦！哈哈哈……

商 晓　哎呀……只顾了等你还包，差点忘了大事啦。

客 商　什么事？

商 晓　今天，我们的哥协会组织去看望一位安康好人，现在大家一定都出发啦。朋友，再见！

客　商　安康好人？那你带上我吧？

商　晓　好，上车！

　　　　［切光，换景。

片段之三

　　　　［场景：LED大屏显示为安康汉江美景，画外音：大家刚才看到的故事，在美丽的安康几乎天天都在上演着。

女游客　（兴致勃勃地上）姑娘本姓吴，家住在太湖，大学刚毕业，假期来旅游。听说安康风景好，天上人间都难找，今日来到汉江边，绿水青山看不完，白鹭翩翩江面舞，龙舟竞渡闹翻天。实在是太美了，真是太美了，（小声地）都快赶上我们太湖了……（不停地拍照，一会儿相机一会儿手机拍得不亦乐乎。）

　　　　［张巧云背一个背包上，前后左右仔细打量女游客。

张巧云　小姑娘……小姑娘……

女游客　哎，这不是刚才那位大妈吗？

张巧云　是呀，是呀，你刚才在我那里买饮料了……

女游客　买饮料的钱我给了呀。噢，是不是没给够呀，还差多少？

张巧云　呵呵……差得不多，就差一块钱。

女游客　就一块？

张巧云　就一块！

女游客　（背过一边，小声地）一块钱追了这么远，真的！大妈，这大热的天，为一块钱你老追了这么远，也真是辛苦你了。差一块，我给你两块。（突然大惊失色）哎呀，我的包！

张巧云　在这儿呢。（从背包里拿出一个女士小包）

女游客　大妈，那是我的包！

张巧云　是你的包。小丫头，跑得跟飞似的，喊都喊不住。看着你在前面跑，我老婆子就在后面追，可累死我了。

女游客　大妈……我……

张巧云　（慈爱地）跟我那闺女一个样，整天风风火火、丢三落四的，没个女孩儿样。快看看少什么东西没？

女游客	一定不会少，一定不会少的！你真是安康好大妈！
张巧云	哈哈哈……安康不仅有好大妈，还有好大叔呢。
女游客	好大叔？
张巧云	是呀，今天我就要和社区的大妈们去看望一位安康好大叔，你想不想去呀？
女游客	想去，想去！
张巧云	走，咱们一起去！

[切光，换景。

片段之四

[场景：LED 大屏显示为郑永庆简朴的家，郑吉庆呆坐在轮椅上。

[画外音：郑永庆，一位普通的退休工人。他的弟弟郑吉庆因骨结核手术失败导致终身残疾。在此后不到十年的时间里，郑永庆的父亲、母亲、妻子都因病相继离他而去。为给几位亲人治病，郑永庆花光了家里所有的积蓄，还欠下十万元巨额外债。儿子也因此辍学，早早外出打零工贴补家用。但这个坚强的汉子并没有因此倒下，他坚守承诺，四十余年如一日，不仅无微不至地照顾着瘫痪的弟弟，还依靠自己微薄的退休工资，和儿子一起靠打零工、拾破烂，还清了因治病而欠下的巨额外债。他用自己单薄的身躯，诠释了诚实守信、淳朴善良的中华传统美德，赢得了社会的尊敬。

[郑永庆端一盆水上。

郑永庆	兄弟，该泡脚啦。
郑吉庆	不泡！
郑永庆	又咋了？
郑吉庆	哥，快四十年了，天天都这样伺候我，我……
郑永庆	咱们是一母同胞的亲兄弟，咱爸临走时把你托付给我，我就应该像爸妈照顾你一样地伺候好你。你好好的，咱就还算是个家嘛。
郑吉庆	只是苦了你呀，几十年没有过一天舒心的日子……
郑永庆	看你说的，这几年不是慢慢好起来了吗？账也还完了，政府还给咱兄弟两个办了低保，你侄儿也工作了，咱们的日子，一定会越来越好的呀！

郑吉庆　哥……

　　　　　[《我们是相亲相爱的一家人》音乐渐起。

郑永庆　兄弟，相信哥哥，有政府的关心、大家的支持，再加上咱们兄弟的共同努力，咱家的日子一定会越来越好的。

　　　　　[商晓、客商上。

商　晓　郑大哥！

郑永庆　小商来啦，今天没跑车呀？（指着外地客商）这位是？

客　商　郑大哥，我是他的朋友。刚才在路上，他把你的事情都给我讲了，你真是一位值得我们大家尊敬的好大哥呀！（拿出一沓钞票）这是我和他的一点小意思，请一定收下！

郑永庆　这怎么可以？这怎么可以？

客　商　这怎么不可以？我还要号召我们公司全体员工向你学习哪！

商　晓　郑大哥，你就收下吧。

客　商　是呀，收下。（塞给郑吉庆）这样就好，我又多了一位安康的好朋友啦。

　　　　　[张巧云、女游客手捧鲜花上。

张巧云　嘀，老郑呀，今天你这里好热闹啊。

女游客　大妈，这就是你说的安康好大叔？

张巧云　是呀，是呀。

女游客　大叔，你好！我一定要向你学习，做一个诚实守信、坚守善良的好人。

郑永庆　兄弟呀，咱们赶上了好光景，遇上了好人啊！（推郑吉庆到台口）老父亲，你和老娘就放心吧，你交给我的事情，我做到了。

郑吉庆　爸，妈，我们身边都是好人啊！

郑永庆　都是好人啊！

　　　　　[大家相互寒暄，《我们是相亲相爱的一家人》音乐声大作，众人一起走到台口向观众挥手致意。

　　　　　[灯光渐暗，落幕。

朗诵剧

情系百姓　智创之光

时　间　当代。

人　物　男甲、男乙、女丙、女丁。

置　景　LED 大屏或高清投影仪。

[在优美舒缓的音乐声中甲、乙上。

甲　尊敬的各位领导、各位专家，亲爱的观众朋友们，我们是来自国网安康供电公司配电运检室带电作业一班的普通职工。今天，我们要给大家讲述的却是一个不普通的故事。

乙　2007 年 9 月的一个深夜，抢修班的同事们拖着疲惫的身躯刚刚从一个抢修现场返回，值班室的电话又凄厉地响了起来。电话的另一端传来急促的抢修指令："静宁路供电线路发生故障，已造成大面积停电，请立即前往抢修!"

甲　接到抢修指令的同事们，还没来得及脱下被泥水浸透的工装，便又一次冲进了漆黑的夜幕。

乙　来到静宁路，街道上已经站满了因为停电而走出家门、拥上街头的群众。面对着一双双充满期待和渴望的眼睛，我的同事们一边安抚着大家的情绪，一边立即对静宁路沿线的电力杆塔进行逐一仔细排查。

甲　当排查到一处被浓密树枝和树叶以及大量杂乱网线遮挡住柱上设备的电杆时，排查人员透过细小的缝隙，发现安装在这根电杆上面的一相跌落式熔断器熔管已经跌落。

乙　造成这次停电事故的原因，就是这个小小熔管的跌落。原因找到了，群众纷纷议论："这下好了，这下好了，马上就会有电了。"

甲　抢修人员禹康拿出一个新的熔断器，一边准备上杆，一边大声对焦急的群众说道："大家放心，换上这家伙，马上就有电了。"

乙 望着禹康矫健的身影和自信的目光，群众不由得发出了一阵欢呼。

甲 此时的禹康信心满满，在无数目光的注视下登上了电杆。他要操作手里的绝缘操作杆换下已经跌落的熔管，他要尽快让群众家里的灯光亮起来。

乙 禹康艰难地攀爬到操作区域，准备更换已经熔断跌落的熔管，可眼前的情景却让他尴尬万分。

甲 由于此时杆上的横担纵横交错，树枝、树叶层层覆盖，低压主干和下户线更是十分密集，使得操作难上加难。

乙 初秋的夜晚，浓雾密布，肉眼根本无法看清操作杆的着力点，虽然禹康使出了浑身解数，故障熔管依然迟迟不能卸下，居民区依然一片漆黑。杆下群众的议论声又一次传到已是满头大汗的禹康耳朵里，有的群众已经开始大声嚷嚷起来。

甲 此时，抢修班几名经验丰富的老师傅也闻讯赶到现场增援，禹康和几名师傅在电杆上费了九牛二虎之力还是未能在恶劣的环境下把故障熔管卸下，最终不得不全线停电，用最原始的办法才将新的熔管换上。

乙 就这样，一个小小的熔管，一个简单的卸、装动作，不仅耗时长达一个多小时，还造成了更大面积的全线停电。这件事，给禹康和大家心中带来极大的震撼和久久挥之不去的阴影……

甲 在过去的抢修过程中，使用传统绝缘操作杆卸、装熔管时还出现过卸下的熔管掉落在低压导线上，直接导致低压线路短路、熔管摔落到地面破裂的事故……

乙 故障排除了，工友们回来了，可"智汇电网、创领光明"的曙光由此开始在禹康和工友们的脑海中冉冉升起。

甲 善于思考、敢于创新、勇于担当的使命感也由此在禹康和工友们心中油然而生！

乙 创新改革则兴，故步自封、墨守成规则废。由此，禹康和他的工友们开始了针对传统绝缘操作杆夜以继日、废寝忘食的攻关改造。

甲 不知经历了多少个不眠之夜，也不知经历了多少次失败，艰辛汗水的涩咸终于换来了丰收果实的甘甜，新型"跌落式熔断器专用绝缘操作杆"终于诞生了！

乙 新型"跌落式熔断器专用绝缘操作杆"改造了传统工具的结构，打破了传统的操作步骤，巧妙地利用弹簧拉杆的力量，将熔管圆柱形头部牢牢固定在新型操作杆前端的空心套筒内，这样，熔管尾部就完全暴露在操作人员眼中，无论在任何环境下使用，都使得熔管卸、装操作易如反掌。

甲　不仅仅使得熔管卸、装操作易如反掌，而且大大提高了工作效率，彻底消除了传统操作杆在作业时容易使熔管由高空掉落的安全隐患。

乙　2010年夏季，安康突发特大山洪，一时间，江水暴涨，人民的生命财产遭受重大损失。这就是安康"7·18"特大洪灾。

甲　洪灾过后，百废待兴，安康供电公司配电运检室带电作业一班责无旁贷，又一次义无反顾地冲在了电力恢复抢修的最前线。

乙　灾后的安康，闷热难耐，蚊虫肆虐，但哪里有险情，哪里就有我们抢修班兄弟姐妹手持"跌落式熔断器专用绝缘操作杆"的飒爽英姿。

甲　"咬定青山不放松，任尔东西南北风。"新型"跌落式熔断器专用绝缘操作杆"在安康"7·18"特大洪灾面前锋芒毕现、挥洒自如，为抗洪救灾立下了汗马功劳。

乙　在风口浪尖的冲锋舟上，在摇摆不定的抢险船上，在已被洪水淹没的大街小巷、楼顶、树杈，在许许多多难以想象的复杂环境下，工友们手持新型"跌落式熔断器专用绝缘操作杆"，闪转腾挪、上下翻飞，将一个又一个熔管轻松卸下、装上……

甲　它经受住了血与火的锻造，它经受住了大风大浪的考验；它赢得了时间，赢得了安全，也赢得了工友们的交口称赞，它更赢得了人民群众对国家电网的尊敬和信任。它无愧于"智汇电网、创领光明"这八个闪闪发光的大字。

乙　"位卑未敢忘忧国，事定犹须待阖棺。"新型"跌落式熔断器专用绝缘操作杆"目前已获得国家知识产权局实用型专利，还荣获"陕西省电力公司群众性创新成果一等奖""陕西省电力公司班组创新成果一等奖"。

甲　有"大众创业、万众创新"精神的引领，有"智汇电网、创领光明"动力的感召，国网安康供电公司上下"创新创造"已蔚然成风，处处都有创造的思想，时时都有创新的成果。

　　〔丙、丁拿一副绝缘手套上。

丙　嗬，二位师兄聊得好热闹啊！

甲　我们正在向大家介绍咱们的新型"跌落式熔断器专用绝缘操作杆"呢。

乙　你们的"接地梯固定螺栓套筒"研制得怎么样了？

丁　哈哈哈哈，"两岸猿声啼不住，轻舟已过万重山。"（拿出螺栓套筒）你——们——瞧！

甲　嗬！不错嘛，快给大家展示一下。

丙　（调皮地）请看大屏幕！

丁　记住，咱们可是带电作业哟。过去咱们的工友上杆用螺栓固定横担、接地梯等部件，还必须戴上厚重的绝缘手套，对吧？

乙　这是必须的呀！

丙　这是必须的，但是问题来了，戴上这样的手套……

丁　瞧，戴上它，手指弯曲非常困难，灵活度大大降低，粗活还将就，可要在高高的杆塔上绣花可就难啦。

甲　在杆塔上绣花？

丙　对喽。咱们的工友每次上杆塔检查、维修都是精益求精、细了再细，可戴上它，你瞧，要拿起小小的螺栓，还有更小的垫片（大屏幕演示戴手套拿垫片），唉，真是太难了！

丁　有时好不容易拿到了，一不小心又从手里掉落了。

甲　这事儿我们还真是经常遇到。

乙　那你们的解决办法呢？

丙　（调皮地）再请看大屏幕。

丁　我们设计了一个套筒，这个套筒是按照常用螺栓的规格制造的。

丙　工友们上杆塔之前，就可以把螺栓、垫片提前放置在套筒内，杜绝了拿不起来、拿起来又经常掉落的窘境，又安全又快捷。

丁　这个套筒再配上棘轮方榫一起使用，那真是天生的一对呀！

甲　谢谢你们！你们为我们解决了困扰多年的小麻烦带来的大难题呀！

乙　小小的套筒、崭新的思维、创新的思想，就在我们身边不断地出现并变成了提高工作效率的实际。

丙　小小的套筒，不仅把螺栓、垫片紧紧地套住，它也套牢了我们热爱国网、献身电力事业的热血情怀。

丁　小小的操作杆、小小的螺栓套筒，只是万众创新海洋里的"沧海一粟"，正是有了这一点一滴，才铸就了一个又一个辉煌的大国工匠！

甲　创新不会停止！

乙　创新永远在路上！

丙　创新不会止步，还有更多的奥秘在等待我们去探知！

丁　还有更多的成功喜悦在等待更多的年轻身影出现！

　　〔音乐起，集体鞠躬，下。　　　　　　　　　　　　　　（完）

朗诵剧

我与英雄的对话

[女甲出，追光起。

女　甲　今天，我们要讲述的这几个人很普通，普通得就像邻居老李、街坊老张、楼上的王嫂子，他们和我们一样柴米油盐地过日子，生活在同一个地方，时不时地也会发发牢骚，抱怨一下生活里的那些不顺心；也会因为鸡毛蒜皮的小事跟家人或朋友吵上几句。然而在那一瞬间，他们不再平凡，他们的本能反应让我们肃然起敬！他们的义无反顾让我们真切地感受到这个世界的美好！

场景一

[同期声：闹市喧嚣声、刹车声。

群众1　车来啦！

群众2　要撞到人啦！

老向，快闪开！（碰撞声）

群众3　好危险啊，六个娃娃差点都被撞倒了！

群众4　老向，你醒醒！醒醒啊！快打120！

男　甲　2012年12月27号的下午，紫阳汉王镇加油站前面的斜坡，一辆失控的拉沙车疾驰而下。不远处，就是六名刚放学的小学生，他们一路嬉笑着朝家走，完全没有意识到危险就在身后。千钧一发之际，向贞吉大喊着："快让开，车、车、车！"危急关头向贞吉奋力一扑，用自己的身躯，护住了六个儿童，让他们和死神擦肩而过，而自己的左腿脚腕处却生生被车撞断，中间有十厘米没了骨头，花费十多万元，经历了五次手术，还是留下了终身的残疾。直到现在，伤腿还隐隐作痛。治疗欠下的债务，也才刚刚还清。向大哥，做这些，您难道就没有后悔过吗？

[同期声、视频：不后悔，毕竟是救了六个孩子的命啊！

男　甲　不后悔！简单的三个字背后，很难想象您和您的家人是怎么挺过来的！受伤前，您行动自如、健步如飞。为了家庭、为了邻里，忙前忙后，热心助人。受伤后，因为行动不便，就只能坐在家门口，看着门前街道上车来车往、人流如织，再也没办法担起家庭的责任，也不能跑前跑后为邻里乡亲的事张罗了。十多万元的治疗债务压得整个家庭喘不过气来，而您却无能为力。面对这些，你的答案还是"不后悔"！你给别人说，如果以后遇到这样的事，你还会毫不犹豫地冲上去。我相信，我们都相信！

场景二

[火灾现场的声音。

群众1　着火啦！快救火啊！

群众2　危险啊，里面还有个煤气罐！

群众3　大家赶紧躲开！

群众4　啊，有人冲进去了！　（男乙出）

男　乙　2016年3月12号晚上8点多，白河县宋家镇联络村一农户家中着火，宋家镇派出所年轻的值班民警支鹏和战友接到报警后，第一时间赶到了现场。当得知起火的房间里还有一个煤气罐，支鹏二话不说冲进火海，在滚滚浓烟中，抱起已经开始燃烧的煤气罐，把它放到安全的地带，和战友一起将火扑灭，阻止了一场更大的灾难！在冲进火海的那一刻，支鹏，你难道就不知道这样做有多危险吗？难道就不怕大火在你的脸上留下伤疤吗？你难道就没有想过你的未来吗？

[同期声、视频：那个时候顾不上想那么多，我只知道，我是一名警察。

男　乙　我是警察！这是你的回答。可二十五岁的年纪，应该对未来有更多的设想。你是否也曾想过遇见一位心仪的姑娘？你是否也曾想过拥有一个幸福的家庭？你是否也曾想过当爸爸妈妈一天天变老，你将要好好地照顾他们？而这些美好的设想，有可能在你冲进火海的那一刻发生改变。而你给出的回答——我是警察，震天撼地！

场景三

[水流声、呼救声、跳水声。

小女孩　救命呀，有人掉河里了！

群众1　救上来了！救上来了！

群众2　来来来，慢点！慢点！

小女孩妈妈　救命大恩人哪，谢谢你救了我们家孩子，你救了我们全家啊！我给你磕头了！（女乙出）

女　乙　2014年11月19日，下午3点多，天气很冷，岚皋司机邱新田从安康检车归来，途经县城肖家坝大桥时，"救命、救命"的呼喊声传来。听到急切的呼救声，面对湍急的河水，邱新田毫不犹豫地跳了下去，完全不顾自己还穿着厚厚的冬装，甚至连手机都还在衣服口袋里！事后，有人问他，老邱啊，你已经是年近五十的人了，你可曾想过你已经十几年没有下过水了？你可曾想过湍急的河水下面那深不可测的暗流？冒着生命的危险，你保存了一个家庭的希望和完整，可是，当时，你难道就没有一点害怕吗？

[同期声、视频：不害怕，我总不能见死不救吧！

女　乙　"不能见死不救啊！"——不是掷地有声的豪言壮语，只是一个普通人再朴实不过的回答。说起救人的事，老邱一直觉得那是自然而然的事情，小女孩被救上来后，她的家人一再想表达他们的感恩和谢意，小女孩的妈妈得知老邱因为急着救人，手机被水浸坏了，想给他一千元钱让他换个手机。老邱却说，手机不值钱，人的生命最值钱啊！

男　甲　这是我们和这些"百姓英雄"之间的对话，我一直期望着能从对话中找到答案。可是真正的答案在哪里呢？（面对男乙）你找到了吗？

男　乙　是啊，真正的答案在哪里呢？

（面对女乙）你找到了吗？（女乙摇头）

男　甲　不用找了，他们不就是我们身边的普通人吗？和我们一样过着平凡的日子。可就在这平平常常的日子里，他们用自己的行动播撒着一个人最纯粹的善意和良知！

女　甲　是啊，我们没有必要用华丽的辞藻、精美的文字去塑造一个个高大伟岸的形象，我们只需要记住，他们就是我们身边的百姓英雄！

男　乙　也许有一天，面对危险，挺身而出的不仅仅是向贞吉、支鹏、邱新田，而是你、是我、是他，是这个城市里每一个友爱而善良的人们！

男　甲　答案还重要吗？不重要了！和这样的人生活在同一座城市，同一片蓝天下，是件多么幸福的事情！

女　乙　我爱这座城市，我爱这个地方，因为这是我们所有人用爱与希望守护的——

　合　幸福安康！

歌舞剧

秦岭之心　大美宁陕

[在优美的音乐声中，浑厚的男中音朗诵。在朗诵过程中，背景舞美随朗诵内容不断变化、过场、造型。

朗　诵　水清石出鱼可数，林深无人鸟相呼。蝉噪林愈静，鸟鸣山更幽。试登秦岭望秦川，遥忆青门春可怜。亲爱的朋友，这就是秦岭之心，这就是绿都宁陕，这是一个被森林紧紧拥抱、美得足以让你窒息的地方。走进这片森林，你会在香风中融化，你还会在山花间重生。在郁郁葱葱的林中漫步，在幽深的森林里穿行，高大的青松苍劲挺拔，彩色的小鸟在枝头唱着婉转的歌。这就是秦岭之心，这就是绿都宁陕。走进这片森林，醉人的清新氧气将充盈你的肺腑，潺潺流水将融化你的灵魂。这里是中国最具特色的生物基因库，这里是最具活力的动植物博物馆。瞧，那是冷杉、连香、鸽子树，那是银杏、香樟、红豆楠。这里有林麝、羚牛、娃娃鱼，还有黑鹳、红雉和朱鹮。哎呀呀，那大熊猫、金丝猴不经意间就会出现在你的眼前。走，让我们一起走进宁陕，走进宁陕醉人的绿色空间。

[音乐起，美丽的少男少女在优美的山歌中跳起轻快、俏丽的民族舞蹈。

歌舞词　（唱）秦岭之心，大美宁陕，
　　　　　　　郁郁葱葱，我的家园。

　　　　（白）绿都宁陕万宝山，
　　　　　　　动植物的博物馆，
　　　　　　　冷杉连香鸽子树，
　　　　　　　银杏香樟红豆楠；

林麝羚牛娃娃鱼，
黑鹳红雉和朱鹮，
大熊猫、金丝猴，
漆麻耳贝样样全。

（唱）走过山路十八弯，
秦岭主峰太白山，
太上老君炼金丹；
再过山路十八弯，
高山湿地悠然山，
峡谷漂流筒车湾。

（白）三道小溪九个潭，
十八丈瀑布在眼前，
飞流直下三千尺，
诗仙李白都汗颜。

（唱）上坝河、广货街，
四季都能把雪玩。
健康小镇朝阳沟，
细品农家菜和饭。

（一女声）欢迎您到宁陕来——
（另一女声）到宁陕做个深呼吸——
（另一女声）既洗肺来又美颜，
（齐声）到宁陕做个深呼吸，既洗肺来又美颜！
（唱）秦岭之心，大美宁陕，
郁郁葱葱，我的家园。

[此段音乐戛然而止，另起舒缓、优美的音乐。整个舞台上的演员随着音乐左右摇动，舞美置景随音乐变换。朗诵起。

朗诵 还有，还有，还有很多很多……还有那城隍庙的钟声，还有那旬阳坝的日落，还有那不改的乡音，还有那醉人的歌……还有竹林掩映的农家小院，还有如山的汉子和那水一般的女子……宁陕美，走进宁陕终不悔。宁陕美，进入林海人心醉。走！到宁陕去，秦岭之心、绿都宁陕，秦岭之心、大美宁陕——欢迎你！

歌舞剧

闹龙舟夸家乡　秦巴明珠美名扬

[音乐声中，一百位妙龄少女依次而上，翩翩起舞。一百位女演员每十人为一组着装，分别代表着安康九县一区。

开场歌舞唱词一

> 巍巍秦岭巴山间，
> 滔滔汉江荡清涟，
> 江边有座安康城，
> 秦巴明珠美名传，
> 端午佳节闹龙舟，
> 秦头楚尾笑开颜。

主持人　哎哎哎，我说这是哪里来的一群美女呀，我这儿还没有报节目呢，你们怎么就上来了？你们是哪儿的？

演员甲　快来看快来看，这不是那个谁、那个谁……那个谁吗？

演员乙　对对对对对，他就是那个谁……那个谁？

演员丙　瞧你俩这记性，他是主持人×××。

演员丁　对对对，就是他，平时都是在电视上看，今天终于看见活的啦。

众演员　来来来，今天看活的，今天看活的。（围住主持人叽叽喳喳）

主持人　哎哎哎，我说，这里是龙舟节开幕式的演出现场，你们叽叽喳喳的，这是干吗？

众演员　我们就是来参加龙舟节演出的。

主持人　你们也是来参加演出的？你们演什么节目？

演员甲　一年一度龙舟节，四方宾客纷纷来，载歌载舞献香茶，要请贵客进山来！

主持人 我明白了。你们这是来邀请四面八方尊贵的客人去你们家乡做客呀。

众演员 对对对！

主持人 哎哎哎，你们这样乱糟糟的怎么行？一个一个来，一个一个来。

众演员 我先来，我先来！

主持人 不要急不要急，咱们由北向南来。

演员甲 不行！要由南向北来。（众演员争执状）

主持人 哎哎哎，我说美女们，不用争不用争，你们南边一个北边一个，两边一起向中间来。

众演员 好好好！

主持人 快下去准备吧，今天我来当裁判。

众演员 走走走，去准备。

[全体下，音乐起。代表镇坪的二十位演员上，载歌载舞。

镇坪舞蹈歌词二

云雾缭绕化龙山，

迎客劲松站山巅；

飞渡彩瀑似银链，

奔腾穿梭巴山间；

自然国心鸡心岭，

川陕鄂渝举目观；

盐道古乐悠悠唱，

巴人傩戏祈福人间；

旅游佳境处女地，

淳朴好客镇坪县；

备好腊肉斟满酒，

要迎贵客进巴山。

[舞毕，拉出彩带，上书"旅游佳境处女地　淳朴好客镇坪县"，在舞台一侧造型。

[音乐起，代表宁陕的二十位演员上，跳起欢快的快板舞。

宁陕快板词三

八百里秦川向南看，

那是省城的后花园。

秦岭主峰太白山，

太上老君炼金丹；

高山湿地悠然山，

峡谷漂流筒车湾；

上坝河、广货街，

四季都能把雪玩；

健康小镇朝阳沟，

细品农家菜和饭；

绿都宁陕万宝山，

还是动植物的博物馆，

有冷杉连香鸽子树，

银杏香樟红豆楠；

林麝羚牛娃娃鱼，

黑鹳红雉和朱鹮，

大熊猫、金丝猴，

漆麻耳贝样样全。

到宁陕做个深呼吸，

既洗肺来又美颜。

[舞毕，拉出彩带，上书"绿都宁陕欢迎您"，在舞台一侧造型。

[音乐起，代表白河的二十位女演员上，优美的舞蹈尽显温婉婀娜。

白河舞蹈歌词四

母亲河，汉江水，

碧波荡漾，蜿蜒流淌；

秦头楚尾，福佑山河；

白河水色，润泽安康；

古长城威扬秦楚，

古民居雕梁画栋；

一方水土一方人，

白河水色白河人；

白河的女子白河的汉，

　　　　白河的姑娘赛天仙；

　　　　唇似樱桃臂似藕，

　　　　嘴里的山歌比蜜甜；

　　　　走一走，看一看，

　　　　你再不想把家乡还。

[舞毕，拉出彩带，上书"白河水色　润泽安康"，在舞台一侧造型。

[音乐起，代表石泉的演员舞龙、舞狮上，锣鼓喧天，高潮骤起。

石泉花鼓词五

　　　　喜连天哪笑连天，

　　　　鬼谷子家乡叫石泉；

　　　　莲花水碧拍两岸，

　　　　云雾山中有景观；

　　　　滚鼓坡、燕子洞，

　　　　人间仙境看不完；

　　　　后柳水乡人间少，

　　　　中坝峡谷美名传；

　　　　古香古色石泉县，

　　　　红色巨石在汉江河的正中间。

　　　　端午佳节闹龙舟，

　　　　龙腾狮吼争上游；

　　　　四方宾客您听真，

　　　　到了陕南一定要去美石泉。

[舞毕，狮口吐出彩带，上书"端午佳节闹龙舟　十全十美是石泉"，
在舞台一侧造型。

[音乐起，代表汉阴的演员 RAP 说唱伴街舞上，表演风格与石泉迥
然相异，充满现代气息。

汉阴说唱六

　　　　过了石泉您再看，

　　　　一座宝塔入云端，

　　　　这是文峰聚贤塔，

三沈墨客唱诗酣。

月河川道鱼米乡，

油菜花开香两岸。

桃红李白杏花粉，

丹桂红枫赛牡丹。

汉江两岸竹成海，

月落荷塘蛙声喧。

凤凰山上古凤堰，

鬼斧神工造梯田。

咱汉阴的吃喝讲究大，

美味的饺子用油炸。

简池蒲溪芝麻饼，

天南海北都爱它。

欢迎您到汉阴来，

游山玩水乐开怀。

［舞毕，拉出彩带，上书"三沈故里　秀美汉阴"，在舞台一侧造型。

［音乐起，代表旬阳的演员歌舞表演上，纯粹的陕南民歌民舞风。

旬阳舞蹈唱词七

兰草花儿开，

崖畔春到来。

太极山城美如画，

九曲黄河难比她。

兰草花儿开，

红漆凳儿在。

蜀河古镇敞开怀，

八大件美食端上来。

汉江号子吼起来，

古老的皮影唱起来。

我家就在山城住，

笑迎八方贵客来。

［舞毕，拉出彩带，上书"兰草花儿开，欢迎您到太极山城旬阳来"，

在舞台一侧造型。

[音乐起，代表平利的演员在平利弦子腔伴奏下载歌载舞上。

平利弦子腔唱词八

春风春雨春花开，

女娲故里绿满怀。

姐采一片绿仙毫，

妹踩祥云下凡来。

天书峡中品香茶，

正阳草甸遍地花。

女娲炼就七彩石，

补住苍天佑众生。

中皇晴雪松听涛，

平安利享乐陶陶。

五峰山下有中国——

最美乡村。

[舞毕，拉出彩带，上书"中国最美乡村——平利欢迎你！"在舞台一侧造型。

[音乐起，代表岚皋的演员载歌载舞上。

岚皋歌舞唱词九

要唱歌来就唱歌，

你歌哪有我歌多。

走过山路十八弯，

处处奇观在眼前。

巨砾堆垒南宫山，

秦巴美景古冰川。

跌宕婉转千层河，

千年桂花故事多。

风光秀丽岚皋县，

是中国最美休闲小城，

还有那——

中国最美的香米稻田。

［舞毕，拉出彩带，上书"岚皋——中国最美休闲小城欢迎你"，在舞台一侧造型。

［音乐起，代表紫阳的演员歌伴舞上。

紫阳男声独唱歌伴舞唱词十

郎在对门砍干柴，

姐从家中送饭来。

郎问姐姐什么饭，

油炸豆腐白菜薹。

紫阳女声独唱歌伴舞唱词十一

三月里采茶是新年，

收拾打扮上茶山。

自从那天看见你，

魂不守舍到今天。

四月里采茶是清明，

收拾打扮上茶山。

不为采茶只为你，

你在山上放耐烦①。

紫阳歌舞唱词十二

终南山中涌清泉，

那是汉江活水源。

烟波浩渺三千里，

进入长江在武汉。

汉江流过十八弯，

来到美丽紫阳县。

自古这里故事多，

悠悠山歌响耳畔。

---

①放耐烦：安康方言，请耐心等待的意思。

紫阳富硒茶飘香，

青石板盖房呀——

（白）怎么样？

（唱）住——神——仙。

[舞毕，拉出彩带，上书"中国茶乡 民歌之乡——紫阳"，在舞台一侧造型。

[充满现代气息的音乐声陡起，在气势恢宏的结束歌舞声中，一辆山地越野汽车开进舞台中央，由车上跳下不少于二十名青少年，在越野车旁跳起街舞。十名少年骑轮滑，十名少年骑小轮自行车鱼贯而入，每名轮滑及小轮自行车选手均手持彩旗，上书"魅力汉滨，活力汉滨，时尚汉滨，开放的汉滨，自信的汉滨"，以及九县一区的标志性用语，以越野车和街舞为中心相向疾驰。代表九县一区的演员在原地舞动各种道具、彩绸、鲜花，翩翩起舞，营造出一个人头攒动、彩旗飘扬的热闹场景。

结束歌舞唱词十三

安康安康，

我美丽的家乡。

安康安康，

魂牵梦绕的地方。

青山环碧水，

田野铺芳菲。

蓝天白云现祥瑞，

日月朗朗吐金辉。

汉江水清鱼儿壮，

山歌悠悠茶飘香。

中华大地似锦绣，

这里是文明发祥的地方。

安康安康，

我美丽的家乡。

安康安康，

中国最吉祥的地方。

秦巴明珠展开了双臂，

拥抱着世界拥抱着你！ （完）

小 品

不走老路

时　间：当代。

地　点：秦巴山区某村村口老皂角树下。

人　物：汪老犟，男，六十多岁，资深药农。

　　　　柴　玲，女，三十多岁，汪老犟的儿媳。

　　　　汪志强，男，三十多岁，汪老犟儿子，村委会主任。

　　　　潘为民，男，四十多岁，某市农业局高级农艺师。

　　　　[幕启，汪老犟手拿锄头，肩扛一袋写有"黄芩"字样的口袋。放下口袋。

汪老犟　扶贫帮困政策好，莫见过市长、县长天天往咱村上跑；咱农民自己要是不争气，再帮再扶都莫意义。我的名字叫汪老犟，不是我吹，在这山里头，你莫说犁地耙田、兴桑养蚕，还是喂牛放羊、伺候养鱼的池塘，我都是远近闻名、样样在行。另外，我给你说，我还是咱方圆几十里（拿起口袋）种植这黄芩的魁首，嗨嗨，状元！哎，说起这种黄芩，谁能有我行？可我那个不省事的儿媳妇子小柴玲，还有那个扶贫的驻村干部潘为民，硬是要叫今年倒茬，先种一季草决明。谁不知道黄芩价钱是草决明的一倍多，我要听他们的，那才是个"苕脑壳"①。今天我已经把黄芩的种子买，不怕他们来使拐，只要种子入了土，那就叫：半夜蛤蟆爬上岸——有气你就自己鼓！嘿嘿嘿……（拿出手机打电话）喂！他三姨父，马上叫你村上那几个手脚麻利的小伙子到我地里来帮忙种黄芩。工钱？工钱还和去年一样，每天每人三十五，下午半斤苞谷酒。啥？三十五不行？涨价了，

---

①苕脑壳：安康方言，指脑子不够用。

要四十五一天？好好好，四十五就四十五，猫儿还能怕老鼠！（挖地）

[柴玲手拿锄头，肩扛一袋上写"草决明"字样的口袋上，放下口袋拿出手机。

柴　玲　喂！春花，你赶快叫上桂花、冬花和梨花，马上到我家地里来帮忙抢种草决明。我公公？唉，我那公公脾气犟，一时半刻还难上趟，不如今天先下手，看他还能那么吼（笑）。莫啰唆了，快点来快点来。（发现挖地的汪老犟）咦，那不是我爸吗？我只说抢先种，没想到公公他比我还要早行动！爸，爸——！

汪老犟　哎呀，这儿媳妇咋还撵来了？（装作没看见继续挖地）

柴　玲　（拉住汪老犟）爸，前两天我和潘同志把道理给你说了三背篓，你咋还是个犟拐头！

汪老犟　（佯嗔）儿媳妇拉住公公的手，也不怕人背后嚼舌头！

柴　玲　爸，你……

汪老犟　叫爸？今天你叫爷也不行！

柴　玲　爸，你听我说嘛。

汪老犟　玲玲子呀，我这种了一辈子药材了，还不知道种啥子划算？用得着你娃儿指手画脚耽搁时间！

柴　玲　你——（一气之下把黄芩袋子抓在自己手上）

汪老犟　你——给我……（二人争夺口袋）

柴　玲　（一屁股坐在袋子上）这黄芩今天你种不成！

汪老犟　（欲夺又不好意思靠近）唉！（抓耳挠腮，来回踱步）玲玲呀，不是爸爸不听你和潘干部的话，我种黄芩远近闻名，外地客商排队要货，今年要是倒茬歇气停一年，一年就是六百斤黄芩呀，这要少挣多少钱呀！你为啥是小猪崽崽吃奶——专找小豆豆啃哪？

柴　玲　爸，正因为咱们的黄芩出了名，客户越来越多，咱们才更应该注重药材的品质，让咱们的黄芩质量越来越好。潘同志是市上的高级农艺师，他能来咱们这儿驻村扶贫，是咱们的福气呀。他说，由于我们不注重改良品种和药材种植技术，咱们村的黄芩已经出现基因退化、产量下降、品相越来越差的现象。现在我们实施黄芩轮作倒茬，是有科学依据的呀！

汪老犟　好了好了，我过的桥比你走的路长，睡着了比你醒着都强！你拿二两棉花纺一下还行，要说这种药材，这方圆几十里，哪个能够跟我比？

柴　玲　你是种药材能手，这大家都知道。可是，人家驻村扶贫的潘同志给咱推荐的用草决明轮作倒茬技术，可是有科学依据的呀！

汪老犟　草决明、草决明，不就是那野绿豆嘛，种那玩意儿能赚几个钱？

柴　玲　爸，你不是给我们说过"一个泡桶田①，不能连种三年藕"这个道理吗？用草决明轮作倒茬，来年再种黄芩，道理是一样的。

汪老犟　藕是藕，药材是药材，一个是泡桶田，一个是山角角②，哪能一样？

柴　玲　哎呀，你真是个犟脑壳③！不跟你说了，反正我已经把草决明的种子领回来了，今天必须下种！

汪老犟　嘿——如今儿媳胆子大，哄田哄地哄爸爸！（佯装转变态度）那，那让我看一下（走近柴玲，乘其不备一把将袋子夺过来）我叫你今天种不成！

柴　玲　爸，我们一定要相信科学，不能再靠老经验走老路了。市上很重视农村的扶贫工作，潘同志推荐的轮作倒茬，实实在在是在帮我们呀！

汪老犟　好了好了，扶贫工作组的好意我心领了。玩笔杆子我不如他们，玩锄把子他们不如我！

柴　玲　你，老顽固！

汪老犟　你，嫩洋姜！

柴　玲　顽固！

汪老犟　洋姜！

柴　玲　你老！

汪老犟　你嫩！（生气地坐在草决明袋子上）

　　　　［汪志强、潘为民边谈边上。

潘为民　所以呀，这个精准扶贫，就是这个道理，一定要给乡亲们讲清楚，再不能走胡子眉毛一把抓这条老路了。你这个村委会主任责任重大呀！

汪志强　对头！今天晚上就再开一次村民大会。（发现汪老犟和柴玲）咦？我爸和我媳妇大清早坐在这儿做啥？（对汪老犟）爸，这大清早的又跟哪个犟上了？

汪老犟　问你媳妇去！（将头扭向一边）

汪志强　玲玲子，咋了？

柴　玲　问你爸去！（将头扭向一边）

①泡桶田：安康方言，指肥沃的水田。
②山角角：贫瘠的山旮旯。
③犟脑壳：形容人比较固执。

汪志强　嘿，今天早点吃的是炸药吧？好好好，都懒得理我，我也没得闲工夫问，村上还有事，我们先走了。（二人佯装要走）

汪老犟　强娃子呀，你媳妇都快把我气死了！

柴　玲　咱爸就是拿米汤洗头——糨颡①！

汪志强　好了好了，莫吵了。其实我晓得，你们是为黄芩轮作倒茬这件事说不到一搭去。（对柴玲）柴玲子呀，市上把咱们家定为精准扶贫科技示范户，目的就是要我们带动其他药农走科学种植之路。这讲科学，也要讲方法嘛。我爸爸种了一辈子药材，积累了丰富的经验，你一句话能够否定得了？

柴　玲　我就是按照扶贫工作组讲的办法跟他说的，可他就是不听嘛！

汪志强　莫着急，慢慢来噢。

汪老犟　哎呀哎呀，你们看你们看，那个窝囊劲又上来了。

汪志强　爸！轮作倒茬的道理你懂得比我多，这样吧，我们还是让潘同志给我们讲讲。

潘为民　大伯，这次我和志强到市上参加"精准扶贫"培训会，收获很大呀！今后，我们发展特色经济，一定要走专业化、特色化、品牌化、规模化的道路。要让每一个村都有一个或者几个发展水平较高、特色较明显的主导产品和特色品牌，从而大幅度提升特色农业的经济效益和综合竞争力。

汪志强　爸，今年咱们村种一季草决明倒茬，为的就是明年的黄芩品质更好，收成更高呀！

汪老犟　倒茬种地这个道理老辈子就有，（指草决明）可轮作倒茬种这玩意儿，得行不得行？种下去长不长？前几年县上号召种远志，种到地里鬼毛都莫见一个。

潘为民　大伯，你问得好呀。咱们秦巴山区的特殊区位，适合种植各种中药材，为啥要先种一年草决明呢？哈哈……农业局的实验田都种了好几茬了，已经成功了才向咱们药农推广的呀！你放心，下种后，由我全程跟踪指导。

汪老犟　这……

潘为民　大伯，你这块地种黄芩有好久了？

汪老犟　一直在种。

---

①拿米汤洗头——糨颡：歇后语，有糊涂、倔强之意。

潘为民 这就对了，这块地连年种黄芩，就好像人吃饭，天天一个样，不倒胃口才怪。（从包里拿出两根黄芩）大伯你看，这根黄芩就是你这块地去年收的，根茎疙疙瘩瘩，品相极差质量不好，所以你去年的黄芩价格就不如前年；这是经过轮作倒茬后出产的，根直皮光，品相好，质量好，它的价钱是你这个价钱的一倍多，客商还抢不到。

汪志强 爸，咱家这块地前年收成八百多斤，去年才六百斤，一亩少收一两千块钱。过去，黄芩莫病莫灾，现在硬是病虫害不断。

潘为民 这就是连续种植的恶果。

汪老犟 （仔细对比两根黄芩）这……

汪志强 爸，这次我和潘同志在市上遇见去年收咱家黄芩的张老板了。他说，如果咱们再不想办法改变咱家的黄芩品质，今年他就不到咱家来了。

汪老犟 啊？真的呀？

潘为民 真的！同样是掏钱，人家为啥要买撇①的呢？

汪志强 爸，潘同志已经向张老板做出了今年实施黄芩轮作倒茬的保证，不会影响咱的销路的。

汪老犟 谢谢你呀，潘同志！这事是好事，我就怕这决明子种出来莫人要，最后是精尻子进牛圈——瞎整一气莫来头②呀。

潘为民 这个你放心，志强已经和药材加工企业签订了收购合同，要是因为实施轮作倒茬造成了损失，由企业负责赔偿。

汪志强 爸，你看，这是合同。

汪老犟 （仔细看合同后）潘同志，你们领导想得可真周到呀……

柴　玲 哎哎哎，强娃子你看，三姨父咋领了一帮人往这边来了？

汪老犟 嘿嘿……那是我叫他们来帮忙种黄芩的……咦，村上那一大伙妇女咋也叽叽喳喳地往过走哩？

柴　玲 嘿嘿……那是我叫来帮忙种草决明的……

汪志强 好，来得好，人多力量大，一起开种草决明！

汪老犟 嘎势③嘎势！

　　〔音乐起，剧终。

---

①撇：安康方言，意为不好、差。

②精尻子进牛圈——瞎整一气莫来头：精尻子，即光屁股。意思是不动脑筋、莽撞行事。

③嘎势：安康方言，开始的意思！

交警的一天

时　　间：当代。

地　　点：安康的繁华街道边。

人　　物：庄　严，男，二十多岁，交警。

　　　　　醉　汉，男，三十多岁。

　　　　　马　莎，女，二十多岁，违章人。

[画外音：亲爱的听众朋友，这里是 959 安康交通广播。今天下午，在我市金州路白天鹅广场十字，一位执勤交警和两位违章司机起了争执，这一幕恰巧被过往的一位群众全程拍摄了下来。我们一起来看看群众到底拍到了什么。

[醉汉嘟囔着，步履蹒跚地上。

醉　汉　金州路修得美，走路不怕再崴腿，朋友聚会喝几杯，我要在这刚修好的路上飙一回。（拿出车钥匙，按下遥控器，音效：汽车解锁声）嗯？这车门咋还开不开？（错把后视镜当门拉手，使劲拉，用力过猛摔倒）

[庄严急上。

庄　严　哎呀，同志，这……这是怎么回事？好好的怎么就摔倒了？快起来，快起来。

醉　汉　嘿嘿，莫站稳，莫站稳……嗯？咋一下来了三个警察？

庄　严　哪有三个警察，就我一个。

醉　汉　一个？嘿，这个警察长得美，三个脑壳两张嘴……

庄　严　大哥，你这是喝高了吧？

醉　汉　谁喝高了……才八两……

庄　严　八两还少啊？这谁的车呀，你在这儿猛拉后视镜？

醉　汉　我的车，我的车。（把遥控器交给庄严）你试，你试。（庄按遥控器，解锁声响）

庄　严　还真是你的车呀。你都喝成这样了，怎么还想开车呀？

醉　汉　金州路刚修好，路面平坦又宽敞，喝点小酒心里痒，我要过瘾飙一趟。

庄　严　大哥，酒后不能开车。这车钥匙我先替你保管着，等你酒醒了再来开。

醉　汉　哈哈哈，一看你就是当警察时间不长，是个外行。

庄　严　我要是内行应该怎么办？

醉　汉　要是内行，你就再等一下嘛。

庄　严　制止违法行为刻不容缓，我等什么？

醉　汉　哈哈哈……你硬是叫个甩掉傻鞋，扒下傻袜，褪下傻裤，脱下傻褂儿……

庄　严　嗯？

醉　汉　就剩个傻帽儿……

庄　严　你！

醉　汉　你等我一上车，一挂挡，一给油，一抬离合，车子一动，你再出来，哨哨一吹，嘴里一喊："停！"这下你扣本本罚款，那才叫"洋瓷碗扣鳖——稳得儿"。

庄　严　听您这程序，还真像是没醉。

醉　汉　你太性急了，我还莫上车，车子还没动，你就把我叫住了，这下你扣不了，罚不成，你白忙活了半天吧？再等一秒钟，我这车就开出去了，到那时，你再出来就刚好。

庄　严　在这一秒钟里要是发生事故呢？你酒后驾车，出事故就小不了。一场车毁人亡的悲剧，很可能就发生在这一秒钟之内。

醉　汉　田坎边的碎蚪嘛儿①干吼叫，你吓唬谁哩？我这是酒壮英雄胆，喝得越多，车开得越好。再说，这金州路刚修好，我……

庄　严　算了算了，咱还是说您的事吧，您不是对我们交警的业务挺内行吗？我就再告诉您几句，我们交警执法的目的不是为罚款记分扣本子，而是要捍卫生命的尊严，保护人民的生命财产，把一切隐患和事故

---

①碎蚪嘛儿：安康方言，指蛤蟆。

消灭在萌芽之中。

醉　汉　嘿！安康八大件上菜呀，还一套一套的呢。

庄　严　大哥，这道路安全秩序的维护，光靠我们交警肯定是不行的，需要全社会的共同努力……这样吧，您先在这儿休息一下，醒醒酒，再有几分钟我就下班了，我替您开车送您回家。

醉　汉　哈哈哈……够哥们儿，我等着您……（突然大叫）哎，看那儿……

庄　严　（大声地）停车！

醉　汉　兄弟，你连飞机都敢拦呀？

　　　　[马莎上。

马　莎　怎么了，让我停车干吗？

　　　　[庄严迎上，敬礼。

庄　严　您好，请出示驾照。

马　莎　我怎么了？

庄　严　您违反了交通法规，超速行驶。

马　莎　超速行驶？您意思是说我开得太快？

醉　汉　兄弟兄弟，她开得一点儿都不快。

马　莎　就是嘛。

醉　汉　你是飞得太慢！妹子，您开的这是波音 747 吧？

马　莎　什么波音 747 呀，我这是米妮……（故作姿态）警察叔叔，抬抬手让我过去吧，知道我这车是哪儿的吗？

庄　严　同志，请出示您的驾驶执照。

马　莎　干吗干吗干吗？严肃起来没完了？告诉您，我可是认识你们大队长……

庄　严　我们大队长我也认识。请您出示驾照。

醉　汉　三十晚上的磨子，莫推头了。请出示驾照。

马　莎　关你屁事呀？讨厌！（对庄严）大哥，您照顾照顾，我有急事……

庄　严　有急事更不能开这么快，出了事故不全耽误了吗？

马　莎　我是去看我老公……他也是你们大队的，叫庄严……

庄　严　啊?！您叫……

马　莎　我叫马莎……

醉　汉　马路杀手嘛。

马　莎　起什么哄啊，讨厌！我真叫马莎……不信您看……（将驾驶执照递给庄严，庄严对照相片打量马莎，马莎摆个美美的造型）

醉　汉　哎呀，妈呀，自己袜子自己闻，臭美得很呀！

马　莎　讨厌讨厌讨厌！（对庄严）大哥，您认识庄严吧？

庄　严　太熟悉了。不过据我所知，他好像还没结婚。（庄严填处罚单，然后递给马莎）

庄　严　同志，请您明天去交警大队接受处罚……

马　莎　什么？我不都跟您说了，我是庄严的未婚妻……

庄　严　这和您接受处罚并不矛盾啊！（敬礼）再见！

马　莎　哎，你这个人怎么这么不给面子啊！

醉　汉　我说妹子，就这智商还是交警的未婚妻呢，给你那老公打个电话不就完了吗？

马　莎　啊？对……对……（掏出手机）喂，维尼熊吗？

醉　汉　还加菲猫呢。

马　莎　我加菲猫啊……谁加菲猫啊！我是马莎。您给我介绍的交警队那男朋友是不是叫庄严……你跟他说过我吗？他知道我的名字吧……好吧，你把他的手机号给我……谁急着要嫁出去呀！哎呀，现在跟你说不清楚，我给他打电话……（按号几次手机均未打通）关什么手机呀，真是的！

庄　严　大哥，怎么样，酒醒了吗？我下班了，走，我送你回家。

马　莎　哎哎哎，咱的事还没完呢！

庄　严　您还没走啊？

马　莎　把驾照还我。

庄　严　还您驾照？可以。

马　莎　就是嘛，还我就完了，咱们谁跟谁呀！

庄　严　等您接受完处罚，自然就还给您……

马　莎　你……你……到底还不还？

庄　严　还啊，我说得还不够清楚吗？

马　莎　你现在就还给我。

庄　严　对不起，我没有这个权力。

马　莎　那你怎么有权力酒后上岗啊？

庄　严　我没有喝酒啊。

马　莎　没喝酒？这么大的酒味，你还敢说你没喝？

醉　汉　这酒味是我嘴里的。

马　莎　一边站着去，被窝儿伸出一只脚——讨厌！

庄　严　您看，我像喝过酒的吗？

马　莎　你看你那脸红的，你不像谁像……

庄　严　倒是经常有人说我脸黑，我还头一次听人说我脸红。

马　莎　对，你那脸就是黑红黑红的！你不但喝酒，上岗还带着个醉鬼亲戚，对无辜群众冷嘲热讽……

醉　汉　我根本就不认识他……是吧，哥？

马　莎　这哥都叫上了还说不认识？我告诉你，你不马上把驾照还给我，我就告你违反禁令，让你穿着警服耍威风！

庄　严　同志，我们刚才所有的对话，都在我这执法记录仪里，我在交警队等您。再见！

醉　汉　快，再打电话呀。

马　莎　哎哎哎，（拿手机按号）哎，通了。

庄　严　（手机响，接电话）喂，您好……

马　莎　庄严吗？我是维尼熊给您介绍的女朋友马莎，我被你们队里一个警察给拦住了……（边走边说，和庄严相遇）

庄　严　（挂掉电话，敬礼）我就是庄严！没想到咱们会在这里见面。感谢您愿意选择交警做男朋友，但是您还需要慎重考虑考虑，做交警的妻子，不但要理解交警执法的辛苦，有时还要承受一些委屈呀！有机会咱们再见。（扶醉汉下）

马　莎　哎……把我撂这儿，和他走了！庄严……我错了……等等我……

（完）

岗　位

时　间：当代。

地　点：国税局办税大厅。

人　物：郭　君，女，国税局干部。

　　　　郭　蕊，女，郭君妹妹。

　　　　国税局干部甲（年轻女性）、乙（年轻男性）、丙（中年男性）。

　　　　[国税局干部甲、乙、丙上。

甲　　新年新气象，新年要有新模样！

乙　　撸起袖子加油干，国税局里模范人物千千万！

丙　　模范人物千千万，可我正为这事在犯难。

甲　　庆三八，喜事多，你的表情怎么像个冷冰冰的黑铁锅？

乙　　不仅像个黑铁锅，整个就是一被开水焯过的茄子难上桌。

丙　　唉！你们不知道，市里召开庆三八表彰大会，咱国税局里优秀的女税干个个都是巾帼不让须眉，人人都是狗撵鸭子呱呱叫，可咱总不能把所有的美女税干都召集上台吧？

甲　　难怪你这几天愁眉苦脸，原来是为了这事犯了难。

乙　　要说难也不难，巾帼模范虽然成千上万，我们可以选一个代表台上站。

丙　　哎，这个点子好。可你们说说看，谁能代表咱国税局里的女模范们往那台上站？

甲　　依我看，办税大厅里的郭君姐姐就最能代表我们女税干。

乙　　好好好，郭君姐姐我最喜欢。

丙　　嗯，全局上下都在把郭君同志来推荐，咱仨说了还不算，还是请大家到办税大厅去看一看。

甲
乙　　（齐声）好，我们都到办税大厅去看一看。
丙

　　　　[三人下，音乐起，郭蕊手拿饭盒上。

郭　蕊　唉，一年三百六十天，姐姐天天都在办税大厅忙得团团转，妈妈生病住院已经快半年，她还是天天围着工作转。今天开学第一天，龙龙的家长会定在下午 2 点半，我看她今天怎么办！
　　　　[甲上。

甲　　哟，小郭姐姐又来给郭姐送饭啦，今天是什么好吃的呀？

郭　蕊　你们这税务局呀，工作起来没白天没黑夜的，连吃饭都不给时间，我能有什么好吃的，喏，蒸面！

甲　　蒸面好，蒸面香，一天不吃病恹恹。你等着，我去给你叫郭姐。
　　　　[甲下，郭君上。

郭　君　小妹，又麻烦你给我送饭。

郭　蕊　我都给你送了三年啦。

郭　君　谢谢妹子哦，谁让你是我的好妹子呢！（刮了一下郭蕊的鼻子，接过饭盒）嗬，蒸面！我早说了，谁要是找了我妹妹做媳妇，那可真是福气大大的好！

郭　蕊　少跟我套近乎！这送饭是小事，今天还有大事呢。
　　　　[幕内有人喊郭君，郭君把饭盒递给郭蕊。

郭　君　啥大事一会儿说，一会儿说。（急下）

郭　蕊　唉！这税务局上班真就像打仗似的，连一口饭都不能安宁地吃。
　　　　[郭君复上，接过饭盒。

郭　君　你刚才说今天有啥大事？

郭　蕊　妈妈生病这么久了，说好这周去住院，你是家里的老大，老太太住院，你去不去？

郭　君　我……

郭　蕊　我什么我？妈可是咱俩的妈。

郭　君　妹子，刚才我已给咱妈打过电话了，告诉她我这儿忙得实在走不开，你猜妈怎么说？

郭　蕊　妈说啥？

郭　君　妈妈说："我可是个老税务人了，税务局的工作我懂，一个萝卜一个坑，你走了，群众可就急了。无论在哪个岗位，一定要把工作做好。我去医院，就让你妹子带我去吧。"好妹子，妈妈住院，还是得劳你大驾了。

郭　蕊　姐——（撒娇）

　　　　[幕内又有人喊郭君。

郭　君　来啦，来啦。

郭　蕊　吃了再去！（撒娇）

郭　君　（又刮一下郭蕊的鼻子）马上就来吃。（下）

郭　蕊　唉！摊上这么个姐姐我也是醉了。可话又说回来，我这个姐姐呀，虽然只顾工作不顾家，可她却是我家的顶梁柱、局里的NO.1，有这样的姐姐，我……我骄傲！

　　　　[郭君上，又接过饭盒。

郭　君　妹子，你先回，我下班以后就去医院看咱妈。

郭　蕊　下班以后？意思是你今天白天还是不能去？

郭　君　是呀，你看我的岗位，离不开人呀。

郭　蕊　姐呀，我问你，今天是什么日子？

郭　君　什么日子？

郭　蕊　今天是龙龙开学第一天！

　　　　[郭君怔住。

郭　蕊　姐，龙龙今年升六年级了，明年就要上初中了。去年一年，龙龙的学习成绩持续下滑，期末考试，龙龙的成绩由原来班上的前三名，直线下滑到班里的二十多名。今天学校召开家长会，你必须去，这也是学校要求的，而且是硬性要求。

郭　君　我……

郭　蕊　姐，工作固然重要，可龙龙的未来更重要。今天早上，我带龙龙去报名，龙龙对我说："小姨，我什么都不要，我……我只要妈妈！"

郭　君　龙龙……

　　　　[内又喊郭君，郭君擦掉眼泪下。

郭　蕊　姐……

　　　　[音乐起，郭君复上。

郭　君　（把郭蕊搂在怀里）小妹，姐姐对不起你，对不起妈，对不起龙龙。

这些年，苦了你和妈妈、龙龙，可是姐姐是一名税务人，我的岗位直接代表着政府和税务这个群体的形象啊！咱们的妈妈也是税务人，我是这个事业的继承人。既然我选择了这条路，我就不敢怠慢，也不能怠慢。有多少税务人不都是和姐姐一样，舍小家，顾大家，风里来雨里去，娘盼儿女回、儿唤父母归呀！小妹，你能理解姐姐吗？

[甲、乙、丙上。

郭　蕊　姐……

[姐妹俩紧紧相拥，音乐大作。

甲　　这就是我们郭姐的普通一天……

乙　　这就是我们税务人普通的一天……

甲　　我们苦，可我们苦中有乐！

乙　　我们累，可我们累中有情！

丙　　我们愿把这份情化作满天星斗洒向人间，洒给国税美好的明天！

嘱 托

时　间：当代。

地　点：陕南乡村农家小院，许道银家和张青山家。

人　物：许道银，男，六十多岁，岚皋县大道河镇茶农村支书。

　　　　李桂枝，女，六十多岁，许道银老伴。

　　　　张青山，男，七十多岁，岚皋县大道河镇茶农村村民。

　　　　张秀秀，女，十七岁，聋哑人，张青山孙女。

　　　　李满仓，男，二十多岁，岚皋县大道河镇茶农村村民。

[场景：蓝天白云，翠竹掩映的陕南乡村农家小院，许道银蹲在院子里抽着旱烟袋，不时地来回踱步，唉声叹气。李桂枝上。

李桂枝　老头子，今天这是咋了，一大早饭也不吃，就在这院子里转来转去，把我的头都转晕了。

许道银　唉，村上修路，昨天停下来了。

李桂枝　又没钱了？

许道银　唉！是呀。最后时刻，偏偏这时候……

李桂枝　我说老头子，为了村上这条路，你把命都快搭上了，咱们那点养老钱，你全部拿出去捐给路上了。现在，家里可什么都没有了。

许道银　咱家……不是还有……

李桂枝　哎，我知道你在想啥，你又在打我那点嫁妆的主意了。

许道银　老伴啊，咱们茶农村过去穷得叮当响是因为啥？就是因为没有路啊。满山的宝贝眼看着烂在山上就是卖不出去呀。前几年，咱们咬紧牙关发动村民仅仅修了一条毛石土路，就是这样的一条路，给咱们茶农村带来了多大的变化呀！我曾经许诺大家，一定要把这条土路变成漂漂亮亮的水泥路，而且要通到家家户户。现在到了关键时刻，就剩土地庙前面那一点点弯道了，偏偏这个时候没有钱买材料了。我是支书，而且给大家有过承诺，你说，我该怎么办呢？

李桂枝 这些我都知道，你把家里几十年攒下的那点钱捐出来修路，我没拦你，还跟着你一起天天在工地投工投劳，我也没说啥，我晓得，你这是为了大家伙儿，是为了茶农村的儿孙们不再受苦受穷。可是现在，我们已经莫钱可拿了呀，就连我生病买药的钱都莫得了……

许道银 这些年跟着我也的确难为你了！等这条路修通了，我一定带你出去好好转转，也把你的病彻底治一治。

李桂枝 唉！我也就那点嫁妆了，那可是我娘……

许道银 我晓得，我晓得，那是你的命根子。

李桂枝 你晓得那是我的命根子，你还打它的主意？

许道银 我……

李桂枝 你啥？你想都莫想！你要敢把我的嫁妆败了，咱这日子也就莫过了。

许道银 唉！好，不想就不想！明天我就到镇上去找镇长，这支书啊……不干了！咱们两口子在这茶农村住了一辈子了，老了老了，也让村里所有的人戳一回脊梁骨，对着我们的家吐一回口水，以后咱们老两口出门呀，再找一块布把脸遮起来！

李桂枝 我说老头子呀，莫得那么严重。

许道银 莫得那么严重？有了承诺不兑现，叫个啥子共产党的支书？说话不算数，还是不是个人？（见老伴踌躇犹豫，故意大声地）这饭我也懒得吃了，我到镇上去。

李桂枝 哎哎哎……你到镇上去做啥？

许道银 找镇长，辞职！村上这条路啊……我也不管了！

李桂枝 老头子，回来！

许道银 咋了？

李桂枝 老头子呀，跟了你这么多年，你还不晓得我？我是不是那种自私自利的老婆子？我是不是一个只管自己不顾别人的人？

许道银 哎……那不是那不是，你原来是修水库的铁姑娘排长，现在也还是老模范嘛。

李桂枝 我那点嫁妆，是当初进你们许家门的时候我娘给我压箱底的，这么多年，就是再苦再难，咱们都没有动过，现在……

许道银 老伴啊，你听我说，我只是暂时拿它到银行做个抵押，等路通了，挣了钱了，我一定给你赎回来，还给你，我保证！

李桂枝 唉！只要这路能通，村上能变样，搭上我这嫁妆也算值了。

许道银 谢谢老伴啦……

李桂枝 老头子，说话要算数哦！

许道银 算数算数！有承诺就要兑现！要是说话不算数，我出门就叫车……

李桂枝 （捂老伴的嘴）哎哎哎！你呀，一高兴，又乱说。

许道银 谢谢老伴了。

李桂枝 哪个让你谢呀！我去给你取，你快进屋吃饭去吧。

许道银 老伴呀，饭就不吃了。后山张大哥托人带信让我赶紧去一趟，据说，张大哥的病越来越重了，我去看看就回来，你先吃。（欲下，李满仓挎一包上）

李满仓 大叔！

许道银 满仓？你们不是都走了吗？

李满仓 （从挎包里拿出几个存折和银行卡递到许道银面前）大叔，这几年我们在外打工，家里的钱都由你在保管，几年了，分文不差。我们几个商量好了，这次我们出去，家里的钱还是托您保管，家里的老人也托付给您了。（鞠躬）

许道银 只要娃娃们信得过我，这事不算啥。你们安心在外打工，家里有大叔和大伙儿照应着，你们就放心吧。

李满仓 村上修路正是关键时刻，我们这时却要走……我们几个商量了一下，每人捐两千块钱，也算我们几个的心意。

许道银 好！好啊！是咱们茶农村的好小子！

李满仓 大叔，拜托了！

许道银 放心放心，等你们再回来时，车就可以坐到家门口了！

　　[切光，换景。

　　[场景切至张青山家。张青山躺在床上，张秀秀侍奉左右，端茶递水，偷抹眼泪。

张青山 乖孙孙，不哭，爷爷带信过去了，你许伯伯马上就过来了。

　　[秀秀懂事地点头，许道银上。

许道银 大哥，我来了。怎么，病又严重了？

张青山 她大伯呀，昨天你才走，今天又把你叫过来，真是对不住啊！

许道银 老哥哥，你快别这么说，这么急急忙忙地喊我过来有啥急事？

张青山 （把张秀秀拉到身边）道银兄弟呀，这娃娃命苦哇……

许道银 我知道，我知道……昨天我不是已经把镇上办的那个技能培训班的听课证给送过来了吗？

张青山 是呀，是呀，这件事我是放心了。可有一件事我还得交代给你，你是支书，我信得过你呀……

许道银 老哥哥，有啥事你尽管说。

张青山 我这个孙女命苦啊，我那儿子、儿媳——她的爹妈十几年前就都得病相继走了，留下这个哑巴娃娃跟着我这个没用的爷爷相依为命。这么多年真是麻烦你了，又是送米面又是送钱款，又给我们爷孙俩办了低保。我老汉和我那早死的儿子、儿媳，在阴间也记着你这个支书的大恩大德呀！

许道银 大哥……别难过，日子总会一天天好起来的。

张青山 唉，我也七八十岁了，这把老骨头也撑不了几天了。这家里的事，样样你都替我老汉着想，也都安排得稳稳当当，只是还有一件事，我思前想后，只能交代给你了。

许道银 老哥哥，你说。

张青山 这哑巴娃娃让我怎能安心入土啊……

许道银 老哥哥你放心，有党组织，有政府，有村委会，还有全村的父老乡亲，我们都会竭尽全力照顾好秀秀的。

张青山 道银兄弟，只有把这哑巴娃娃交给你，我才敢闭眼呀……

许道银 老哥哥……这……

张青山 道银兄弟……

许道银 （略做沉思）好！老哥哥，你放心！我和我老伴，一定会像对待自己的女儿一样……不，一定比对自己的亲闺女还要好地待秀秀。

张青山 道银兄弟，你……你答应了？

许道银 老哥哥，你放心。等秀秀长大成人了，我和老伴还要为她找个好人家，一定八抬大轿，吹吹打打、热热闹闹地让秀秀出阁。我要让所有的人都知道，我许道银要嫁女啦。

张青山 （挣扎着从床上爬起来，把张秀秀拉到许道银面前）秀秀啊，快叫爸爸。叫啊……叫啊！

　　　　　　[张秀秀不知所措。

许道银　老哥哥，你这不是为难孩子嘛，她……她……她是哑巴呀……

张青山　哎呀，我也老糊涂了，老糊涂了。那……那……那就给你爸跪下……
　　　　　　（突然大喊）跪下！

张秀秀　（在跪下的同时，硬生生喊出了一个字）爸！
　　　　　　[三人造型，音乐起，切光。完。

招　　聘

时　间：当代。

地　点：移动公司某招聘现场。

人　物：志强，男，移动公司某部门经理。

　　　　小军，男，某养殖场小老板。

　　　　大熊，男，社会无业人员。

　　　　莉莉，女，某幼儿园教师。

　　　　秘书，女，移动公司职员。

秘　书　（上，收拾招聘现场，向内）王经理，招聘时间到了。

志　强　（匆匆上）眼看着 2016 马上没了，2017 眨眼就到，咱移动公司样样
　　　　业绩就像是上紧了发条，噌噌地往上冒，可就是手机卖场情况不妙。
　　　　卖场越开越多，老板急得嗷嗷叫：2017 必须改变面貌，4G 业务必须
　　　　再上台阶，移动宽带必须大搞特搞。所以，过去的经营观念必须甩
　　　　掉，招个顶级的店长，把移动业务和手机销售绑定，我就不信不能
　　　　改变面貌。不好，招聘时间到。（坐下，对秘书）你，招聘条件，
　　　　现在播报。

秘　书　（走到台中）卖场招聘店长，条件如下：工作经验不能少，沟通能力
　　　　更重要，领导才能、团队意识、危机处理能力样样都得呱呱叫！

志　强　一号。

秘　书　一号。

小　军　（上）大家叫我军哥，瞧瞧咱，风华正茂，在老家有个小小的养猪
　　　　场，日子过得挺美妙，最大的爱好就是看我的大肥猪吃得饱饱睡大

觉。听说移动公司要把店长招，我来应聘，这叫跨界创新最时髦。（对志强）老板好。

志　强　你就是传说中的军哥？

小　军　请多关照，多关照。

志　强　坐。听说你还是个小老板，说说你有多少员工。

小　军　五百只……不不不……是五百头。

志　强　五百头？猪吧？

小　军　是猪是猪。

志　强　好吧，你说说你是怎样管理这五百头猪的。

小　军　管理？其实也没啥，管猪和管人其实都是一样的。只不过，猪是猪它妈生的，人是人他妈生的。老板，你妈贵姓？

志　强　我妈姓朱……你妈才姓朱！

小　军　我只是打个比方嘛。老板呀，我那五百头猪呀，我首先给它们划分明确的权利范围和空间，每头猪必须在自己的范围内比谁吃得多、长得快。就像咱移动公司，有卖场，有4G，还有宽带，那就必须要有指标，要有竞争才行。

志　强　嗯，不错，继续说。

小　军　如果我来当店长，我首先选择合适的员工，组成一个全新的团队，太强的不能和太弱的关在一起，关在一起，太弱的就抢不到吃的，必须强强联合，要抢着吃，这样的猪肉才紧实好吃。

志　强　说人。

小　军　（自言自语）猪和人其实是一样的嘛。比如，你爱吃烂萝卜，它爱吃……

志　强　你才爱吃烂萝卜！

小　军　打个比方，打个比方嘛。另外呀，要促销，必须要让终端购买者知道产品的真正优势才行。我卖猪，就突出我养的猪的优势：散养、肉紧、饲料无添加……

志　强　说移动业务。

小　军　移动业务也一样。如果我来当店长，移动大小号，流量集结号！大号零长漫，通话无忧愁，小号每天一元，五百兆流量管够，就是我的口头禅。

志　强　不错、不错，那你再说说，你为什么会喜欢我们移动公司？

小　军　我们全家、我们全村都用移动公司的产品，这不是理由吗？再说，我喜欢移动，需要理由吗？

志　强　说得好，喜欢移动，不需要理由。你非常优秀，等我们的通知吧。

小　军　这就成了？

志　强　等——通——知！

小　军　嗨！（下）

志　强　（对秘书）下一个。

秘　书　笑一个。

志　强　下一个！

秘　书　哦，下一个！

大　熊　（带一马仔上）我姓熊，大名闹，江湖人称"熊闹闹"。大家看，咱这身材，像不像个金钱豹？我现在是网吧、酒吧大少，手下人马几十号，方圆几十里，包括新马泰都归我罩。

马　仔　熊哥，新马泰你也罩？

大　熊　新城、马坎子、泰山庙！我就是这么风光，这么荣耀。听说移动公司要把店长招，我要当店长，哼哼，谁敢不要！

志　强　你就是熊包？

大　熊　熊闹！

志　强　闹什么闹？坐下！你先说说，你都管理过多少员工，再谈谈你的管理经验。

大　熊　咱曾经管理过百十号兄弟。要说经验嘛，那就是首先要树立自己的威信。想当年，我拳打汉江两岸，脚踢南北二山，就是用实力证明自己的能力。另外，对兄弟们要奖罚分明。敢打敢拼不要命的，要重奖，香车美女、带薪年假，要啥有啥；缩手缩脚、贪生怕死的，我就罚，罚完马仔我罚老大。

志　强　好吧，那如果你来当店长，你主要靠什么来打开局面、提升业绩？

大　熊　靠什么？（大拇指指向马仔）人才！

志　强　好家伙，这叫人才？

大　熊　移动公司现在摊子大了、业务多了，不能再走过去的老路了。瞧瞧，全家用移动，宽带零元送！飞享享特权，宽带十元用！单宽自由选，每天不到两块钱！这么多的好处，为什么会搞不好呢？关键还是得靠人才。所以，我就来应聘当移动的店长。

志　强　那你说说，你为什么想来当这个店长？

大　熊　唉，知我者谓我心忧，不知我者谓我何求。黑道混腻了，想来白道转转。

志　强　啊？你这样的背景、这样的想法，不适合我们中国移动。你请回吧。

大　熊　宝宝苦宝宝累，宝宝想做个好人，给个机会吧，大哥……

马　仔　给个机会……

秘　书　出去！

大　熊　哼，走着瞧！走！

　　　　[二人下。

志　强　找警察去吧，警察会给你机会的。哼，嗑瓜子怎么嗑出个臭虫来了！下一位。

秘　书　下一位！

莉　莉　（上）我叫李莉莉，大家看看我长得多俊俏，天生就是当经理的料。我是幼儿园的舞蹈老师，整天和一帮小屁孩儿打打闹闹，唉，好烦躁。我到移动公司去应聘，我要当经理。什么？你说我不适合当领导？哼，少来这套！（对志强）老板好！

志　强　哇，好正点的妹子呀！

秘　书　嗯嗯，注意形象。

志　强　（故做正襟危坐状）你就是会跳舞的李莉莉？

莉　莉　（娇滴滴的）老板好！

志　强　坐坐坐坐坐坐坐。

秘　书　注意形象！

志　强　莉莉呀，我们公司招店长，要求高啊，要求高，你先说说你都管理过多少员工，你是怎样领导的？

莉　莉　我管理过二百多个小闹闹。至于领导嘛——这还是要靠个人的领导魅力呀。就要像我这样呀，漂亮比过×××（移动公司大家熟悉的美女）、气质好比×××（移动公司大家熟悉的美女）、魅力赛过×××（移动公司大家熟悉的美女），当然，这都是先天条件啦。

志　强　（自言自语）王婆卖瓜。（对莉莉）那你说说，你是如何选择团队成员，如何培养大家的团队精神的？

莉　莉　选择成员？这个也太容易了吧！这主要看小朋友的爸爸是干什么的，这主要靠观察啦。头发一边倒，混得比较好；头发两边分，正在闹离婚；头发往后背，情人一大堆；头发根根站，不是经理就是坏蛋。混得好的，就给他娃一个大队长，最差也得是个小组长。

志　强　嗯？歪门邪道呀。

莉　莉　至于团队精神嘛，如果我来当店长，我就把店里的人分两拨，我让他们——拔河，谁赢了就给谁发糖，不对，发奖金。我要大力开展企业文化活动，在活动中增进了解，在活动中宣传我们店里的产品和优势。我还要搞一个经销商咨询委员会，大家经常在一起开开会、爬爬山、唱唱歌、跳跳舞，我要把"办理移动4G，走到哪里都能打；办套餐选移动4G，打遍全国一个价，还有花小钱办大宽带，全家消费一百三十八，五十兆宽带电视免费送到家"等内容写成诗歌，没事还可以在店门口开个诗歌朗诵会。哈哈，真是太美妙了！

志　强　这倒是个好创意。那你再说说，你对工作和待遇有什么要求？

莉　莉　至于待遇嘛，我的要求不高。钱多事少离家近，位高权重责任轻，睡觉睡到自然醒就行了。

志　强　（自言自语）有这样的好事还轮得到你？想得美！（对莉莉）好了，今天的面试就到这里，你回去等我们的通知吧。

莉　莉　老板，拜拜！（下）

志　强　好正点啊！

秘　书　注意形象！

志　强　今天这三个人怎么样？谈谈你的看法，先说那个军哥。

秘　书　军哥嘛，挺好的，就是要摆正4G、宽带和"二师兄"之间的关系，来到公司必须心无旁骛。

志　强　那个熊闹闹呢？

莉　莉　哼，头顶锅盖、手拿白菜，他以为自己是东方不败，呸！

志　强　对对对，那李莉莉呢？

秘　书　注意形象！

志　强　唉，好为难。看来只好去找×××（移动公司某领导）了，只有他阅人无数、见多识广，能够替我们运筹帷幄、把关进人。走！找×××去！（二人下）

（完）

牵　挂

时　间：当代。

地　点：陕南秦巴山区某避灾移民搬迁安置点。

人　物：秦继明，男，五十多岁，农发银行某支行行长。

　　　　齐老瞿，男，六十多岁，入住避灾移民搬迁安置点不久的农民。

　　　　齐大娘，女，六十多岁，齐老瞿的老伴儿。

　　　　张伟国，男，三十多岁，陕南秦巴山区某镇镇长。

　　　　齐秀秀，女，十八岁，哑巴，齐老瞿的孙女。

[舞台远景：崭新的避灾移民搬迁安置点大楼坐落在山清水秀、绿荫掩映的陕南秦巴山区某地，环境优美、蓝天白云；近景：齐老瞿窗明几净的新居。在清新欢快的音乐声中，张伟国上。

张伟国　脱贫攻坚已两年，精准扶贫正关键，眼看乡亲们就要走上小康路，突发山洪大灾难。美好家园毁一旦，眼看着因灾致贫的老戏要上演。就在这个十万火急的关键点，咱农发银行到跟前，绿色通道全打开，仅仅一个周，哈哈哈，一亿元的救灾应急贷款就到了一个又一个的避灾移民安置点。这时间过去快半年，农发银行的秦行长一大早就来到我们镇，他要走一走、看一看，实地查看这一亿元救灾应急贷款是否已把乡亲们的灾后面貌来改变。瞧，这说着说着就到了。（向幕内）秦行长，咱到啦。

秦继明　（上）好你个张伟国呀，一路小跑，我紧追慢赶都撵不上你这个飞毛腿。

张伟国　秦行长，咱到了。

秦继明　变化真大呀！遭灾第二天，我和省行的同志过来查看灾情时，这里还是一片乱石滩，现在都高楼林立了。

张伟国　这都多亏了党委政府的领导和咱农发银行的快速反应和巨大支援啊！

秦继明　不说这个，咱今天就到原来的贫困户、这次又受灾最重的群众家里去看看。

张伟国　哎！（向屋内）齐大爷，在家吗？有人看你来啦。

齐老犟　（上）清早起来把门开，一阵清风吹过来，喜鹊屋檐喳喳叫，我猜贵客要到来。哈哈哈……果然是贵客家里来。（向内）老婆子啊，快来看谁来啦！屋里坐，屋里坐！

齐大娘　（上）母鸡下蛋公鸡叫，圈里的猪仔往外跳，猫儿不停上锅灶，定有喜事要来到。哎呀，这不是小张镇长吗？你这天天往这安置点上跑，天热，可别累着哦！

齐老犟　哎，我说老婆子呀，你这天天嘴里念叨着小张镇长、小张镇长，今天小张镇长就在咱家，怎么办呀？

齐大娘　我呀，烧腊肉粉蒸肉凉拌黄瓜，青辣子炒隼鸡撒上芝麻，再好好敬上一杯酒，感谢，感谢，感谢呀！

齐老犟　哎呀，这豆腐多了是水，话多了后悔。先上茶，先上茶！

齐大娘　哎哎哎！（下）

张伟国　齐大爷，你别忙活了，我给你介绍一位尊贵的客人。其实呀，你真正要感谢的人，是他。（指秦继明）

齐老犟　他是谁？（围着秦继明看一圈）有点面熟啊？啊，是他？（急忙把张伟国拉到一边）这个人我认识。

张伟国　哦？你认识？

齐老犟　他是农发银行的！

张伟国　是呀。

齐老犟　这人，跟咱不是一条心！

张伟国　大爷……

齐大娘　（上）来来来，自家山上的富硒茶，我孙女秀秀亲自手工炒制的。

张伟国　嗯，好茶！秀秀手艺不错啊。

秦继明　秀秀？齐大爷，秀秀现在怎么样了？

齐老犟　这个啊，就不用你操心了。

张伟国　大爷，你……

齐大娘　死老头子咋跟客人说话的！

齐老犟　（自言自语）哼，青蛙鼓起腮帮子，我这已经很客气了。

齐大娘　（对秦继明）同志啊，我家秀秀命苦啊……就上次那要命的山洪暴发时，我那儿子、儿媳为了圈里的那几只黑山羊，让山洪给卷走了，留下秀秀这个哑巴孙女跟着我们老两口相依为命。多亏了政府、（对张伟国）多亏了你呀，让我们灾后这么快就住进了这崭新的房子，还安排秀秀进了镇上的富硒茶厂。

齐老犟　现在，我们老两口安居乐业，秀秀也自食其力有了安稳的工作，我老汉和我那早死的儿子、儿媳，他们在阴间也和我一起记着你这个镇长的大恩大德呀！

张伟国　齐大爷，别难过，有党和政府在，有我们大伙在，咱们的日子一定会一天天好起来的。其实呀，这次咱们镇遭受这百年不遇的山洪灾害，大家伙儿能这么快搬进新居，许多像秀秀这样的孩子能得到这么好的安置，真正要感谢的应该是……（转身对着秦继明，秦继明连忙阻止）

秦继明　大娘，秀秀现在到底怎么样了？

齐老犟　你呀，看戏抹眼泪，你就别替古人操心了！

张伟国　齐大爷，你……

齐老犟　（把张伟国拉到一边）你不知道啊，（指秦继明）他和咱贫困户不是一条心啊！

张伟国　大爷，你……

齐老犟　大爷这性子你知道，齐老犟齐老犟，我犟了一辈子了。上次遭灾以后，我就想着不给政府添麻烦，我要凭着自己的力量重建家园，我琢磨着向亲戚朋友借点，然后再向银行贷点款，靠着这双手，我和你大娘一定能够战胜灾害，重建家园。那天我刚好路过农发银行，我想，这农发银行，一定是支持咱农民发家致富的呀，我就进去了，进门就遇见这个人了。

张伟国　哦，呵呵，原来你们见过呀？

齐老犟　他倒是蛮客气，又是递烟又是沏茶的。这客气归客气，可说的那话呀，可把我给气坏了。

张伟国　哦？他说啥了？

秦继明　我对大爷讲，咱农发银行从宏观上讲，是支持农村发展的，这没错，但从微观上说，是不针对单独个体农户发放贷款的。

齐老犟	你听听，你听听，这分明是看不起咱农民，怕我还不起嘛。
张伟国	不是……（欲解释，被秦继明拦住）
齐老犟	他让我回家后先找当地政府，把情况先向政府说明白。
张伟国	这没错呀。
齐老犟	我是齐老犟，我就是不想给政府添麻烦。当时听他这么一说，气得我一跺脚，转身就走了！
秦继明	哈哈哈，大爷这身板还真行，走得飞快，我硬是没追上。
	[门外自行车铃声响，齐秀秀上。
齐大娘	哟，我孙女秀秀下班了，骑车要慢点！饿了吗？（边说边给秀秀拍打身上的灰尘）
张伟国	秀秀呀，这就是你天天缠着我要见的咱农发银行的秦继明秦行长！
齐老犟	秀秀缠着要见他？
	[齐秀秀走到秦继明跟前仔细打量，然后对着爷爷奶奶点点头，转身对着秦继明深深地鞠了一躬，然后跑回齐大娘身边，祖孙俩依偎在一起。
齐老犟	这……这……这是怎么回事呀？
齐秀秀	（对齐老犟手语）我的工作就是他安排的。
齐老犟	啊？秀秀的工作是他安排的？
张伟国	是呀，秀秀上班的茶厂是咱们镇发展旅游和绿色产业的龙头，是农发银行重点帮扶建立起来的。这叫……这叫……
秦继明	这叫产业扶贫。
张伟国	对，这叫产业扶贫。秀秀去茶厂上班，就是咱秦行长亲自过问，亲自安排的。
齐老犟	啊？
张伟国	农发银行不仅帮助我们建立了产业扶贫项目，还在最短的时间内给咱灾区拨付了一亿元的救灾专项贷款。有了这笔钱，您二老才能这么快住进这新房子呀！
齐老犟	这……这……这是真的？
张伟国	千真万确！您老想想，咱们镇是有名的贫困镇，哪儿来这么多钱，在这么快的时间里建这么好的灾民安置点呀？
齐老犟	你是说……
张伟国	对！真正的幕后英雄是他们，是咱农发银行！

齐老犟　哎呀呀，我老糊涂了，老糊涂了！（不好意思地走到秦继明面前）秦……秦……秦……

秦继明　齐大爷，我是农发银行的秦继明。

齐老犟　谢谢你，谢谢你呀，（对张伟国）谢谢政府！（拉上齐大娘和秀秀走到台中）谢谢农发银行啊！

秦继明　齐大爷，不要说谢，要谢就谢党的好政策，感谢我们一同生活在这个好时代！齐大爷，今后我们农发银行在继续支持粮油储备、支持农村产业化龙头企业发展和农村基础设施建设贷款的同时，还要以异地扶贫搬迁为重点，坚定不移地支持救灾应急、改善人居环境和教育、旅游等信贷扶贫工作。我们一定会竭尽全力，去铸造农业政策性银行服务脱贫攻坚这块品牌，让更多的乡亲们早日走上小康之路。

张伟国　齐大爷，你听清楚了吧？农发银行才是金融扶贫的先锋、主力和模范呀！

齐老犟　说得好，说得好啊！

秦继明　齐大爷，上次您走得急，我没向您解释清楚，您老可别介意呀！

齐老犟　不是一家人，不进一家门。我这老眼昏花的错怪你了，你可别往心里去呀！

秦继明　咱都一家人了，就不再说这客气话了，好吗？

齐老犟　对对对，一家人，一家人！老婆子呀，快把我那瓶好酒拿出来，我今天要和咱的恩人好好喝几杯。

齐大娘　哎——！（欲下，被齐秀秀拦住）

齐秀秀　（手语）贵客上门，我要亲自沏上一杯香茶，让客人品尝一下我的手艺，也算汇报了我的工作。

齐老犟　哦？哈哈哈……

秦继明　齐大爷，秀秀这是……

齐大娘　她呀，要亲自沏上一杯茶，表演一下她刚刚学会的茶艺。她要让你们放心，她可以自食其力了！

秦继明　那太好了！

齐大爷　来来来，坐坐坐！品茶品茶！

　　　　　[优美的音乐起，秀秀表演茶艺，众人端杯畅饮。切光，剧终。

（完）

我为文明出行代言

时间 当代。

地点 中石油安康某加油站。

人物 甲，私家车司机。

乙，私家车司机。

丙，执勤交警。

丁，中石油员工。

戊，安康人民广播电台95.9记者。

[甲提一公文包上。

甲 清早出门把车开，车水马龙迎面来，心急火燎上班路，一个字——堵！我叫邹德吉，是个急性子，在单位，大家都叫我跑得快。为什么叫我跑得快？唉，还不是因为我这个名字——邹德吉（走得急），大伙儿觉得不过瘾，干脆都叫我跑得快了。今天，真是倒霉，清早开车去上班，道路拥挤跑不快，前面一辆新捷达，停在路上不动弹。嘿，我着急上班，这捷达却停着不动弹，咋回事？我这个急呀，我这个急呀，我……我……（做按喇叭动作）嘀——嘀——让开——，嘀——嘀——让开——，嘀嘀嘀，快让开！咱车好，喇叭亮，满大街的人都纷纷投来羡慕的眼光。嘿，任凭我喇叭按破，他就是不让。我……我下车去跟他理论理论。（走向舞台一侧，做敲车窗动作）哎哎哎，会开车吗？会开车吗？什么怎么了？这前面又没有车，你停在这里怎么不走啊？什么？斑马线上有行人？嘿，你这是咸吃萝卜淡操心。什么什么？要讲文明，要礼让行人？我着急上班哪有时间在这儿跟你讲文明！什么什么？我着急我飞过去？你这不是找碴儿吗？想吵架是怎么的？来来来，你下车你下车。我正跟捷达司机理论着呢，那边，交警过来了，要我立即上车等候行人通过后再走。我凭什么要让行人，那些行人怎么不让我？真是岂有此理。我正要挂挡起步，这交警又来了。（做敬礼动作）同志，开车不许吸烟！嘿，我在自己车上抽烟，我怎么了？好好好，不抽就不抽。（做扔烟头动作）这交警又说话了，同志，车窗抛物、乱扔烟头是极不文明的表现，请您下车接受处罚。同志们哪同志们，你们看我今天冤不冤啊？算了，不说了，说多了都是泪。加点油，回家！（见乙上）嘿，冤家路窄啊！

乙　哟，是你呀，兄弟，你好！

甲　谁是你兄弟，谁是你兄弟！我不认识你。

乙　今天早上在斑马线前，对不住了噢！

甲　你文明，我粗俗，好了吧？

乙　兄弟，粗俗不光荣，文明也不丢人呀。来这加油站加油，都得讲个先来后到是不？

甲　嘿，教训我呀？

乙　我不是那个意思。

甲　那你啥意思呀？

　　[丙上，在一边听着俩人的对话。

乙　咱们换位思考一下，如果你正在斑马线上行走，可路上的汽车就是不停车给你让行，一辆接一辆地从你身边呼啸而过，你心里会怎么想呢？

甲　他敢！我就不信他敢撞我，我叫跑得快，我跟他抢道，看谁快！

乙　那就太危险了，交通事故往往就在那一眨眼的时间里发生了。

甲　没那么玄乎，吓唬谁呀！

乙　这不是吓唬，你知道有多少交通事故就是由于不文明的出行方式和不文明的驾驶习惯而造成的吗？

丙　说得对！

甲　哎呀，今天真的是冤家路窄呀！

丙　（对乙）同志，你今天早上的表现值得所有驾驶员朋友学习，向你致敬！（敬礼。对甲）同志，你今天的表现可就不敢恭维了。闹市区乱鸣喇叭，斑马线前不礼让行人，一边开车还一边抽烟。

丁　（拿一饭盒上）还车窗抛物、乱扔烟头！（对丙）同志，你的饭热好了。

甲　你怎么知道？你怎么知道？你看见了？你看见了？

丁　我早上骑车来上班，就听到你和这位大哥在吵架，交警同志正教育你呢，你一个烟头就从车窗飞出来了，差点掉我脖子里。

丙　你看看，你看看，多危险呀！

甲　嘿，今天这加油站怎么成我的批斗会现场了？（对丁）哟，这加油站还管饭呀？给我也来一份。（对丙）你搞特权，占便宜。

丁　你别乱说，这是我们中石油加油站开展的爱心驿站活动，为环卫工人和执勤的交警同志加热午饭。这饭是人家交警同志自己从家里带的。

　　[音乐起，朗诵。

丙　同志，文明是人类进步的标杆，文明是社会发展到较高阶段人们自然表现出来的一种状态。

乙　文明涵盖了人与人、人与社会、人与自然之间的关系。文明的根本目的就是追求个人道德的完善，具体就表现在我们每一个人自觉地维护公众利益和公共秩序。

丁　文明，是经过历史沉淀下来的，它增强了人们对客观世界的适应和认知。文明，是能被绝大多数人认可和接受的人文精神和公序良俗的总和。

甲　亲爱的同志们，我的行为是一种没有脱离野蛮状态的表现，您可以对照一下自己，在你的身上有没有我的影子呢？

丙　文明，不仅仅是一个名词，它是现代社会所有人的自然状态。

乙　我们不能身在现代，言行却还在野蛮的荒原。

丁　让我们一起——一起为共建文明社会而携手，从小事做起，从自己做起，从文明出行做起。

甲　对！从小事做起，从自己做起，从文明出行做起。我要做文明出行的模范。从今天起，我要为文明驾驶、文明出行代言！

丙　让我们携起手来，从小事做起，从自己做起，就从文明出行做起。我们一起为文明出行代言！

戊　（上）还有我呢。

众人　你是？

戊　我是安康人民广播电台95.9的记者。你们刚才的对话我全都听到了，还录了音呢，明天上班早高峰的时候准时播报，你们有没有意见啊？

丙　那真是太好了！

甲　　把我那些掐了别播别播，太丢人了！

戊　　大哥，您的最有代表性。不过，我们不会把您的名字和声音发出去，我们呀，只是要把所有的文明和不文明的素材拿过来做成一面镜子。

甲　　做一面镜子？

众人　对，文明和不文明都是一面镜子！

戊　　今天大家的一番话太有代表性了，来来来，大家一起合个影吧！

众人　好！　（甲乙丙丁摆造型，戊拍照）茄子！

（完）

曲

艺

安康道情说唱

秦巴明珠美安康

人　物　主唱男女各一人，帮唱乐队十二人。

男
女　（合唱）
中国版图正中间，
秦岭以南住神仙。
要问仙境在哪里，
我俩细唱君莫烦。

男　巍巍秦岭巴山间，
滔滔汉江荡清涟。

女　终南山中涌清泉，
那是汉江活水源。
烟波浩渺三千里，
进入长江在武汉。

男　江边有座安康城，
景色如画安乐康泰美名传。

乐　队　哎嘿呀哎嘿呀，景色如画安乐康泰美名传。

女　秦头楚尾美安康，

男　那是西安后花园。

女　（白）要说是花园一点不虚传，今天我俩当导游，到我们安康这美丽
的花园转一转。

女　火车汽车离西安，
离了西安奔正南。
秦岭主峰太白山，

    太上老君炼金丹。

男 人称秦巴万宝山，
   是动植物的博物馆。

女 有冷杉连香鸽子树，
   银杏香樟红豆楠。 （数板）

男 林麝羚牛娃娃鱼，
   黑鹳红雉和朱鹮。 （数板）

女 大熊猫、金丝猴，
   漆麻耳贝样样全。 （数板）

男 说这里是个基因库，
   名副其实不虚传。

乐 队 哎嘿呀哎嘿呀，万般宝藏说不完。

女 过了秦岭进安康，
   十八丈瀑布在眼前。
   银河之水天上来，
   诗仙李白都汗颜。

男 转过瀑布十八丈，
   鬼谷子家乡叫石泉。
   莲花水碧拍两岸，
   云雾山中有景观。

女 滚鼓坡、燕子洞，
   饶峰晚照人间仙境看不完。

乐 队 哎嘿呀哎嘿呀，人间仙境看不完。

女 过了石泉您再看，
   一座宝塔入云端。

男 这是文峰聚贤塔，
   三沈墨客唱诗酣。

女 月河川道鱼米乡，
   油菜花开香两岸。
   桃红李白杏花黄，
   丹桂红枫赛牡丹。

乐 队 哎嘿呀哎嘿呀，丹桂红枫赛牡丹。

女　汉江两岸竹成海，
　　月落荷塘蛙声喧。
　　曲径通幽到一地，
　　烟波浩渺水连天。

男　这是西北千岛湖，
　　陕西最大的水电站。
　　湖水清冽不见底，
　　从来没有被污染。
　　不用净化直接喝，
　　甜甜甜！

女　（白）这就是瀛湖，是南水北调的主水源地，一江碧水送北京，也送去了我们安康人的一片深情厚意。饮水寻源，欢迎您到——安——康，游——瀛——湖！

男　先尝瀛湖水，
　　再品汉江鱼。
　　峰回路转到一地，
　　女娲故里叫平利。

女　女娲炼就七彩石，
　　拯救黎民百姓水火里。
　　女娲山上好风光，
　　还有香茶等着你。

乐队　哎嘿呀哎嘿呀，还有香茶等着你。

男　走过一山又一景，
　　更有腊肉美酒在等你。
　　巴山深处鸡心岭，
　　一脚能踏三个省。

女　安康的吃喝讲究大，
　　南北风味糅一家。
　　石泉的豆干是铜钱串，
　　宁陕盛产八月瓜。
　　镇坪的腊肉紫阳的茶，
　　汉阴的饺子用油炸。

男　　平利的香菇大天麻，
　　　岚皋的玉米酸浆巴。
　　　白河扁粉扭麻花，
　　　旬阳的小磨菜豆渣。

女　　吃罢了腊肉喝足了酒，
　　　再领大家到一地。

男　　太极小城是聚宝盆，
　　　山里藏着金银铜铁锡。

女　　（神秘地）据说那秦始皇陵墓里的水银呀——

乐　队　怎么样？

女　　好多都出自这里。

乐　队　哎嘿呀哎嘿呀，也都出自咱这里。

女　　转过太极旬阳城，
　　　欢迎您的是白河人。
　　　陕南的女子陕北的汉，
　　　这里的姑娘赛天仙。

男　　唇似樱桃臂似藕，
　　　嘴里的山歌比蜜甜。
　　　客官若去看一看呀——

乐　队　怎么样？

男
女　　（合唱）保证你十年八年再不想把家乡还！

乐　队　哎嘿呀哎嘿呀，再不想把家乡还。

男　　走过山路十八弯，
　　　更有奇观在眼前。
　　　神河源头南宫山，
　　　逝去的和尚不腐烂。

女　　再过山路十八弯，
　　　悠悠山歌响耳畔。
　　　紫阳富硒茶飘香，
　　　青石板盖房呀——

乐　队　怎么样？

女　　住——神——仙。

乐　队　哎嘿呀哎嘿呀，住呀嘛住神仙。

男　　中华大地似锦绣，

　　　　安康是颗夜明珠。

女　　三千里汉江三千里景，

　　　　安康人民欢迎你。

男
　　　（合唱）　欢迎你到安康来，
女
　　　　　　　绿色安康人间美景等着你。

众　人　哎嘿呀哎嘿呀，绿色安康人间美景等着你。

安康渔鼓词

为道德模范点赞

一

七月流火艳阳照，
秦巴明珠喜事多。
今天不把别的唱，
只把那道德模范来表一番。

先唱汉阴的吴枝宝，
他品德高尚思想好。
助人为乐传佳话，
道德模范人人夸。

二

吴枝宝不简单，
瘦弱的肩膀把重担担。
只为家乡更美好，
凤凰山下美名传。

刚刚唱罢吴枝宝，
再把那见义勇为来表一表。
千钧一发灾害到，
总有英雄出战壕。

三

义薄云天向贞吉，
群众有难他奋不顾身。
天塌地陷挺身站，
安康好人美名传。

道情边唱边往前行，
咱们来唱唱许道银，
诚实守信的老支书，
他是百姓的主心骨。

四

年逾古稀许道银，
一方水土一方人。
传统美德要发扬，
孝老爱亲是榜样。

道情越唱越喜欢，
我来再唱大东山。
敬业奉献的党成玉，
唱他三天都唱不完。

五

党成玉是模范，
细雨润物做贡献。
各行各业来学习，
秦巴明珠水更绿来天更蓝。

敬业奉献是模范，
孝老爱亲也不简单。
铁骨柔情余方佑，
感人的事迹在眼前。

安康渔鼓词

工于至诚　行以致远

巍巍秦岭裹巴山，
滔滔汉江荡清涟。
秦巴明珠是家乡，
咱工商银行星光灿。

说工行、道工行，
各项业绩响当当。
六个指标排第一，
核心竞争内功强。

荣誉成绩的背后，
廉勤并重功在先。
苦干实干加规范，
还有纪律挺在前。

明察明鉴不能远，
覆车之履似昨天。
领导率先来垂范，
才有清清活水源。

总行规划已明确，
省行部署蓝图显。

规定动作不走样，
面向全员突重点。

加强学习是关键，
防患未然筑防线。
廉洁防控责任书，
个个岗位都得签。
夯实廉洁防火墙，
降低违规风险点。

办专栏、做海报，
纪委书记讲党课。
拍视频、建基地，
廉政话题天天议。
明纪守规造氛围，
知畏笃行不后悔。

全行上下齐动员，
纪言规语记心间。
阳光之下责权利，
公私分明才干净。
廉洁从业衣冠正，
两袖清风作风硬。

说得好、说得妙，
权力得要规矩罩。
依法经营合规范，
廉洁从业是关键。

提倡算清七笔账，
每笔清楚才敞亮。
政治经济名誉账，

家庭亲情自由账。
再加身心健康账，
人人算好七笔账，
个个都能当榜样。

征程万里风正劲，
勤政廉洁作风硬。
任重千钧再奋蹄，
常整衣冠是正理。
美丽富裕新安康，
秦巴明珠美名扬。

安康花鼓

颂 党 恩

女 各位领导，各位来宾，亲爱的同志们，大家晚上好！我们是来自旬阳县段家河镇薛家湾社区的普通农民。近年来，我们社区得到了社会各界，特别是市政府的亲切关怀和大力帮扶，新社区、新居民、新技能使得我们社区发生了巨大变化。为了表达我们的感激之情，我们薛家湾社区自编了一段花鼓词，请大家欣赏。

男 喜连天、笑连天，来到政府拜早年。
　　一问好来二问安，恭祝领导真康健。

女 嘻哈哈、笑哈哈，政府帮扶是真抓。
　　精准扶贫政策好，感谢咱们的好领导。

男 驻村干部下乡来，群众疾苦装心怀。
　　真抓实干做表率，一心只为咱致富来。

女 政府办扶贫薛家湾，名居改造曹家山，
　　移民搬迁金水湾，樱桃基地公路边。

男 走进政府大院里，为人民服务的牌匾在眼前。
　　人民政府为人民，扶贫攻坚的战役一定能打赢。

女 书记市长下决心，要咱穷山变黄金。
　　从上到下政府办，只为咱薛家湾换新颜。

男 段家河的薛家湾，政府帮忙建果园。
　　扶持树苗红樱桃，一棵一棵栽田间。
　　樱桃果儿甜又大，颜色红亮酸又甜。

女 招商引资办法好，咱农民心里好喜欢。
　　脱贫致富奔小康，要为咱自己来争光。

男　辞旧迎新过大年，我跟老婆去看灯。

　　花灯上面写大字，长的那个是龙灯，

　　短的那是竹马灯，不长不短是狮子灯，

　　空里吊的跑马灯，地下滚的是绣球灯，

　　绳绳拉的是兔子灯，一团和气娃娃灯。

女　这个灯呀嘛那个灯，咱们今天观啥灯？

男　我观政府门前大红灯，是风调雨顺太平灯。

女　我观政府门前大红灯，是一心为民公仆灯。

女　人民政府人民夸，群众心里乐开花。

　　脱贫致富政策好，千言万语表不了。

男　唱到这里算一段，来年咱们再相见。

女　送走猴年迎鸡年，鸡年还要大发展，

　　挽起袖子拼命干，明年再看咱薛家湾。

男
女　（合唱）谢领导呀谢大家，谢过大家要走啦。

　　　　　今天在此现了丑，还请领导多包涵，多包涵！

快板儿

警民共携手　缓堵保畅通

人　物：两男、两女共四人，分别饰演男、女交警，男、女主播。

众　人　打竹板，响连天，
　　　　　我们四人走上前。
　　　　　警民携手共努力，
　　　　　缓堵保畅我在先。
男交警　马路特警就是我，
　　　　　我在群众心里边。
女主播　交通频率959，
　　　　　马路天使就是我。
男主播　交通频率959，
　　　　　我在那里是主播。
女交警　我是路况信息员，
　　　　　路况掌握最全面。
男交警
女交警　（齐声）城市发展实在快，
　　　　　　　　　把交警实在能累坏。
女交警　早高峰、晚高峰，
　　　　　马路上面一窝蜂。
男交警　电动车、摩托车，
　　　　　还有老年代步车。
女主播　路窄车多行人挤，
　　　　　就好像——

那屋漏遇上了连阴雨。

男主播 这样的场面太难堪，

就好似翻不过去的一面山。

众　人 广播电台交警队，

赶紧坐下来开会。

群策群力想办法，

一同携手解决它。

男交警
女交警 （齐声）　公元 2016 年，

交通频率的内容更全面。

只为了阳光大道更通畅，

每天都把那路况信息来播报。

女主播 金色的电波跑得快——

男主播 堵车的烦恼一下甩到了千里外。

男交警 马路特警向您播报：马坎十字、大桥路十字现在车流量较大，请您提前择路绕行。

女交警 马路骑士向您播报：汉江三桥入城一侧一辆面包车和一辆拉土车发生轻微剐蹭，请过往的司机朋友注意观察，缓慢通行。

男主播 亲爱的司机朋友，刚才在城区南环快速干道上发生一起交通事故，我们的记者正赶往现场，请您提前择路绕行，我们会实时为您播报事故后续及道路通行情况。

女主播 亲爱的听众朋友，刚才在白天鹅广场十字发生了感人的一幕，一辆急救车在警车的带领下向市中心医院驶去，金州路沿途过往的车辆均主动靠边避让，更有许多市民主动配合交警，充当交通志愿者在道路两侧维护秩序，我们向这些马路行者致敬。

男主播 亲爱的听众朋友，现在是交通安全知识讲座时间，欢迎您的收听，让我们一同自觉遵守交通法规，共同维护交通秩序。

男交警 嘿，这一招实在好，拥堵现象立马少。

女交警 这一招就是妙，警民联手坚决向交通事故说"不要"。

男主播 "路况播报"四个字，

女主播 每一天三十个时段四十次。

男交警 司机朋友都爱听，

听了立刻记在心。

女交警　《路况播报》就是牛，

真要感谢 959。

男交警　　　　媒体交警共学习，
女交警（齐声）这个办法是创举。

男交警　　　　交警媒体同努力，
女交警（齐声）缓堵保畅有意义。

男交警　巍巍秦巴山，

清清汉江水，

爱岗敬业终不悔。

女交警　决不让交通拥堵来给安康发展拖后腿。

男交警　　　　说得好，说得妙，
女交警（齐声）路况信息很重要。

男交警　　　　警民团结一条心，
女交警（齐声）石头都能变成金。

男交警　　　　警民携手保通畅，
女交警（齐声）秦巴明珠美名扬。

众　人　警民团结一条心，

石头都能变成金。

警民携手保通畅，

秦巴明珠美名扬，

美名扬！

快板儿

夸夸邮储信用卡

打竹板，响连天，
唱着歌儿舞翩跹。
今天不把别的表，
只把那邮储银行的信用卡来夸一番。
现代社会节奏快，
恨不得什么事情都可以叫外卖。
这个卡、那个卡，人人兜里都有那么几张卡。
无论你有什么卡，
都不如拥有一张邮储银行的信用卡。
邮储银行信用卡，
那是既实惠来又潇洒。
实惠多、乐呵呵，
走到哪里都是大哥。
如果您是位司机，
闲来无事还跑滴滴，
要洗车还要加油，
这事儿不用再发愁。
只要有张邮储银行的信用卡，
再不用为洗车加油来犯傻。
加油二百返二十，
五元洗车真是值。
这些都还是小菜，
办卡还送三百元的 ETC，

这真真能把你乐坏。

如果你想看电影，

"威尼斯"十块钱，

"格瓦拉"五块钱，

白金卡客户只需一块钱。

这样的实惠哪里找，

那邮储银行的信用卡可不能少。

持卡消费逛商场，

那优惠多得没商量。

买够一百五十八，

立返二十，您立马就有零钱花。

如果您是位吃货，

可别总在家里做。

手持邮储信用卡，

大小饭店吃遍它。

吃五十、减二十，

吃够一百八十八，

送您六十崭新的钞票哗哗哗。

邮储银行信用卡，

实惠多得没办法。

要想办卡很方便，

一个电话搞定它。

[音效：电话铃声。女声旁白：您好，这里是3199608邮储银行信用卡办卡热线，我们将竭诚为您提供最优质的服务。

嘿，这办卡热线已开通，

拿卡只需几分钟。

办张邮储信用卡，

想多潇洒多潇洒。

走一走，看一看，

咱说到这里算一段。

你我的时间都宝贵，

明天的同一时间咱再会，

同一时间咱——再——会！

快板儿

德润平利唱精英

五峰山巅抒豪情,
女娲故里唱精英。
德润平利美如画,
群星璀璨朗乾坤。
好人榜、善良心,
动人故事激励我们砥砺前行。
要让世界更美好,
不忘初心做好人。

做好人,献爱心,
感天动地土变金。
诚实守信一句话,
见义勇为天塌下来也不怕。
孝老爱亲德行好,
助人为乐品德高。
做好人,学楷模,
有他有你还有我。

学好人、做好人,
要的就是这精气神。
人人心中有杆秤,
称天称地称良心。

传统美德指路径，
耕种美德送光明。
做事要做这样的事，
做人要做这样的人。

世纪盛会十九大，
开启小康新征程。
撸起袖子加油干，
团结一心向前看。
陕西好人如春笋，
高尚品质铸灵魂。
高歌一曲颂好人，
好品好质带好人。
高歌一曲颂好人，
好人平安万福春，
万福春！

快板儿

双创美了我家园

中国版图正中央，
有座小城叫安康。
北有秦岭阻寒流，
南有巴山献温柔。
汉江城中穿三桥，
碧水蓝天尽妖娆。
好一个——
绿水青山、世外桃源、
景色如画、人美歌甜、
人杰地灵、物华天宝，我的家园。
公元 2008 年，
春风吹进我家园，
市委、市政府做决策，
美丽的山城要双创。
双创决策实在好，
今天我们就来表一表。
我家原来住农村，
山又大来沟又深，
卫生交通都很差，
一年难得把山下。
自从双创搞起来，
城乡一体动起来。

我从山上搬下来，
农民住到城里来。
小区条件就是好，
咱们农村可比不了。
卫生环境大改观，
我也骑着电动车子去上班。
城市乡村的接合部，
你不管来他不顾，
破烂摊、修鞋铺，
一边还有一个小吃部。
小吃部旁边是公厕，
进去就没法儿往回撤。
（白）那是为啥？
（白）粪便四溢、污水横流，脏得无处下脚呀！
双创的关键是创卫，
观念的改变最可贵。
文化宣传走在前，
执法队伍不等闲。
彻底治理脏乱差，
这里的环境改变啦！
乱写乱贴野广告，
骗人骗钱不可靠。
人人动手来清除，
市容整洁真舒服。
绿地草坪风景路，
健身休闲好散步。
画廊报栏电话亭，
生态环境花园型。
我家住在城里面，
现在的环境是大改变。
美丽的安康是我家，
管好城市靠大家。

随地吐痰是陋习，
既害人来又害己。
果皮不能随便丢，
保护环境要创优。
不准占道乱摆摊，
不许店外再设摊。
绿树成荫楼房高，
各家门前要"四包"。
交通管理不放松，
各行其道保畅通。
车辆规范来停放，
文明驾驶讲礼让。
安康新貌处处好，
全靠政府的好领导。
和谐社会讲文明，
环境整治样样落到实处那才行。
既创优来又创卫，百姓处处享实惠。
城市建设规范化，小区建设园林化。
工业发展快好型，资源利用节约型。
社会发展和谐型，人民生活小康型。
说一千、道一万，创建工作靠实干。
双创已经整三年，关键时刻掉了链子可有点悬。
说到天再落到地，双创的宗旨要牢记，
搞双创，树新风，全体市民都立了功。
说到这里算一段，双创还得继续干。
创了省优创国优，我们还要立大功，立大功！

快板儿

快乐天使

众　人	竹板一打响连天， 唱着歌儿舞翩跹。 蓝天白云一朵朵， 白衣天使就是我。 惠民生、构和谐， 患者疾苦我解决。 白衣天使心有爱， 救死扶伤不懈怠。 宫颈癌、卵巢癌， 手术一台接一台。 德艺双馨人称赞， 九天仙女下凡来。 腹腔镜、宫腔镜， 微创手术治大病。
女　甲	我的岗位在妇科， 辛勤工作在病房。 人间大爱和温暖， 送到患者心里面。
女　乙	我也工作在妇科， 笑声朗朗乐呵呵。 患者疾苦挂心间， 急难险重我在先。

男　　妇科苦、妇科累，
　　　　粗活细活都得会。
　　　　她们不怕苦来不畏难，
　　　　问题比患者想得都要全。
　　　　上月媳妇来住院，
　　　　麻烦了大夫、护士一大片。
　　　　媳妇出院回到家，
　　　　我要送一面锦旗把白衣天使夸一夸。
　　　　哎，对面来了李大妈，
　　　　提个竹篮要干啥？
　　　　李大妈，你好啊，
　　　　这竹篮里面装的啥？

女　　小伙子把我吓一跳，
　　　　医院里面不许你大声喊来高声叫。
　　　　我这竹篮里面装鸡蛋，
　　　　要去那妇科病房，
　　　　把我那十几个闺女看一看。

男　　大妈就爱说笑话，
　　　　十几个闺女她们在哪儿？

女　　咱一起走、一起转，
　　　　到妇科的护士站里看一看。
　　　　我的闺女是天仙，
　　　　比那电影里的明星还好看。
　　　　哎，你这怀里抱的啥？
　　　　红黄搭配蛮好看。

男　　大红的锦旗绣一面，
　　　　感激之情在心间。

女　　呵呵呵，我俩做的是一件事，
　　　　大红锦旗配鸡蛋。
　　　　那就不要耽搁不闲谝，
　　　　加快步伐赶紧走。
　　　　去迟了，说不准，

我的闺女又加班。

众　人　七月骄阳红似火，
　　　　护士站里清凉多。
　　　　大哥大妈情意重，
　　　　一同来到咱妇科。
　　　　大妈请，大哥坐，
　　　　知心话儿说一说。

女　甲　张大哥、李大妈，
　　　　妇科就是您的家，
　　　　不必客气先请坐。

众　人　对对对，到家先请喝杯茶。

女　乙　张大哥，你来得巧，
　　　　本想下班了到你家里走一遭。
　　　　你媳妇出院可安好，
　　　　最近情况怎么着？

　　男　上次媳妇宫外孕，
　　　　差点要了她的命。
　　　　多谢妇科尹主任，
　　　　亲自主刀来坐镇。
　　　　胸有成竹试牛刀，
　　　　病魔再狠没了招。
　　　　中心医院咱妇科，
　　　　医术精湛没话说。
　　　　疑难杂症不是事儿，
　　　　药到病除高手多。
　　　　感激之情没法儿表，
　　　　锦旗一面送妇科。

众　人　（白）谢谢大哥！

女　甲　李大妈，您别累着，
　　　　心里有话慢慢说。
　　　　您闺女最近怎么样？
　　　　药是否在按时喝？

女　　多亏妇科好大夫，
　　　还有我这些闺女一大拨。
　　　我女儿出院已上班，
　　　大伙儿还评她当模范。
　　　大妈带来土鸡蛋，
　　　表表全家小心愿。

众　人　（白）大妈您客气啦，这都是我们应该做的。谢谢您！

女　甲
　　　　（齐声）谢大哥，谢大妈，
女　乙　　　　　锦旗我们收下啦。
　　　　　　　　鸡蛋您得带回家，
　　　　　　　　您的心意全领啦！

女　领　（白）好人啊！好人啊！

众　人　天使不恋天堂景，
　　　　要洒大爱在人间。
　　　　燕尾帽儿挽秀发，
　　　　洁白大褂美如画。
　　　　付出泪水、汗水咸，
　　　　换回劳动果实甜。
　　　　白求恩是榜样，
　　　　南丁格尔不能忘。
　　　　悬壶济世有大爱，
　　　　救死扶伤真情在。

男
　　　（齐声）医患关系鱼水情，
女　　　　　　携手共建和谐景。

众　人　天使不恋天堂景，
　　　　要洒大爱在人间。
　　　　白求恩是榜样，
　　　　南丁格尔不能忘。
　　　　白衣天使真情在，
　　　　美丽花儿永不败。
　　　　白衣天使真情在，
　　　　美丽花儿永不败，
　　　　永不败！

快板儿

医改催开国粹花

打竹板，响连天，
唱着歌儿舞翩跹。
蓝天白云一朵朵，
白衣天使就是我。
白衣天使心有爱，
救死扶伤不懈怠。
今天不把别的夸，
只把这医改成效夸一番。
党中央，发号召，
绘就民族复兴梦。
四个全面谱新篇，
神州处处展新颜。
两个百年目标定，
健康中国走在前。
综合施策抓医改，
不让因病返贫的老戏再上演。

医药改革出新措，
多管齐下结硕果。
保基强基建机制，
护佑安康有依托。
抓党建，正行风，
职业道德记心中。

规矩纪律挺在前，
廉洁守法当模范。

先说医保政策好，
政府牵头来主导。
全民参与齐努力，
汇聚细流解难题。
个人出资钱不多，
政府兜底乐呵呵。
统筹安排细规划，
疾病侵身不再怕。
加大投入强基层，
县镇两级的能力在提升。
环境设施大改善，
基本医疗有保证。
诊疗质量要改变，
队伍建设是关键。
十百千万抓培训，
筑巢引凤重引进。
分级诊疗制度好，
看病就医有引导。
小病在村，大病在县，
疑难重病再转院。
乡镇报销比例高，
父老乡亲拍手笑。
免除奔波劳累苦，
经济实惠效果好。
医联体，好处多，
医疗资源重整合。
城乡一体强带弱，
协同发展显特色。
互联网、云平台，
远程会诊开起来。

不用患者出远门，
名家诊疗同步行。
药品实行三统一，
竞价采购全透明。
销售实行零差价，
负担减轻效果佳。
重质量，强管理，
安全效果放第一。
严守制度与规范，
诊疗做到四合理。
文明细致来接诊，
服务质量再提升。
满足患者就医感，
和谐医患促发展。
脱贫攻坚齐行动，
健康扶贫争先锋。
精准识别施良策，
医疗救助去贫困。
医养结合新探索，
养老防病形式多。
签约服务养在家，
托养中心有诊所。
全民健康重在防，
公卫项目是保障。
健康教育来引导，
养身健身病患少。

说完医改算一段，
再把咱市中医院夸一番。
中医院是我家，
医术精湛没话说。
疑难杂症不是事，
药到病除高手多。

领导集体是龙头，
干部职工劲头足。
科学谋划定位高，
弘扬那民族瑰宝中医药。
医院建设现代化，
品牌打造有名家。
燕尾帽儿挽秀发，
洁白大褂美如画。
付出泪水、汗水咸，
换回劳动果实甜。
白求恩是榜样，
南丁格尔不能忘。
悬壶济世有大爱，
救死扶伤真情在。
德艺双馨施医术，
造福百姓千万家。
自身发展名远扬，
扶助基层有担当。
奔走九县和一区，
绘就中医发展新蓝图。
中医药发展新机遇，
天时人和加地利。
政府重视党关怀，
事业蓬勃显生机。
医改催生国粹花，
传统医术发新芽。
中医药人才齐努力，
不负时代好年华。
白衣天使真情在，
美丽花儿永不败。
白衣天使真情在，
美丽花儿永不败，
永不败！

快板儿

十九大精神要记牢

——为平利县委宣传部十九大农民宣讲团而作

竹板一打响连天，
唱着歌儿舞翩跹。
今天不把别的说，
只把那——
十九大精神讲一讲！
公元二〇一七年，
十月十八不能忘。
北京人民大会堂，
庄严热烈又辉煌。
党员代表两千三，
聚精会神听报告。

老领导、老同志，
身体硬朗精神好。
总书记，习近平，
神采奕奕做报告。
场内鼓掌七十次，
还有十三亿在电视旁。
习总书记做报告，
声音清晰又洪亮。
三个小时长报告，
语言朴实站位高，

要让中国更辉煌。

回顾五年走过的路，
既有坎坷也有辉煌。
天眼、天宫、蛟龙号，
共享单车支付宝。
科技进步井喷状，
放飞梦想在高铁上。
坚持改革大方向，
核心价值是正能量。
传统文化大弘扬，
处处彰显新风尚。
站起来，富起来，
现在是要强起来！

竹板越打越响亮，
听我把报告的亮点讲。
总书记提出的新思想，
时时刻刻记心上。
"八个明确"要牢记，
"四个意识"要记牢，
基本方略十四条，
党的核心是首要。

新征程，新前景，
全国人民心欢喜。
决胜小康百年梦，
第二个百年要跟上。
两个百年目标定，
伟大复兴在东方。

新发展理念是个宝，

坚决贯彻不能少。
现代化，靠创新，
科技进步是支撑。
咱农村，要振兴，
搞好"三农"土变金。
振兴的战略已确定，
融合发展的政策已理顺。
土地承包到期再延三十年，
咱喜在心里笑开颜。
土地承包不会动，
农村安全有保证。
自己的饭碗自己端，
美丽乡村尽开颜。
全面开放新格局，
中国和世界已互通。
国家权力归人民，
党的领导是保证。
有机统一政令通，
神州大地一片红。
政治协商是优势，
依法治国是根本。
行政机构要改革，
党政机关坐在一起来办公。

打竹板，说真话，
现在我来说文化。
它是民族的根与魂，
文化自信最根本。
文化繁荣与兴盛，
要确保文化导向正。
文化繁荣与兴盛，
价值观培育要抓紧。

文化繁荣与兴盛，
要以人民为中心。
文艺创作大繁荣，
道德建设不放松。
扎根生活为人民，
不断推出好作品。
说完文化说教育，
这个咱们也关心。
人民教育人民办，
人民满意是方针，
教育强国是大工程。
说完教育说环保，
环保可是个大事情。
治理环境补短板，
打赢蓝天保卫战。
环境监管要完善，
绝不许美丽家园被污染。
发展的眼界要放宽，
要牢筑"绿水青山就是金山银山"的新观念。

打竹板，竹板亮，
子弟兵是好榜样。
中国梦，强军梦，
钢铁长城谁敢动！
陆海空军火箭军，
人民军队好威风。
红色基因要传承，
军队的任务是打仗，
打仗就要能打赢。
祖国统一是原则，
"一国两制"是大方针。
"台独"分子你听清，

"九二共识"要承认，
"六个任何"铁钉钉，
主权领土要完整，
顺应大势担大义，
一同实现伟大复兴的中国梦！
和平发展是大主题，
高举和平发展共赢旗，
构建人类命运共同体。
既讲利来更重义，
这是中国方案和中国人的大智慧。

世纪盛会十九大，
总书记提出新思维。
政治建设摆首位，
中央必须有权威。
思想建设是根基，
"不忘初心，牢记使命"是新主题。
基层组织是堡垒，
"四风"不是小问题。
"抓早抓小"重执纪，
党员干部知敬畏。
反腐败，全覆盖，
零容忍，无禁区。
高压震慑不敢腐，
制度严密不能腐，
思想自觉不想腐，
跳出历史周期律。

伟大的事业伟大的党，
伟大的民族和人民，
不屈不挠向前闯，
中国人民有希望。

青年强则国家强，
党对青年寄厚望。
青年一代有理想，
有本领、有担当，
天涯处处有芳草，
放飞梦想在民族复兴伟大的征程上。

竹板打得叮当响，
不知不觉已半晌。
我提纲挈领讲一讲，
不对的地方请原谅。
学懂弄通是基础，
贯彻落实才重要。
父老乡亲您听清，
有句话儿要叮咛。
永远跟着共产党，
子孙万代享太平，
子孙万代享太平，
享——太——平！

快板儿

唱唱最美镇坪人

众人　竹板一打响连天，
　　　唱着歌儿舞翩跹。
　　　今天不把别的唱，
　　　只把这镇坪好人夸一番。
　　　鸡心岭上抒豪情，
　　　南江河畔唱精英。
　　　镇坪好人就是我，
　　　我是最美镇坪人。
　　　诚孝俭勤和，
　　　牢记在我心。
　　　巴山最美在镇坪，
　　　镇坪处处有好人。
二男　县委政府下决心，
　　　追赶超越奋力拼。
　　　全县上下齐努力，
　　　要让黄土变成金。
　　　美丽富裕新镇坪，
　　　要唱最美镇坪人。
二女　世纪盛会十九大，
　　　开启小康新征程。
　　　要让世界更美好，
　　　不忘初心做好人。

做好人，献爱心，
建设美丽新镇坪。

二男　诚实守信一句话，
见义勇为天塌下来也不怕。

二女　孝老爱亲德行好，
助人为乐品德高。

四女　做好人，学楷模，
有他有你还有我。

二男　学好人，做好人，
要的就是这精气神。

二男　我是普通公务员，
入党誓词记心间。
全心全意为人民，
热情服务暖民心。

二女　我的工作在乡镇，
平凡的岗位献爱心。
父老乡亲是亲人，
我是他们的贴心人。

二女　巴山秋色红似火，
白衣天使就是我。
又嘘寒来又问暖，
医术精湛美名传。

女甲　她是村里好媳妇，
孝敬公婆礼在前。
勤俭持家四邻睦，
尊老爱幼是模范。

女乙　她是青年创业者，
自强不息人称赞。
办起小小淘宝店，
专卖咱镇坪土特产。
巾帼从不让须眉，
帮贫济困是典范。

男甲 他是社区户籍警，
一心一意为人民。
大街小巷常奔走，
要保百姓永安宁。

男乙 他是镇坪好后生，
一身正气朗乾坤。
见义勇为一声吼，
该出手时就出手。
歪风邪气他不怕，
百姓见他齐声夸。

众人 人人心中有杆秤，
称天称地称良心。
传统美德指路径，
耕种美德送光明。
做事要做这样的事，
做人要做这样的人。
打起竹板唱起歌，
专唱最美镇坪人。
镇坪好人如春笋，
高尚品格铸灵魂。
高歌一曲颂好人，
祝福最美镇坪人。
好人引领新民风，
祝愿好人万福春。
好人引领新民风，
祝愿好人万福春，
万福春！

三句半情景短剧

给中国人寿点个赞

甲　我们四人台上站，

乙　给大家表演个三句半。

丙　演得不好别见怪，

丁　包涵、包涵！

甲　世纪盛会十九大，

乙　开辟小康新纪元。

丙　追赶超越做贡献，

丁　创新、求变！

甲　中国人寿不简单，

乙　占据保险半边天。

丙　六十八年辉煌路，

丁　牛！

甲　祖国进入新时代，

乙　各行各业大步迈。

丙　中国人寿不落后，

丁　向前冲！

甲　现代社会信息化，

乙　电子 E 化真方便。

丙　足不出户把事办，

丁　不要钱——

合　不要钱！

甲　国寿 E 宝功能全，

乙　变更借款能领钱。

丙　轻松一点全搞定，

丁　超先进！

甲　无纸投保真是好，

乙　扫一扫来照一照。

丙　人脸识别来核保，

丁　高效！

甲　科技保险进万家，

乙　互联网连接你我他。

丙　化繁为简帮助大，

丁　顶呱呱！

甲　中国人寿进步大，

乙　科技联通千万家。

丙　您要还是不相信，

丁　往下看——

合　对，往下看！

（接情景短剧）

甲　中国人寿品牌亮，

乙　功劳要归党中央。

丙　合规经营发展好，

丁　哎哎哎，鼓掌！

甲　营销队伍五百万，

乙　城乡遍布咱网店。

丙　大街小巷抬头看，

丁　NO.1！

甲　中国人寿险种全，

乙　养老、分红、意外险。

丙　大病小病怎么办？

丁　靠保险！

甲　扶贫保险送下乡，

乙　挨家挨户参保忙。

丙　小额保险交费低，

丁　实惠！

甲　全程服务态度佳，

乙　笑脸相迎讲解全。

丙　理赔迅速暖人心，

丁　棒棒哒！

甲　孩子是父母掌中宝，

乙　教育储备预留好。

丙　规划成长保险金，

丁　趁早！

甲　晚年生活要幸福，

乙　养老保险请备足。

丙　财产年金翻倍涨，

丁　不慌！

甲　保险行业哪家好，

乙　巨星姚明做广告。

丙　要投就投咱国寿，

丁　愿您生活更美好。

合　对！愿您生活更美好！

甲　说到这里算一段，

乙　明年咱们再相见。

丙　祝大家：

合　阖家幸福、事业进步、
　　身体健康、万事如意！

丁　鼓掌！再见！

三句半

为咱国税点个赞

甲　我们四人台上站，

乙　给大家表演个三句半。

丙　演得不好甭见笑，

丁　包涵、包涵！

甲　2017 辉煌路，

乙　追赶超越迈大步。

丙　全局上下一条心，

丁　好多先进！

甲　公元 2017 年，

乙　基础建设关键年。

丙　转变作风抓落实，

丁　看亮点！

甲　国税改革经验多，

乙　安康经验前面站。

丙　办税负担双下降，

丁　推广！

甲　深入学习十九大，

乙　教育培训常态化。

丙　规矩制度全覆盖，

丁　全面开花！

甲　各项工作搞得好，

乙　全靠班子好领导。

丙　连续五年第一名，

丁　哎哎哎，低调，低调！

甲　迎难而上收好税，

乙　发展彰显新作为。

丙　强基固本抓规范，

丁　创新！

甲　强化分析谋实策，

乙　加强监控出实招。

丙　落实政策讲实惠，

丁　为纳税人服务！

甲　企业就像自家人，

乙　扶上马还要送一程。

丙　转好方式调结构，

丁　用心服务！

甲　领导核心很重要，

乙　部门给力不能少。

丙　相互协作争上游，

丁　狗撵鸭子——

合　呱呱叫！

甲　运转中枢办公室，

乙　事无巨细抓落实。

丙　上传下达靠耐心，

丁　榜样！

甲　稽查分局好样的，

乙　火眼金睛察秋毫。

丙　一个案子一标杆，

丁　杠杠的！

甲　车购分局不等闲，

乙　团结拼搏要争先。

丙　税收突破两个亿，

丁　硬扎①！

甲　绩效、法规、监察室，

乙　步调一致控全市。

丙　约谈巡察定指标，

丁　警钟长鸣！

甲　征管、收核、所得税，

乙　千方百计为国税。

丙　起早贪黑太辛苦，

丁　鞠躬！

众人　鞠躬！（一起鞠躬）

甲　货劳、纳服不简单，

乙　营改增试点跑得欢。

丙　第三方调查满意度，

丁　NO.1！

甲　人事、教育、党委办，

乙　千斤重担挑在肩。

丙　未雨绸缪搞规划，

---

①硬扎：安康方言，形容做得很好、很棒的意思。

丁　任重道远！

甲　数字人事信息化，

乙　精神文明顶呱呱。

丙　两学一做搞得好，

丁　辛苦啦！

众人　辛苦啦！（一起鞠躬）

甲　信息、服务两中心，

乙　盘活资源土变金。

丙　网络安全规范化，

丁　秦主任，中午吃啥？

众人　油泼辣子臊子面！

甲　锣鼓一敲喜事多，

乙　咱来夸夸财务科。

丙　精打细算好管家，

丁　该发的还是要发哦！

众人　对，该发的还是要发！

甲　东西要好还不贵，

乙　这要夸夸咱工会。

丙　职工之家暖人心，

丁　要赞！要夸！

甲　图书阅览健身房，

乙　音乐舞蹈排练忙。

丙　不信你上十六楼，

丁　热闹！

甲　文明单位文明岗，

乙　携手聚集正能量。

丙　党委班子领路人，

丁　　有盼头！

甲　　2017 辉煌路，
乙　　2018 迈大步。
丙　　最美不过国税花，
丁　　靠大家！

甲　　说到这里算一段，
乙　　演得不好甭笑话。
丙　　明年咱们继续谝，
丁　　鼓掌！再见！
众人　再见！

相　声

坚决不当贫困户

甲　驻村工作队长——

乙　驻村第一书记——

甲
乙　（齐声）上台鞠躬——

甲　吴书记，咱俩在书堰村一眨眼就一年了呀。

乙　是呀！

甲　翻过今年，咱俩就要离开了。

乙　还有新同志会继续我们的工作。

甲　一说要离开了，这心里还真有点舍不得呢。

乙　是啊，乡亲们对我们实在是太好了。

甲　那我们俩就借这个机会给大家说一声谢谢？

乙　好啊。我俩借此机会，衷心感谢麻柳镇党委、政府，感谢书堰村党支部、村委会，感谢书堰村全体村民一年来对我们工作的支持，谢谢大家！

甲　谢谢我俩的房东李显兵和李显兵的家人，谢谢我俩的所有邻居，一年来给你们添麻烦了，谢谢你们！

合　谢谢大家！

甲　吴书记，今天的工作是怎么安排的？

乙　今天咱们开始入户，要挨家挨户地走，对今年咱们书堰村拟脱贫的贫困户进行全年收入核算。

甲　哦，今年咱们书堰村总共有多少贫困户准备脱贫？

乙　按照国家和省、市的脱贫标准，咱们书堰村今年将有九十一户贫困户光荣地走出贫困户的行列！

甲　只要达到脱贫标准的就可以脱贫了吗？

乙　对，只要达到脱贫标准的就可以脱贫了！

甲　脱不成！

乙　刘队长，你咋了？

甲　脱不成，我坚决不脱贫！

乙　这刚刚还好好的嘛，咋一下就成这个样子了？刘队长，你是不是神经病犯了？没听说你有神经病嘛。

甲　我没有什么神经病，我是说，咱们今天入户核查收入，会遇到这样的场面。

乙　不会不会，现在大家都知道勤劳致富光荣，争当贫困户可耻，不会的！

甲　不会的？那今天我就来当一回个别贫困户，你来核查收入，动员我脱贫。

乙　可以！（两人分开，做敲门动作）喂，家里有人吗？

甲　哎哟，这不是吴书记嘛，你昨天才来了的，今天咋又来了呀？

乙　昨天是来检查你家的饮水情况，今天是来核实一下 2018 年你家的家庭收入情况。

甲　哎哟，有个啥收入嘛，这屋里啥都莫得哟，要啥莫啥，穷得硬是叫个叮当响哦。

乙　大嫂，经过我们深入调查核对，你家 2018 年各项收入总和以及人均纯收入，已经达到了脱贫标准。

甲　啥子？

乙　您家 2014 年被定为贫困户，经过这几年你们的努力和政府的帮扶，你今年可以脱贫了！

甲　啥子？今年叫我脱贫啊？

乙　对！

甲　脱不成！脱不成！我是贫困户，可是我啥都没有享受到哎，咋脱贫？咋脱贫？脱不成！不脱！

乙　大嫂，你先莫激动，你说你啥收入都莫得，啥都没有享受到？

甲　就是的！

乙　那好，今天我就来给你好好算一笔账。

甲　算就算，放屁打饱嗝，哪个怕哪个？反正我啥都没有享受到。

乙　大嫂，脱贫攻坚工作开始以后，咱们书堰村的变化是有目共睹的，你门前这刚刚打好的水泥路，你天天要走吧？比你原来天天走的泥水路好多了吧？

甲　嘿嘿，那是那是！吴书记呀，走水泥路要穿高跟鞋，那走起来，咯噔咯噔的咪。

乙　这咯噔咯噔的水泥路，你天天在享受吧？

甲　那是那是，那享受得很！

乙　脱贫攻坚以来，镇上实施安全饮水工程，你们屋里是不是也通了自来水？

甲　吴书记呀，要说这自来水呀，可真是好，龙头一拧水直飙，再不下河把水挑，泡一杯书堰的茶叶子呀——嘿嘿，神仙他都喝不到！

乙　那这饮水工程你家是不是在享受着？

甲　那是那是，那享受得很！

乙　国家实施新型农村合作医疗和大病保险，你没有享受？

甲　你说啥？

乙　新农合、大病保险！

甲　那享受了的，享受了的，我交的钱还给我退了些。今年我们屋里那个住院，花了好几万，我一想，这下哈了①，好几万块钱啊，嘿，没想到一出院，直接给报销了百分之九十，前两天镇上卫生院的医生还到屋里来，给我们做了个免费体检，我直接呀，直接是睡着了都笑醒了哟。

乙　那这新农合、大病保险、医生上门免费服务你享受了没有咪？

甲　说句实在话，那简直是太享受了，太享受了。镇长、书记怕都没有享受过呢！

乙　大嫂，我再问你，你家现在几亩地？

甲　算起来有二十几亩吧。

乙　这二十几亩地，政府每年给你多少退耕还林补贴？多少生态补偿？多少农业直补？

甲　那不瓢杆子咪②，一年几千块啊。

乙　你家总共有六亩茶园，每亩每年政府补助二百元，总共一千二百元，是不是按时按点打到你的银行卡上了？

甲　打了，打了，分文不少，分文不差。

乙　那你看看你的茶园是咋管护的，杂草遍地，叶子上的灰都那么厚了，那能产好茶？你对得起你的茶园吗？你对得起每年补助给你的那一千多块钱吗？

---

①哈了：安康方言，坏了的意思。

②不瓢杆子咪：安康方言，瓢杆子即简单、容易。不瓢杆子，意思就是不简单。咪为语气助词。

甲　吴书记呀，你莫怄气，我这个人现在不知道咋搞的，越来越懒了，反正折子上迟早都有点钱，就懒得再动了，我原来可是个勤快人哦！

乙　这几年把你惯事①哈了！

甲　莫怄气莫怄气，来来来，喝茶喝茶。

乙　我再问你，你老公公今年多大岁数了？

甲　属牛的，今年整整八十了。

乙　老人家的养老保险、高龄补贴呢？

甲　跟那个退耕还林、生态补偿、农业直补、茶园管护、喂猪补贴一样，按时按点打到他卡上的。这要不是政府搞扶贫，过去那硬是想都不敢想哦！

乙　那你现在还敢说你啥都没有享受到？

甲　哎呀，吴书记呀，这不算不知道，一算还真吓一跳，光我们这一家子一年就享受了国家这么多补贴呀，真是不好意思呀！

乙　那我今天来动员你今年脱贫，你脱不脱咪？

甲　脱！脱！坚决脱，脱光光！

乙　这是啥话嘛，啥叫脱光光？你脱一个试试看，马上叫派出所来。

甲　那是脱衣裳嘛，我是坚决脱贫。我不仅自己要脱贫，还要动员村上跟我有一样思想的人一起脱。这样的贫困户真的不光荣啊，太丢人了！

乙　条件成熟了就脱，条件不成熟想脱还不能脱咪。

甲　我条件成熟了，条件绝对成熟了，我坚决脱，坚决不当这样的贫困户了。

乙　那我们就在这"贫困户退出表"上面签字，今年脱贫？

甲　签字！今年脱贫！

乙　哎哎哎，签字咪，你跑啥？

甲　我去化个妆、换件衣裳，显得隆重嘛。

乙　莫得你这讲究，签！

甲　签！

---

①惯事：安康方言，宠爱的意思。

相　声

说说邮储优享贷

甲　哎，这不是电台那个整天乐呵呵的乐乐吗？

乙　刘叔好。

甲　嘿，这漂漂亮亮的大姑娘怎么大清早愁眉苦脸、唉声叹气的呀？

乙　刘叔，我要结婚了……

甲　男大当婚，女大当嫁。洞房花烛夜，金榜题名时。好事呀！

乙　刘叔，我们是在一个单位工作的八个女孩儿一起结婚。

甲　集体婚礼呀？移风易俗、时尚前卫，好啊！

乙　刘叔别逗了，我正为这事犯愁呢。

甲　为啥事犯愁呀？给刘叔说说。

乙　刘叔啊，不仅我愁，我爸妈更愁。

甲　到底愁啥？

乙　刘叔啊，我们几个闺蜜约好一起结婚，这房子是买了，得装修吧？

甲　嗯。

乙　上班下班、自驾旅游、照顾爸妈，得有辆车吧？

甲　嗯。

乙　这冰箱彩电洗衣机、锅碗瓢盆炒菜锅得有吧？

甲　这是必须的呀。

乙　可我们几个都刚参加工作不久，哪有这么多钱呀？

甲　为这事啊？早说呀。

乙　刘叔有什么好办法？

甲　邮储银行"优享贷"呀！

乙　邮储银行"优享贷"？

甲　哎，这邮储银行"优享贷"是专为党政机关、国有企事业单位职工、公立学校教师、公立医院医生设立的一种新型金融产品。你们八个人可以组团申请贷款，享受这"优享贷"。

乙　刘叔又逗我，我没什么抵押品，怎么向邮储银行贷款呀？

甲　邮储银行"优享贷"不用抵押。

乙　不用抵押？有这样的好事？

甲　哎，只需一张身份证，你们几个好闺蜜一起在单位开一张收入证明，最多可以贷到自己工资收入的二十四倍。像你这副科级以上的，最高可以贷到自己工资收入的三十六倍呢！普通的可以贷到十二万，最高可以贷到五十万呢！

乙　一张身份证、一张收入证明就行了吗？

甲　千真万确！

乙　哎哎哎，好刘叔，不知这"优享贷"的利息怎么算？还款怎么还？

甲　哈哈哈……这简单得像个一。比如你贷十万元，贷款期限是三年，基准利率只要百分之四点九，每月只需还款三千零八十一元三角一分。

乙　刘叔啊，你怎么知道得这么清楚啊？

甲　我儿子刚刚从"优享贷"拿到二十万呀，手续特别简单。

乙　哎呀，刘叔啊，你可真是帮了我大忙了。谢谢你呀！

甲　哈哈哈……要谢就谢这邮储银行吧！

乙　哎哎哎，那就感谢邮储银行"优享贷"。

甲　对喽！

乙　刘叔，我赶紧约那几个好闺蜜去邮储银行办理这个"优享贷"。刘叔回见！

甲　回见！

评　书

话说邮储信用卡

　　天下万事，万事一理。大凡心有民众，事事为黎民百姓着想者，皆受万众拥戴。古有"及时雨"宋江，仗义疏财，广济天下寒士。今有精准扶贫，同享小康、沃泽万代。各位听友，今天，咱不说古不论今，单说邮储银行施惠天下、让利于民、恩泽万家的"邮行天下信用卡"。

　　自古至今，商贾贸易无不是一分钱一分货，等价交换，而这邮储银行却反其道而行之，2017 年推出了这施惠于民的"邮行天下信用卡"。

　　现在，咱就来说说这张"天下第一卡"。此卡绝非寻常之卡，手持一张"邮行天下信用卡"，即可得到高速路通行优惠。绑定 ETC 三秦通卡以后，在原有九点五折优惠之上再优惠五个百分点；为你的爱车加油，加二百减二十，百姓只花一百八十元就加了二百元的油；除此之外，拥有此卡，还可以享受保险优惠、洗车优惠、出游优惠、车尚生活汇平台优惠等诸多优惠。这张卡，除拥有消费、取现、分期、免息等诸多功能，还支持插卡、刷卡等接触式交易方式，也支持拍卡这种非接触式交易方式；支持关联储蓄卡自动还款，还可以拿它开通网上银行实现网上支付。我说这邮行天下信用卡为"天下第一卡"，一点都不过分。

　　这邮储银行可真是一心为百姓，用心天知情。要说这张卡也不神秘，拨打电话 3259925，三分钟就可申请。天大的好事，机不可失。我说完这段，即刻就去给自己也申请一张。各位听友，咱们邮储银行"信用卡部"再见！

歌

词

身　边

巍巍秦岭裹巴山
滔滔汉江荡清涟
山连着水呀水连着山
惠普三农　脱贫攻坚
长安银行在身边

深于心　践于行
知反哺　有担当
喜看身边的惠农支付点
从城市到农村广阔的空间
我们人本诚信厚德创新
追求卓越共同发展是我们的理念
传承汉唐雄风　再造盛世长安是我们的愿景

巍巍秦岭裹巴山
滔滔汉江荡清涟
山连着水呀水连着山
长相伴　安民生
长安银行在身边
在身边

只为秦巴换新颜

汗水　滋润着脚下的土地
脚步　丈量着身边的山川
我们万众一心
吹响号角　脱贫攻坚

披荆斩棘　我们追赶超越
艰苦奋斗　我们砥砺向前
不畏征程远　誓把贫困面貌变
哪怕道路艰　要让秦巴换新颜

精准识别　我们通宵达旦
精准帮扶　我们无悔无怨
巍巍鸡心岭啊潺潺南江水
万众一条心啊不觉苦来只有甜

舍弃小家顾大家
只为了绿水青山
酷暑严寒谈笑间
历史的丰碑刻在天地间

汗水　滋润着脚下的土地
脚步　丈量着身边的山川
不畏征程远　誓把贫困面貌变
哪怕道路艰　要让秦巴换新颜
要让秦巴换新颜

厚德载物　大美高新

迎着清晨初升的朝阳
青春的热血在胸中激荡
高耸入云的大厦
那是我腾飞的翅膀

和谐的社区　幸福的家园
平凡的岗位爱心荡漾
花团锦簇的高新
是我奉献青春的地方

创新聚力　责任担当
互融和谐　发展共享
热情服务　业主至上
我们架起了温馨的桥梁
手拉手　心连心
共同铺就创新发展的康庄大道
啊　上善若水　高新安康
啊　厚德载物　高新安康

"双创"，我们在路上

迎着清晨初升的阳光

我们巡查在城市的大街小巷

送走黄昏美丽的夕阳

那地净天蓝的地方就是我美丽的安康

晶莹剔透的汗水

闪耀着美好安康的构想

疲惫而坚毅的脚步

正踏出美好安康的辉煌

国家园林生态城

我们和人民共创

国家卫生双拥城

我们与子孙共享

锲而不舍　奋勇当先

双创精神在我们手中创建

迎难而上　团结协作

双创精神把前进的道路照耀

我们在双创的路上

迎接挑战　收获希望

巴山美酒敬好人

巴山出美酒
美名传四方
人在十里外
便闻酒飘香
美酒要敬好人喝
新民新风新事多
咪咪咪咪咪咪咪咪咪咪
都把这酒歌唱
社会主义新农村
小康路上还要往前奔
不怕道路有多难
互帮互助咱们敢问天

酒歌唱一曲
美酒饮一缸
谁不纵情饮
谁不纵情唱
镇坪好人喝一碗
美丽巴山换新颜

巴山里呀换新颜
最美镇坪人

美酒敬好人

酒壮英雄胆

脱贫要攻坚

巴山最美在这里

手捧美酒敬好人

咪咪咪咪咪咪咪咪咪咪

社会主义新农村

小康路上还要往前奔

不怕道路有多难

互帮互助咱们敢问天

一心敬你最美镇坪人

二红有喜敬好人

四季发财奔小康

榜样在前我争先

小康路上向前赶

诗

歌

送一个安康给你

送一个安康给你
那是我的家园
秦岭以南　华夏版图的中间
在南宫脚下　汉水之畔
沿一路碧绿走向久远

送一个安康给你
那是我的家园
茶马古道　极美巴山
牛蹄枪声　先辈红绢
剪一枝绿叶把历史还原

送一个安康给你
那是我的家园
紫阳真人　三沈长卷
金州锦绣　真乃天上人间
敬请先祖关照今天

送一个安康给你
那是我的家园
美女如云　瘦燕肥环
瀛湖放歌　水绿天蓝

摘一缕情丝梦在春天

送一个安康给你
那是我的家园
夕阳斜照　农家小院
秦风楚韵　淳朴依然
把酒小酌审视昨天

送一个安康给你
那是我的家园
秦巴叠翠　汉水抒怀
物华天宝　地灵人杰
好一幅山水画卷　美丽的后花园

送一个安康给你
那是我的家园
美好祝福　康泰安宁
和谐安康　幸福久远
趁当今盛世直上九重天

微笑在三尺岗亭

巍巍秦巴山，
滔滔汉江水，
一条美丽的路从我身边穿过，
像是一条彩虹，架起了小康的希望……
我就在这彩虹之上，
没有宽敞的舞台让我起舞。
我就在这彩虹之上，
没有艳丽的鲜花把我扮靓。
我们的工作单调重复，
生活缺少了许多颜色；
我们无怨无悔坚守着自己神圣的岗位，
我为我单调而平凡的工作骄傲。
我们把甜美的微笑和真诚的祝福送给过往的每一辆汽车，
我们用规范的手势和纯正的语音问候着每一位司机大哥，
披星戴月、辛勤劳动，只为国家经济发展，
车流穿梭、冬去春来，我的奉献将一如既往。
微笑，让司机大哥心情舒畅，
微笑，让每一辆过往的车都一路欢唱，
微笑，拉近你我的距离，
微笑，让高速路这条彩虹更加迷人律动。
爱岗，是我们的职责；敬业，是我们的本分；
青春，是我们的资本；奉献，是我们的追求。

当人们行驶在平坦顺畅的高速路上，

尽情享受高速路提供的舒适、方便、安全、快捷的时候，

他们一定会想到炎炎烈日下、严寒酷暑时，

我们这些与星辰为伍、和寂寞为伴的三尺岗亭里那迷人的微笑……

宽敞的高速路上这三尺岗亭就是我们的舞台，

我们在青春的轮回中，将一腔热血和赤诚全部抛洒给这条彩虹。

我无怨无悔，因为我爱我的岗位，我爱这三尺岗亭，

我要用我最美好的青春年华，让高速公路这条美丽的彩虹

更加夺目璀璨！

永远的九岁

——献给小萝卜头

你，瘦骨嶙峋却挑着一颗大大的脑袋，

在经典小说《红岩》里，

你让所有见到你的人都心生怜惜。

当你像羽毛一样飘落在血泊中时，你只有九岁，

瘦小得就像一只嗷嗷待哺的小鸟，

孱弱得就像一棵未及舒展开的树苗。

你刚满周岁就与父母一起走进了那令人毛骨悚然的渣滓洞，

从此便坠入了无尽的深渊。

现在，我就站在重庆的歌乐山松林坡，

你的生命就是在这里被无情地掠过。

面对你的雕像，许久我都没有转身。

看一眼身后那间几经风雨剥蚀的小屋，

因为那里便是你诀别一切的阴阳界。

想起五十年前的那晚，便觉身上的体温被阴森的冷气带了去。

那天的雾浓吗？

那天的夜色稠吗？

那一刻你害怕了吗？

当刽子手将匕首插入你的胸口，

当你渐渐暗淡下去的眼睛最终瞥向妈妈时，

你看到妈妈痛得滴血的双眸了吗？

就在刚才，我们还去了你曾生活过的一个地方，

那里绿荫掩映，石径通幽，

墙脚下还有一条小溪，不惧陡崖，笑吟吟地欢跳而下。

如果没有看过《红岩》，我就不会知道，

这个泉流鸣啭之所，就是你与爸爸妈妈的囚禁之地——渣滓洞。

在渣滓洞，我的眼睛驻留于高墙边的一棵石榴树。

五十年前，它的年龄比你还小，

是你亲手为它培土、浇水，两个同样羸弱的生命相依相恋。

如今，石榴树老了，

但它的枝头却是那样顽强地逾过电网，探出了高墙。

在石榴树下，你猜我看到了什么？

开始，我以为那是倏然掠起的清风托起的两片花瓣，

最终我才看清楚，那是两只蝴蝶。

飘飘悠悠，袅袅娜娜，

径自攀上高墙，越过电网，翩然去了墙外的世界。

哦，那可是你曾经放飞的蝴蝶？

蝴蝶所去之处，可是你梦寐一生的地方？

你的生命于九岁时被恶魔吞噬，

短促的生命却留下太多的空白，

幸福被逼缩到获得一支铅笔头后的快乐，

自由之梦只能托付给无忧的蝴蝶。

此刻，一截粗大的铁镣挟着银铛之声闯入我的脑际，

冰凉的铁镣顿生血腥的场面，

一个脆弱而孤独的生命在铁镣的缝隙间无望地生长。

那一刻，我的心咯噔一声，眼睛也潮湿起来。

那是你吗？

那是你在向我昭示吗？

你以这样的情状与我邂逅，思绪被热血猛然淹没，

无法言喻的凄怆令我的双手剧烈颤抖……

在你的雕像前，

抚摸你纤弱的臂膀和惨白精瘦的脚趾，

我实在想不出刽子手将冰凉的匕首插进你胸脯的理由。

有人说，你是共和国最年轻的烈士。

于你，这是一份光荣，但我却觉得它太沉、太重，

你还是一个孩子啊！以你九岁的生命难道应该承受如此之重？
人们称你为烈士，是因为在共和国的基石上，浸染了你的鲜血。
就是因为这样纯粹这样殷红的血，让无数人知道了——
什么是自由，什么是尊严，什么是人道，什么是理想和信念。
小萝卜头，你是 1940 年出生的吧？
算起来你该比今天刚刚吹灭九根蜡烛的孩子，早出生了半个世纪。
面对你九岁的生命，
该让现在的孩子们称你爷爷，还是哥哥或弟弟？
还是叫你弟弟吧，
因为，你蹒跚的脚步只迈动了九年，
你稚弱的心脏只跳动了九年，
你纯洁的血液只流动了九年，
你九岁的生命，
已化作永远……
看着你茕茕孑立的瘦弱身影，
我想起了我身边那些花枝招展的孩子。
看着眼前冰凉的铁镣，
我回头凝视这霓虹闪烁的城市。
望着令人毛骨悚然的渣滓洞，
我想起了蓝天白云下窗明几净的办公室……
我们能在今天协同关爱，为价值而争先奋斗，
每一步都走在你和你的父母鲜血浸润的道路上。
许多人到现在还不知道你的名字，
我们不能忘记，你的大名叫宋振中。
我们不能忘记，
九岁时，你与你的父母被反动派杀害于新中国诞生的前夜。
你的生命终结于九岁，
也升华于九岁，
同样也灿烂于九岁。
你放飞蝴蝶的一瞬，已凝固成中国人热爱生命和追求自由的——
经典画面！

为了历史的责任和担当

在中国版图的中间
在巍巍秦岭的南边
在逶迤连绵的巴山腹地
在美丽蜿蜒的汉江之畔
有一座美丽的小城
她既是中国最美的乡村
也是我魂牵梦绕的家园

碧水蓝天马头墙，翠竹绿树映农庄
女娲故里诗意浓，最美乡村茶飘香
这就是我们的家乡
中国最美的地方——平利

平利，南接荆楚、东临中原
秦头楚尾，人杰地灵
平利，历史悠久、资源丰富、区位优越
早在秦汉，能工巧匠们就在这里打造着属于自己的精美制品

先辈们数千年不屈不挠
用自己的勤劳和智慧
努力改变着这里的一山一水、一草一木
历史走到了今天

我们朝气蓬勃的新一代青年
更是渴望最美乡村能有最美的产品为我们代言
用我们的心灵和智慧
跻身现代社会之巅

公元 2013 年
一座现代化工厂拔地而起
一个名字响彻五峰山间
平利"通达"——成了人们关注的热点

我们
怀揣着梦想
迈着忐忑的步伐
走进了"通达"的车间

由于投资方投资方向的改变
加之变幻莫测的市场环境
使得刚刚建立起来的"通达公司"瞬间陷入困境
渴望得到雨露滋润的禾苗
眼看将变成枯草

产品滞销房租待交
各种费用接踵而至
催讨债务的账单如雪片般飞来
厂长,我们的工资?
厂长,我们的生活?
面对朝夕相处的兄弟姐妹
我唯一的答复也只能是一声叹息

面对困境和一双双渴望的眼睛
安康青年创业者协会——
来了

为了这一方水土
为了这一方人
为了历史的责任和担当
他们——
来了

王本周、徐波、万华、陈朝海
这些时代的弄潮儿
他们没有丢下我们
他们和我们站在了一起

企业重组稳步迈进
营销先行按订单生产
品牌是企业的生命
一定要千方百计提升我们的品牌价值

产品商标重新注册认定
专用条码重新定位、合法使用
产品营销从顶层设计开始
快速启动电子商务平台

加盟阿里巴巴
开设淘宝、微信商城
组建电子商务运营中心
彻底打通销售渠道

省长来看我们了
市委书记、市长也来了
海内存知己，天涯若比邻
原来的老客户回来了
甘肃、湖北、重庆、四川的新客户也来了
远在新疆、宁夏、山西的销售网点也建立起来了

厂长，我们回来了
厂长，我们也回来了
厂长，算我一个
还有我，我要到生产车间第一线去

好！好！好
有了你们就有了一切
有了青年创业者协会
我们的工厂就有了希望

现在的平利"通达"
正在向正规化、制度化、规范化、流程化稳步迈进
我们的产品
正在向世人展示着
最美乡村独特的风采

路漫漫其修远兮
吾将上下而求索
我们要走的路还很远
我们的征程依然充满着艰辛和坎坷

世间原本没有路
但每一条坦途
都无一例外布满了无数拓荒者坚实不屈的足迹

有了安康青创协会的引领
有了科学、规范的制胜法宝
有了一群不向命运低头的人们
我们的前途充满希望

女娲曾在这里补天
祖先曾发誓要把命运改变

新一代"通达人"

定会在二次创业的浪潮中

重新谱写辉煌的乐章

年供近五千万支优质牙刷的订单已经签订

开发的新产品和两款优质儿童牙刷

正在申请设计专利，马上可以投产

征地一百亩，打造青年创业孵化基地

一切都在稳步推进

万事俱备，只等东风

聘请专家、引进人才

家有梧桐树

不愁金凤凰

平利——平安顺利

万通——万事亨通

为了这历史的责任

我们勇敢地担当

为了家乡父老的重托

为了那一双双期待的眼睛

为了安康本土的创造和制造

我们

无愧于祖先

无愧于社会

无愧于心灵

我们在路上

我们勇敢地担当

党 旗 颂

我不知道谁是最初的设计者

但我们的旗帜是最鲜艳的红色

好像一轮喷薄欲出的太阳

冲破黑暗，激情四射

我知道，那是因为千千万万烈士的鲜血

才让你的颜色如此庄严热烈

我知道，那是有了几代人的前仆后继

才让你的图案如此辉煌

是你，点燃了可以燎原的星星之火

是你，见证了那些艰苦卓绝的辉煌岁月

是你，把苦难中国的信念点亮

是你，把一颗颗屈辱的心锻打成钢铁般坚强

你用你纯洁的红色把黑夜擦亮

让一双双迷茫期待的眼睛看到了黎明前的曙光

苍茫大地印证，是你把中国从苦难的深渊解救

浩瀚宇宙传音，是你把人民从黑暗的昨天领向光明的今天

岁月的尘埃，曾使你步履蹒跚

历史的沧桑，曾让你历尽风霜

可这又怎能掩盖你的光芒

多少次惊涛拍岸

你张开臂膀力挽狂澜

多少次潮起潮落

你闲庭信步直挂云帆

几经磨难

你披荆斩棘

跨过道道雄关

就是这把铁锤

砸碎了旧时代沉重的锁链

就是这把镰刀

从雪山草地收割到天安门广场

就在这面旗帜下

我们由小变大、由弱变强

在你的带领下

我们建立了一个崭新的中国

雄关漫道真如铁，而今迈步从头越

在你的旗帜下，我们又迈开新时代坚实的脚步

一代代的领导集体在你的引领下

高屋建瓴大胆决策

确保我们的旗帜

永远鲜红，永不褪色

像树木不能离开大地

像水滴不能离开江河

全心全意为人民服务

人民的心愿就是你的选择

权为民所用

情为民所系

利为民所谋

这就是你的本色

有多少共产党员在你的旗帜下

用生命谱写出新时期的颂歌

今天

我们又一次走进了火红的七月

又一次聚集在这镰刀斧头之下

心中激荡着一首永恒的歌

没有共产党

就没有新中国

沐浴着您的光辉

耳边响起那庄重的承诺

八千多万个声音斩钉截铁

我们宣誓

为共产主义事业奋斗终生

你的颜色永远鲜红，永不褪色

散

文

冬　雨

　　我是喜欢雨天的，但不喜欢冬天的雨，尤其不喜欢刺骨的冻雨。入冬后，淅淅沥沥的小雨已经断断续续地下了好几天，到处都是冷飕飕的，好烦。

　　傍晚，我撑着伞信步从鼓楼街向小北街走去。鼓楼街是条老街，在安康蛮有名气。老街正在改造，到处挖得乱七八糟，挖出来的泥经雨水一拌，行人就好似在糨糊上行走，又平添了些许烦恼。

　　老街有点窄，两边都是近两年修建的楼房，明亮的灯光从各个房间透了出来，偶尔还能看见临街几处没关的窗户里巨大的电视荧屏闪烁着的画面，现代文明的气息和古朴的街道正融为一体。

　　鼓楼街早没有了鼓，楼其实指的就是市群艺馆内那栋省级文物保护单位——文安楼。楼上的飞檐、瓦当早已不见了踪影。省里给了钱，前年把这楼修葺了一番。用水泥预制板做的瓦当、飞檐，没雕没画、没棱没角，阳光下泛着灰色，显得不伦不类；古朴的青砖地面早已换成了稍不留意就会摔倒的广东顺德瓷砖。

　　烦躁的心情陪着我在"糨糊路"上走着，刚进小北街，一抹柔和如烛火似的灯光让我心底一颤，那束灯光是从临街的一幢平房的窗户里透出来的。那房屋没有高楼的玉砌红装，很不显眼。然而，从那有着暗红色窗棂的玻璃窗中透出的景象却让我看得痴了。一位年轻的母亲左手拿碗，右手拿勺，正从热气腾腾的锅中往碗里盛着什么东西，身边站着一个七八岁的小男孩儿，眼睛直直地望着年轻母亲手里的碗……母亲盛好后转身进了里屋，男孩儿依然站在这边望着冒着热气的锅。年轻母亲又从里屋出来了，她拿勺子在锅里舀起半勺汤，放在嘴边轻轻地吹着，热汽被略带寒意的风吹得飘散开去，然后她把勺子递到男孩儿嘴边，男孩儿一手扶着年轻母亲的手，一手扶着勺子享受地喝着……末了，男孩儿望着年轻母亲在笑，母亲也笑了。寒风夹杂着细雨拂过衣襟，然而不知为何，心里却感受到很久都没有体味过的熟悉的温暖，我突然感觉我的鼻子在发酸。团团热气在玻璃窗上升腾，年轻母亲端着手里盛好的汤又进了里屋，男孩儿蹦蹦跳跳地跟了进去，我看见那母亲的背影好美，好美。

我在窗前立了许久，希望美丽的母亲再出现在我眼前的画面里，可她却一直没有出来。我只好继续向前走，心中竟生出了许多的感慨。

尘世的纷繁浮华已经令现在的我们变得麻木，我们正在背弃真情。我们开始变得冷漠，只要事不关己，哪怕外面天塌地陷，我们也能泰然自若。为了自己的利益和欲望，我们正在无所不为，已经忘记了爱人与被爱。于是，我们的眼神总是那样冰冷，让人难以捉摸，我们努力装出的笑容总显得不那么真诚。正因如此，世界变得更加寒冷，寒在心里……

我忽然明白了，或许你能在灯红酒绿之中风光无限，或许你能在明枪暗箭的官场左右逢源，或许你能让人们对你毕恭毕敬，但是，在卸下了所有的利益关系以后，你什么也不是……

归来吧，迷路的人，穿越世俗的浮华，我们每个人都会发现很多遗失的美好。这些都是每个人一生最宝贵的东西，需要我们倍加珍惜。

相信吧，无论你身处何方，总会有人在为你真心牵挂，不要再用提防的眼光来伤害他们。相信吧，人性本善，真情是人性最本真的美好，是上帝对人类最宝贵的恩泽，不要再在尘世中迷茫和堕落，除了利益，我们还有更重要的东西。相信吧，真情永存，情满人间！

贫困户的暖心人

2018 年初，作为一名驻村脱贫攻坚工作队的队长，在进驻书堰村的第一天，我便见到了王定军。

书堰村位于大巴山北麓紫阳县西南，东与紫阳县毛坝镇接壤，北和紫阳县瓦庙镇相望，南接四川省万源市临河乡、皮窝乡，毗邻汉中市镇巴县巴山镇、小阳镇、观音镇。我和中国书法家协会会员吴纯宝入住在书堰村。村子位于麻柳镇最西北端，全村十九点零四平方千米，辖十四个村小组，是麻柳乃至紫阳最大的行政村和贫困村。全村六百七十七户，贫困户就占了四百三十三户，贫困人口一千六百七十一人，贫困发生率高达百分之六十三点九六，贫困状况为紫阳县之最。

2018 年 1 月 4 日，单位领导专程送我和同事吴纯宝到书堰去。天公不作美，漫天大雪为安康近年来所罕见，老天似乎要给我和吴纯宝一个下马威，也似乎预示着脱贫攻坚不会一蹴而就，前路一定充满着坎坷和艰辛。

早上 8 点我们从单位门口出发，公路上的积雪有近十厘米厚。艰难蜗行了约四个小时，我们才抵达书堰。去年在书堰村搞帮扶的紫阳县人大常委会的几位驻村领导和干部已经在村委会等候我们多时了。他们就像一直坚守在阵地上的一支部队要将阵地移交给后续增援部队一样，详细地给我们介绍情况并移交各项工作。

在和县人大常委会的同志座谈书堰村今后脱贫攻坚走向的时候，一位身材不高、面容敦厚、眼神坚定、操一口浓重方言的人用他如数家珍、竹筒倒豆般的话语引起了我的注意。他就是后来成了我和吴纯宝在麻柳镇、在书堰村最好的朋友的麻柳镇人民政府考评办主任王定军。

我和吴纯宝第一次走村入户调查摸底，就是王定军带着我俩的。在随后的日子里，我们便离不开这位王主任了。那天，虽然雪已经停了，但前几天下的雪在山路上已经积了足足有一尺多厚，经山风一吹，又硬又滑。在前往贫困户覃成强家的路上，我平生第一次体会到了什么叫寸步难行。我和吴纯宝三步一趔趄、五步一踉跄，枝头掉下的积雪顺着脖子钻进后背，和汗水融为一体，似乎在向我和吴纯宝挑衅："你俩来攻坚，先过了我这一关吧！"

一路上，我和吴纯宝可谓狼狈不堪，可在前面带路的这位王主任却如履平地，一路谈笑风生，还不时停下来伸出手拉我们一把。其实让我真正打心眼里佩服他的，还不仅仅是他驾驭险象环生的山路的本领，而是他对书堰村的熟悉程度和对村民发自内心的爱。

书堰村总共有多少户人家、每户多少人、这些人目前都在干什么，每户养了多少头猪、多少只羊，育了多少茶、多少山林多少地，住房饮水、孩子入学、合疗医保、致贫原因，等等，王定军是倒背如流，就像是说自己家里的事情一样。我随机在贫困人口登记册里指了一家叫余忠学的户主说："咱们今天去这家看看吧。"王定军随口道来："余忠学家住八组，全家六口人，有耕地五点八四亩，林地三点四亩，2017 年全年收入没有达到脱贫标准，属于一般贫困户。他家致贫的主要原因是缺乏致富门路和技术，目前还是危房户，已经被列入异地搬迁名单。"听了这几句话，我和吴纯宝面面相觑，佩服之情溢于言表。下午 4 点多，我们到了余忠学家，我俩更是目瞪口呆，余忠学家里的情况竟然和王定军说的分毫不差。

2018 年第一季度，我们的主要任务就是走村入户了解情况，每次都是王定军带路。每到一家，村民都会紧紧地拉着他的手，似乎对他有说不完的心里话。他也像是到了自己家一样，无论在院坝里还是屋檐下，总是随便找地方一坐，从包里拿出各种各样的表格、文件或者笔记本，认真地填写、核对、记录。从 2018 年 1 月至 3 月，我已经记不太清他带着我们走了多少户贫困人家，可我听到村民说得最多的一句话就是："他是好人，看见他就觉得亲切。有他在，我们脱贫就有希望。"每次都是同样的经历、同样的结果、同样的感受。

王定军的工作很平凡，和无数乡镇干部一样，几乎每一天都在做着同样的事情，日复一日、年复一年。我除了钦佩他对工作的热爱和一丝不苟外，还有一件事更是让我对他刮目相看，并喜欢上了这位敦厚朴实的朋友。

王定军每次带我们下村到户，他的背包总是鼓鼓囊囊的。他的那个包，就像是一个百宝箱，凡是我们需要的，他似乎都能从这个包里找到。除了这些，他的包里还装满了对乡亲们的关爱、牵挂和贫困户对他的期盼。他经常会从这个包里拿出一些物件、药品或是其他零碎。"老张,这是你托我在镇上给你带的药""老杨,这是你的建房手续,我替你办好了""老李,这是你托我给你带的《核桃种植知识读本》""王嫂,《生猪养殖 100 问》我总算给你买到了,给你带来啦"……他有时会开玩笑似的对我说:"我直接就是个乡村邮递员。"

王定军每次带我们入户走访,从不在任何一家贫困户或非贫困户家里吃饭。哪怕是时近黄昏,哪怕是乡亲们真诚地执意挽留也坚决不吃,总是带着我们赶回驻地吃泡面、啃干粮。

我对此不解,便问他:"住店给店钱,咱们吃饭给他饭钱,为啥非得赶回驻地吃?"

他说:"这个里面有学问。咱在村干部家或者非贫困户家吃饭,贫困户就会对我们有意见,会觉得我们和他有距离;在贫困户家吃饭,山里人厚道,他们会倾其所有,拿好的给我们吃,这会有形无形地给他们增加负担。最关键的是他们不会收我们的饭钱。与其这样,咱干脆谁家的饭也不吃!"

这就是王定军——我在驻村扶贫帮困工作中的良师,我和贫困户们的益友。王定军有着敦厚、宽容的性格和朴实无华的工作作风。面对书堰村艰苦的自然环境和艰巨的脱贫攻坚局面,他总是对未来充满着信心。

他常说:"只要你们心里有群众,凡事为他们着想,替他们办实事,群众心里就会有你,就会信任你们。信任你们了,你们才能融进去,才会跟你交朋友,才会和你说心里话,党的各项脱贫致富政策才会落实到位,我们的脱贫攻坚任务才能够完成。"

"位卑未敢忘忧国!"在巴山深处、在安康脱贫攻坚大大小小的战场上,有着无数个王定军、张定军、李定军,他们不惧困难,直面贫困的挑战,克服着常人难以想象的艰辛,用自己对这方水土的热爱,对这方水土美好未来的向往,无数个"王定军"们,用自己的青春和一腔热血,撑起了无数个贫困家庭脱贫致富的希望!

其他

中国人寿保险（集团）公司安康分公司

龙舟竞渡风采展示

一、龙舟亮相（宣讲环节）

女 碧水蓝天美如画，
秦巴明珠是我家。

男 浪遏飞舟千帆竞，
国运恒昌享安宁。

女 亲爱的观众朋友，现在大家看到的沿美丽的汉江顺流而下的是中国人寿安康分公司龙舟代表队。

男 近年来，中国人寿安康分公司在市委、市政府和集团公司的领导下，积极适应经济发展新常态，大力实施"创新驱动发展"战略，公司发展不断迈上新台阶，呈现出业务快速增长、质量持续改善、竞争力不断增强、整体实力大幅提升的良好局面。

女 目前，中国人寿安康分公司业务范围已涵盖寿险、财险、企业和职业年金、银行、基金、资产管理、财富管理等多个领域，可持续发展能力不断增强。

男 中国人寿安康分公司在积极探索、跨越发展的同时，也竭尽全力在为安康社会经济发展做着积极的贡献。

女 近年来，中国人寿安康分公司已在全市所有县、区建立了覆盖全市的农村保险服务网络。参保农民达到五十万人以上，提供各种风险保障超过一千二百亿元。为二百六十万城乡居民提供了新农合和大病保险等服务。中国人寿安康分公司在"美丽富裕新安康"的新农村建设和精准扶贫、脱贫攻坚工作中，做出了自己应有的贡献。

男 与此同时，中国人寿安康分公司还为全市二十余万大、中、小学生和幼儿提供了五十七亿元的风险保险保障。为外出务工人员提供优惠的交通意外保险保障，打消了外出务工人员的后顾之忧。

女 在积极帮扶小微企业，支持大众创业、万众创新方面，中国人寿安康分公司共帮助小微企业办理小额信贷保险两千余万元，保险保障金额超过六十四亿元。共计为金融业支持小微企业和个人创业贷款提供保险保障超过五十六亿元。

男 中国人寿安康分公司还先后为多个企业和团体提供了养老、意外、医疗、投资等多方位的综合员工福利保险和企业年金的基金管理服务。

女 自 2016 年中国人寿安康分公司开始承担全市新农合和城镇大病医疗保险以来，在各县、区政务中心派驻专人设立专柜，目前已办结城乡居民大病保险一万二千人次，赔付金额七千五百余万元。

男 与此同时，中国人寿安康分公司还为中国人民武装警察部队、公安和消防部队全体现役官兵提供死亡和伤残保险保障。

女 在积极做好本职工作的同时，中国人寿安康分公司也没有忘记自己的社会担当和社会责任，创新构建了以"成己为人，成人达己"为核心理念的企业文化体系。

男 我们坚信，不断地发展和完善自己，才能更好地为他人服务；通过成就和帮助他人，才能不断地创造自己的价值，实现自己的理想。

女 千淘万漉虽辛苦，吹尽狂沙始到金。

男 杜鹃再拜忧天泪，精卫无穷填海心。

女 今后，中国人寿安康分公司将继续坚持"依法合规、创新驱动"的经营理念和"诚实守信、客户至上"的客户理念，以及"以人为本、德才兼备"的人才理念，向"建设国际一流金融保险"的企业愿景砥砺前行。

男 亲爱的观众朋友们，现在，中国人寿安康分公司的龙舟正缓缓通过主席台，水手们正挥手向您致意，他们打出了"向全市人民问好"的横幅。

女 鞭炮齐鸣歌盛世，锣鼓喧天赛龙舟。中国人寿安康分公司衷心祝愿我们的祖国更加繁荣昌盛！我们的家乡更加美丽富饶！秦巴明珠更加璀璨夺目！

二、龙舟竞渡（威风锣鼓、汉江号子）

男领 嗨——

中国版图呀——

众人 正中间！

男领 秦巴明珠呀——

众人 是家园！

男领 巍巍秦岭呀——

众人 襄巴山！

男领 滔滔汉江呀——

众人 荡清涟！

男领 烟波浩渺呀——

众人 三千里！

男领 进入长江呀——

众人 在武汉！

男领 江边有座呀——

众人 安康城！

男领 景色如画呀——

众人 安乐康泰美名传！安乐康泰美名传！

男甲 哎，我说兄弟姐妹们，这龙舟节都开幕几天了，今天终于轮到咱们上场比赛了。刚才，咱们中国人寿保险（集团）公司安康分公司的龙舟已经经过了主席台，这相也亮了，也向全市人民问好了，现在关键就看这横渡汉江的比赛了。

男乙 那船上的弟兄们可是撸起了袖子，咱岸上的也不能闲着。他们撸起了袖子，咱们就扯开嗓子，为咱们中国人寿安康分公司的龙舟选手小伙子们当一回啦啦队，为他们加油鼓劲，好不好？

众人 好！

男领 盐多了是咸的，糖多了是甜的。闲话少谝，废话不说，咱们做好准备。到时候，家什使劲打，扯开嗓子使劲喊！

众人　莫麻达！^①（等候竞赛指令，发令枪响后）

男甲　老大，看，咱们的龙舟动起来了，比赛开始了！

男领　兄弟姐妹们，听我的口令，咱们嘎势了！

众人　嘎势了！

男领　号令一声呀——

众人　震天响！

男领　浪遏飞舟呀——

众人　争上游！

男领　中国人寿呀——

众人　保太平！

男领　龙舟竞渡呀——

众人　不落后！

男领　舵手划手呀——

众人　向前看！

男领　中国人寿呀——

众人　永向前！

男领　汉江两岸呀——

众人　声震天！

男领　人头攒动呀——

众人　看今天！

男领　船头船尾呀——

众人　一条线！

男领　齐心协力呀——

众人　能搬山！

男领　舵手掌稳舵呀！

众人　嗨——嗨——！

男领　划手向前看呀！

众人　嗨嗨嗨！

男领　鼓点儿要打准呀！

众人　嗨——嗨——！

---

①莫麻达：陕西方言，没问题的意思。

男领　旗子要摆稳呀！

众人　嗨嗨嗨！

男领　腰使劲呀！

众人　脚蹬紧！

男领　眼瞪圆呀！

众人　不慌乱！

男领　同时用力听号令！

众人　腰使劲啊脚蹬紧！

男领　腰使劲啊脚蹬紧！

众人　眼睛瞪圆听号令！

男领　腰使劲呀！

众人　脚蹬紧！

男领　眼瞪圆呀！

众人　不慌乱！

男领　同时用力听号令！

众人　腰使劲啊脚蹬紧！

男领　腰使劲啊脚蹬紧！

众人　眼睛瞪圆听号令！

男领　离岸只有——

众人　三尺远！

男领　奋力拼呀——

众人　要争先！

男领　离岸只有三尺远！

众人　奋力拼呀要争先！

男领　奋力拼呀！

众人　嗨嗨嗨！

男领　要争先呀！

众人　嗨嗨嗨！　（后六句可反复，直到龙舟靠岸）

众人　嗨——！

三、抢气球、博彩头（快板舞）

女 （合）扬桨人多鼓声繁，
　　　　五月五日赛舟酣。
　　　　碧水蓝天齐聚首，
　　　　汉江两岸人声喧。

男 （合）歌盛世、赛龙舟，
　　　　中国人寿在中间。
　　　　浪花飞溅千帆竞，
　　　　期盼彩头落人间。

男领　不碍今人蹈古仪，
　　　恰似雄兵千百万。
　　　葛藤执马艾作鞭，
　　　雄黄烈酒祭河仙。

女领　汉水有幸逢盛世，
　　　滚滚江流赛龙船。
　　　抢个彩球博彩头，
　　　彩头要落百姓间。

男 （合）中国人寿好后生，
　　　　奋力拼搏浪花间。
　　　　你争我抢不认输，
　　　　夺个彩头金不换。

女 （合）彩头就是好兆头，
　　　　护佑百姓蓬荜灿。
　　　　一方水土一方人，
　　　　秦巴明珠美名传。

男 （合）明珠熠熠生辉煌，
　　　　中国人寿嵌中间。
　　　　持续健康和高效，
　　　　是人寿发展的理念。

众人　发展意识和机遇，
　　　那是成功的关键。
　　　"五位一体"好模式，
　　　持续发展不会断。
　　　三强一高筑精品，
　　　为安康发展做贡献。

女　（合）中国人寿不简单，
　　　　　年年支持赛龙船。
　　　　　服务社会和民生，
　　　　　为秦巴明珠把彩添。

男　（合）今天来到汉江边，
　　　　　给全市人民来问安。
　　　　　中国人寿视野广，
　　　　　不忘初心把责任担。
　　　　　激流勇进赛龙舟，
　　　　　抢个彩头在身边。

女领　龙舟勇士江面拼，
　　　兄弟姐妹岸上喊。

男领　水面滩头齐努力，
　　　齐心协力能胜天。

众人　勇士们，奋力抢，
　　　庆功酒在我手里端。
　　　勇士们，勇争先，
　　　夺得彩头美梦圆。
　　　勇士们，勇争先，
　　　夺得彩头美梦圆，
　　　美——梦——圆！

四、抢舵手、拉划手（安康花鼓子歌舞）

领唱 哎——
　　　喜连天笑连天，
　　　安康今天赛龙船。
　　　中国人寿到江边，
　　　要为节日做贡献。

众人 我们要做贡献！

男 （合）哎——
　　　　　江面浪花在飞溅，
　　　　　岸边齐声在呐喊。
　　　　　歌舞升平赞盛世，
　　　　　秦巴明珠美名传。

众人 （合）美名天下传！

女 （合）哎——
　　　　　河堤上面红旗展，
　　　　　东西二坝乐翻天。
　　　　　小伙儿汉江赛龙舟，
　　　　　姑娘心里比蜜甜——

男 （合）她们眼睛到处看。

男领 哎——
　　　龙舟赛事才过半，
　　　还有好戏要上演。
　　　四条船儿排好阵，
　　　要把咱水手赶下船。

众人 （合）叫他来试试看！

男领 这个环节不简单，
　　　咱舵手、划手有危险。
　　　你争我夺胆要大，
　　　千万不能叫赶下船。

　　　　　小伙子们往前站，
　　　　　年轻姑娘仔细观，
　　　　　他们的船、咱们的船，
　　　　　不敢胡乱喊。
　　　　　船上的小伙儿要站稳，
　　　　　胆大心细眼放尖。
　　　　　划手握紧桨——

男　（合）哟——嗨！握紧桨！

男领　舵手扳稳船——

女　（合）哟——嗨！扳稳船！

男领　船上打鼓的你也甭闲，
　　　　　手脚勤快眼睛尖。
　　　　　中国人寿不等闲，
　　　　　不能输到最关键。
　　　　　舵手划手咬牙关，
　　　　　汉江两岸把你看。
　　　　　一年一度龙舟赛，
　　　　　今天才叫你们把彩添。

男领　划手握紧桨——

男　（合）哟——嗨！握紧桨！

男领　舵手扳稳船——

女　（合）哟——嗨！扳稳船！

众　（合）握紧桨！嗨嗨嗨！扳稳船！嗨嗨嗨！握紧桨！嗨嗨嗨！扳稳船！
　　　　嗨嗨嗨！握紧桨！嗨嗨嗨！扳稳船！嗨嗨嗨！嗨——！

众人　（合）哎——
　　　　　喜连天笑连天，
　　　　　安康今天赛龙船。
　　　　　中国人寿到江边，
　　　　　要为节日做贡献。
　　　　　我们要做贡献，嗨！

陕西宏远建设（集团）有限公司

龙舟竞渡风采展示

一、龙舟亮相（宣讲环节）

男 龙舟竞渡逆江流，排桨齐划浪拍舟。

女 奋勇群龙争上进，鼓乐喧天震神州。

男 亲爱的观众朋友们，现在，大家看到的沿汉江顺流缓缓向我们驶来的是陕西宏远建设（集团）有限公司代表队的龙舟彩船。

女 陕西宏远建设（集团）有限公司成立于 1969 年 11 月 6 日，1999 年 12 月率先在全省中型国有建筑施工企业中整体改制为集体所有的股份制企业。2009 年 1 月 8 日成为安康市第一个取得国家房建施工总承包一级资质的建筑施工企业。

男 除了房建一级资质，宏远集团还具有房地产开发二级、市政公用工程二级、公路工程二级、机电安装工程二级及水利工程三级总承包资质，还有钢结构、地基与基础、园林古建筑、起重设备安装专业承包资质。集团公司资产总额逾两亿元，注册资本一个亿。

女 多年来，宏远集团始终严格遵循"开拓创新、与时俱进"的经营战略，坚持"以质量求生存、以信誉求发展"的企业宗旨，发扬"团结、拼搏、求实、创新、诚信、共赢"的企业精神，立足安康，面向全国，目前，公司业务已遍布北京、重庆等直辖市以及四川、河北、山东、陕西等省的大中城市。

男 近年来，在市委、市政府的领导下，在社会各界的关心支持下，宏远集团各项工作取得长足进步。截至目前，宏远集团已取得国家级大奖四个、省级大奖四个的好成绩。

女 宏远集团积极推行"标准化、形象化、信息化"工程，近三年以来，为安康市创建省级绿色施工示范工程五项、省级文明工地六个。2016年，宏远集团荣获陕西省建设工程质量的最高荣誉"陕西省优质工程（长安杯）"，填补了安康市商住楼无省优质工程的空白。同年，宏远集团被评为"诚信纳税大户"，这是安康市唯一获得该项殊荣的建筑施工企业。

男 与此同时，宏远集团连续二十二年被省政府及省工商局评为"陕西省守合同重信用企业"，2016年被国家工商总局评为"国家级守合同重信用企业"。

女 宏远集团连续四年被评为"陕西省建筑业百强企业"。

男 连续三年被评为"陕西省工程建设质量管理优秀企业"和"陕西省建筑业先进企业"。

女 宏远集团2014年荣获"陕西省工程质量AAA级信誉单位""陕西省建筑施工企业AAA级信用单位"称号。

男 2015年被中国施工企业管理协会评为"全国优秀施工企业"，被省人力资源和社会保障厅授予"陕西省劳动关系和谐企业"称号；2016年被安康市人民政府评为"优秀民营企业"。

女 谁言寸草心，报得三春晖。

男 借得大江千斛水，研为翰墨颂师恩。

女 宏远集团在发展壮大的同时，没有忘记回报社会，哪里有灾难，哪里就有宏远人的身影。多年来，宏远集团共向全国各地的灾区和希望工程捐款近百万元。

男 亲爱的观众朋友们，现在，宏远建设（集团）有限公司代表队的龙舟正缓缓通过主席台，水手们打出了"向全市人民问好"的横幅，衷心祝愿我们的祖国更加繁荣昌盛，我们的家乡更加美丽富饶，秦巴明珠更加璀璨夺目！

女 载歌载舞颂盛世，浪花飞溅赛龙舟。宏远集团在这里向您问好，衷心祝愿全市人民身体健康，阖家欢乐，万事如意！

二、龙舟竞渡（汉江号子）

男领 哎——龙舟赛已经开始了。咱们宏远集团的龙船已经划过来了，大家都来为咱宏远集团的龙舟加油鼓劲呀！

众人 哎——来了——（两组演员两边分上）

男群 在哪儿？在哪儿？咱宏远集团的龙船在哪儿？

女群 看看看，咱们宏远集团的龙船在那里，我看见了。

众人 （乱喊）宏远加油！宏远加油！

男领 哎哎哎，咱们这么乱哄哄的咋行？来来来，排好队伍扎好势，听我的口令。（演员迅速排好队形）

男领 嗨———一年一度龙舟赛！

众人 宏远集团你最帅！

男领 浪遏飞舟千帆竞！

众人 宏远集团作风硬！

男领 碧水蓝天美金州！

众人 宏远集团最风流！

男领 汉江两岸人如潮！

众人 万众瞩目争上游！

男领 激流险滩不要怕！

众人 齐心协力向前划！

男领 自古英雄出少年！

众人 宏远龙舟要争先！

男领 脚蹬紧啊眼瞪圆！

众人 脚蹬紧啊眼瞪圆！

男领 掌稳舵啊背甭弯！

众人 掌稳舵啊背甭弯！

男领 鼓手旗手一条线！

众人 目标就在你眼前！

男领 舵手抱紧舵！

众人 抱紧舵！

男领　水手桨划圈！

众人　桨划圈！

男领　旗手甭眨眼！

众人　甭眨眼！

男领　鼓手点子圆！

众人　点子圆！

男领　掌稳舵呀！

众人　嗨嗨嗨！

男领　桨划圈呀！

众人　嗨！嗨！

男领　脚蹬紧呀！

众人　嗨嗨嗨！

男领　背甭弯呀！

众人　嗨！嗨！

男领　宏远集团赛龙舟！

众人　宏远健儿是魁首！

男领　脚蹬紧啊眼瞪圆！

众人　脚蹬紧啊眼瞪圆！

男领　掌稳舵啊背甭弯！

众人　掌稳舵啊背甭弯！

男领　鼓手旗手一条线！

众人　目标就在你眼前！

男领　加油划呀！

众人　嗨嗨嗨！

男领　要夺冠呀！

众人　嗨！嗨！

男领　加油划呀！

众人　嗨嗨嗨！

男领　要夺冠呀！

众人　嗨！嗨！

　　　　（后十句可反复，直至龙舟靠岸）

众人　嗨！

三、抢气球、博彩头（三句半）

甲　我们大家台上站，

合　给大家表演三句半。

丙　这么多人一起说，

丁　那才好看！

众人　对，人多了好看！

甲　这一年一度龙舟赛，

合　咱宏远集团要展风采。

丙　公司领导很重视，

丁　都来！

甲　江面龙舟在打转，

乙　要博彩头金不换。

众人　抢到彩球是彩头，

丁　（指江面）快看！

甲　自古盛世闹龙舟，

女　（合）万众欢腾庆丰收。

男　（合）锣鼓喧天彩旗飞，

丁　天气好——没灰！

甲　安康近年变化大，

乙　山清水秀美如画。

丙　总理还给咱起了个名——

合　秦巴明珠！

甲　这个名字起得美，

女　（合）美在青山和绿水。

男 （合）山美水美人更美，
丁 街道也美！
众人 对，街道也美！

甲 市委市政府功劳大，
乙 任何困难都不怕。
丙 全市人民一条心，
丁 要叫黄土变成金！
众人 对，要叫黄土变成金！

甲 咱宏远集团名气大，
女 （合）各项荣誉墙上挂。
男 （合）今天参加龙舟赛，
丁 不赢才怪！

甲 端午佳节赛龙舟，
乙 咱宏远集团不落后。
众人 齐心协力争上游，
丁 夺冠不愁！

甲 龙舟赛了好几天，
乙 比到今天才新鲜。
丙 这阵龙舟在比啥，
丁 博彩头！

甲 党政机关和企业，
乙 咱宏远集团在中间。
众人 奋勇争先要抢头彩，
丁 甭抢，都有！

众人 头彩应该献给党，
乙 政通人和国富强。

丙　"一带一路"是千秋榜，

丁　志气大涨！

众人　志气大涨，国富民强！

甲　二彩应该给人民，

乙　勤劳善良美名扬。

众人　传统美德永不忘，

丁　甭说了，鼓掌！

甲　三彩要给咱宏远，

乙　建设安康咱在先。

众人　管理呱呱叫，楼房才盖得俏，

丁　哎哎哎，低调，低调。

男　（合）赛龙舟、博彩头，

女　（合）幸福生活在前头。

甲　全市人民团结紧，

众人　超越，奋进！

甲　说到这里算一段，

乙　大家还要把龙舟看。

丙　宏远集团来问安，

丁　祝全市人民：

众人　身体康健、笑声不断、散钱变现、欢乐无限，幸福生活万万年！

四、抢舵手、拉划手（秧歌快板舞）

男　（合）打竹板儿响连天，

　　　　　唱着歌儿舞翩跹。

　　　　　今天不把别的表，

　　　　　只把这，

秦巴明珠和宏远集团来夸一番。

女 （合）终南山中涌清泉，
　　　　那是汉江活水源。
　　　　秦头楚尾美安康，
　　　　那是省城后花园。

男独　人称秦巴万宝山，
　　　是动植物的博物馆。
　　　有冷杉连香鸽子树，
　　　银杏香樟红豆楠。

女独　林麝羚牛娃娃鱼，
　　　黑鹳红雉和朱鹮。

男独　大熊猫金丝猴，
　　　漆麻耳贝样样全。
　　　说这里是个基因库，
　　　名副其实不虚传。

女 （合）月河川道鱼米乡，
　　　　油菜花开香两岸。
　　　　桃红李白杏花黄，
　　　　丹桂红枫赛牡丹。
　　　　汉江两岸竹成海，
　　　　月落荷塘蛙声喧。

男齐　曲径通幽到一地，
　　　烟波浩渺水连天。
　　　这是西北千岛湖，
　　　陕西最大的水电站。
　　　湖水清冽不见底，
　　　从来没有被污染。

众人　甜甜甜，那可真是甜！

男独　咱说到这里算一段，
　　　再把咱宏远集团夸一番。

男 （合）宏远公司在安康，
　　　　各项资质都占全。

注重信誉口碑好，
企业文化人称赞。

女（合）团结求实求发展，
诚信共赢是理念。
吃水不忘挖井人，
致富仍把桑梓念。

男独 无论哪里有危难，
咱宏远总是走在前。

女独 借得大江千斛水，
研为翰墨颂师恩。
捐款捐物献爱心，
为社会发展做贡献。

男（合）秦巴明珠真璀璨，
宏远集团嵌中间。

女（合）美丽富裕新安康，
撸起袖子共同建。

众人 秦巴明珠真璀璨，
宏远集团嵌中间。
美丽富裕新安康，
同心协力做贡献！
做——贡——献！

久违的感动

——观《巴山情》有感

　　由陕西省文化厅原副厅长、国家一级编剧王小康编剧，国家一级导演贺林执导，安康市文化产业发展中心、安康市演艺影视公司排练上演的安康首部陕南民歌剧《巴山情》，于 2014 年 7 月 25 日至 8 月 1 日在安康市区上演，约五千名观众走进剧场观看了演出。该剧的排练上演，不仅得到了第七届陕西省艺术节评委组的高度赞赏，而且在安康本地广大观众中间引起了强烈共鸣和广泛好评。《安康日报》、安康电视台、安康人民广播电台专门对此做了专题报道和转播、直播。2014 年 8 月 1 日在安康最后一场对外公演时，安康剧院广场人山人海，一票难求。剧场内，在安康人民耳熟能详的陕南民歌优美的旋律声中，观众随着剧情的发展，时而掌声雷动，时而泪流满面。在看完《巴山情》后，无数很久没有走进剧场观看演出的观众心情久久不能平静，站在剧场内用热烈的掌声陪伴着演员谢幕直至大幕合上。演出效果以及上演后引发的强烈社会反响，超出了所有人的意料。

　　一部故事情节看似"老套"的舞台剧，与当今市场经济大环境下人们特别是年青一代的艺术欣赏和接纳标准有着较大差异，制作方——安康市文化产业发展中心也没有做太久的市场宣传营销，可为什么却能够在社会上引起轰动并让观众产生强烈共鸣？笔者认为，主要有以下几点：

　　一、传统的戏剧结构，符合群众传统的审美习惯

　　习近平总书记说："好的文艺作品就应该像蓝天上的阳光、春季里的清风一样，能够启迪思想、温润心灵、陶冶人生，能够扫除颓废萎靡之风。"陕南民歌剧《巴山情》属于"红色题材"的舞台剧。全剧主要描述了 1935 年陕南苏区革命根据地徐海东部按照中央的命令实行战略转移，一部分红军战士因伤无法随大部队同行，地方苏维埃政府号召当地老百姓自愿前往红军野战医院领养红军伤病员。陕南大巴山深处顿时沸腾起来，群众蜂拥而至，生怕自己领不到为劳苦大众出生入死而受伤的红军伤病员。六十二岁的猎户秦老梗和十九岁的女儿玉凤也如愿以偿将身负重伤的二十二岁红军连长郭大江抬回自己家中养伤。红军主力撤出陕南后，国民党"铲共团""保安团"卷土重来，疯狂搜捕留在当地的红军战士，白色恐怖的腥风血雨顿时笼罩着整个大巴山区。以猎户秦老梗为代表的巴山百姓，在县委、区委的领导下，与国民党"铲共团"展开了针锋相对、斗智斗勇的博弈。秦老梗为保护红军连长，舍弃了自己的亲生儿子秦大年，玉凤也在与红军连长朝夕相处的过程中擦出了无比纯洁的爱情火花。最终，数十名红军在地方政府和人民群众的保护下均伤愈归队，奔赴战场。全剧深入展现了中国共产党和人民群众水乳交融、鱼水情深、不离不弃、血浓于水的关系。

在著名的紫阳民歌《郎在对门唱山歌》的优美旋律中大幕拉开，首先映入观众眼帘的是一个枪林弹雨、硝烟弥漫的战争场面。驻守陕南根据地的红军战士拼死抵抗国民党军的疯狂进攻，大巴山的百姓冒死支援前线，借助现代舞台声、光、电技术和LED大屏幕播放的战争视频画面，加上特别邀请的"西安曲江演艺集团"的特技演员在舞台上的闪转腾挪、上下翻飞，观众瞬间被舞台上浓烈的战争气氛和演员精彩的表演所吸引，自此便随着剧情的发展而与全剧融为一体。

枪林弹雨、硝烟弥漫的第一场演出结束后，产业中心声乐演员储成梓用无伴奏的形式，清唱出了"郎是远来红军哥，妹在巴山织绫罗，东织日头西织月，把哥织在心窝窝"的《巴山情》主题曲。安康人民耳熟能详的旋律、清丽凄美的歌声，似乎在向人们诉说着战争的残酷和血腥。剧情随即进入第二场，巴山父老将为了掩护秦玉凤和秦大年而身负重伤奄奄一息的红军连长郭大江抬进了简陋的红军野战医院。此时的红军医院已经无药可用，而国民党军又在继续疯狂进攻，枪炮声由远及近，情况万分危急。秦玉凤和秦大年的父亲秦老梗自告奋勇上山为红军伤员采药，并响应区委号召，将郭大江抬回自己家中养伤。环环相扣的剧情使得观众的眼睛被紧紧地吸引在了舞台上。

红军主力撤出陕南后，国民党军占领陕南，紧紧围绕"保共"这一主线，编剧和导演巧妙地运用人物和戏剧冲突，设计了一个又一个低谷和高潮。从器宇轩昂、神采奕奕的郭大江到美丽善良、淳朴憨厚的秦玉凤和慈祥可爱的秦老梗，再加上神秘莫测的白胡子老头、凶狠狡诈的文兴汗，一个个鲜活的戏剧人物跃然舞台。特别是从开始到结束，演员台词中反复提到的"地下交通员"一直没有露面，使得观众的注意力始终无法从"戏里"走到"戏外"。

这种传统的叙事手法，非常符合中国人"看故事"的欣赏心理，观众能在"看故事"的过程中得到心灵的愉悦和舒展。

二、宏扬"真、善、美"的传统价值观，使观众产生了强烈共鸣

首先是"真"。陕南民歌剧《巴山情》是根据真实的历史事件编写的。红军的故事在安康可谓是耳熟能详、家喻户晓。在旬阳县的"红军乡"，乡亲们至今还称红军为"红军老祖"；在宁陕县，国民党斩杀了七名红军战士，将红军头颅悬挂在城隍庙墙上；毛泽东同志的侄子毛楚雄也是在安康的宁陕县被胡宗南秘密枪杀的。革命先烈的鲜血洒遍了秦巴山区、汉江之畔。和全国人民一样，安康人民也一直有着浓厚的"红色"情结。由朦胧的"红色传说"变成鲜活的舞台形象，广大观众在欣赏精彩剧情的过程中，无不被历史的真实再现而震撼。历史的艺术化再现，践行了习近平总书记所说："我们当代文艺更要把爱国主义作为文艺创作的主旋律，引导人民树立和坚持正确的历史观、民族观、国家观、文化观，增强做中国人的骨气和底气。"

其次是"善"。习近平总书记说："推动文艺繁荣发展，最根本的是要创作生产出无愧于我们这个伟大民族、伟大时代的优秀作品。没有优秀作品，其他事情搞得再热闹、再花哨，那也只是表面文章，是不能真正深入人民精神世界的，是不能真正触及人的灵魂、引起人民思想共鸣的。"

核心是"美"。为了把《巴山情》排练好并得到政府和群众的认可，安康市文化产业中心可以说是自上而下全员齐动。班子成员走家串户，到退休老同志家里、到民间老艺人家里盛情邀请，请他们加入剧组，帮助演艺人员把《巴山情》排出来。许多老同志被他们的精神所感动，欣然答应加盟剧组并表示分文不取。从 2014 年 4 月到 8 月，在整个《巴山情》的排练演出阶段，改制后的安康市文化产业发展中心一改过去的懒散和懈怠，展现出空前的团结、奋进，人人思干，面貌一新。演员不够，单位的行政、后勤、会计、出纳甚至电工都走进了群众演员的行列。经过近五个月艰苦的奋战，安康首部陕南民歌剧《巴山情》终于成功上演。

《巴山情》的成功上演，极大地鼓舞了全体干部职工的干劲，紧紧地把大家团结在了一起，达到了剧组最初预期的目的：用一台戏"凝聚人心、提升士气、团结奋进、展示风采，实现二次创业"。"七艺节"结束以后，大家一扫过去的萎靡之气、是非之风，人心思干，面貌焕然一新。

从严格意义上讲，改制后的安康市文化产业发展中心、安康市演艺影视公司并无排练上演大型剧目的能力和实力。2010 年，为顺应国家文化体制改革大潮，按照中央统一要求，当时正值年富力强，正在舞台表演艺术中发挥中坚作用的演职人员，随着文化体制改革出台的"530"政策一次性全部退休，离开了他们所钟爱的舞台。留下的人员以刚刚走上工作岗位的年轻演职人员为主。作为一个专业的文艺表演团体，改制后的安康市演艺影视公司的状况却是：舞台美术没人、音响师没人、服装化装没人、道具没人、灯光一人、乐队三人、演员队三十三人、其他行政人员以及原安康影剧院职工十二人、常年有病不能到岗的二人，是一个"行当不全、人心涣散、青黄不接、上访不断"的团队。不要说艺术生产，能够维持内部稳定就不错了。2014 年新年伊始，安康市文化产业发展中心、安康市演艺影视公司新的领导班子组建以后，面对这种严峻的现实情况，重整旗鼓实现"二次创业"。排练上演《巴山情》既是作为一个专业文艺团体义不容辞的担当，也是改制后的演艺公司以戏凝聚人心的重要举措，更是为实现"二次创业"迈出了坚实的第一步。

安康曲艺现状调查报告

安康市地处我国内陆腹地，位于陕西省东南部，居川、陕、鄂、渝交接部。南依巴山北坡，北靠秦岭主脊，东与湖北省十堰市郧阳区和郧西县接壤，东南与湖北省的竹溪县、竹山县毗邻，南接重庆市的巫溪县，西南与重庆市的城口县、四川省的万源市相接，西与汉中市的镇巴县、西乡县、洋县相连，西北与汉中市的佛坪县、西安市的周至县为邻，北与西安市的鄠邑区、长安区接壤，东北与商洛市的柞水县、镇安县毗连。距省会西安市一百六十千米。

安康地处秦头楚尾，秦岭阻隔寒流、巴山蕴储温湿，自然环境具有显著的南北过渡特色。独特的地理环境，使得这一方水土充满着秦风楚韵、巴蜀情调。无论是安康人的衣、食、住、行，还是安康人的方言俚语，都和同是陕西的陕北、关中有着巨大的差异。安康，自然环境中有着荟萃南北的生物物种，被生物学家称为"中国的物种基因库"；地域文化更是个性鲜明、独具特色。由于其特殊的地理环境，又深受巴蜀文化和荆楚文化的影响，所以在安康民间，各种各样的艺术形式灿若繁星，尤其以说、唱、演、评为主要表现形式的民间曲艺艺术更是遍地开花，具有广泛的群众基础，其独具特色的表现形式和独具魅力的艺术影响力更是让观众喜欢。

在安康，独具地方特色的曲艺形式有安康花鼓、安康道情、小场子、平利弦子腔、七岔、八岔、大筒筒、八步景、安康越调、安康曲子、汉江号子、盘歌小调，等等。其中，平利弦子腔被确定为国家级非物质文化遗产。旬阳八步景、安康曲子、安康小场子、八岔戏、安康道情等，已被列入陕西省省级非物质文化遗产代表作名录。

平利弦子腔以陕西省安康市平利方言为基础，有十三种唱腔板式，常用的曲牌有八首，唢呐曲牌十八首，锣鼓打头三十种。平利弦子腔的说唱性、每段唱腔结尾必接的"喊腔号子"以及乐器中的弦胡和"莲花落",是弦子腔有别于其他艺术门类的三个显著的个性特征。2011年5月23日,陕西省平利县申报的"弦子腔"经国务院批准列入第三批国家级非物质文化遗产名录。

独特的地理环境,造就了安康曲艺大多采用陕西各地方言土语为唱、白基准语音,以说唱故事为主体,用一定基本曲调或讲说节奏形式来表达某一主题内容的艺术形式。

安康曲艺共含四个曲科、八个曲属、十三个曲种。其中曲牌体科含三个曲属,即丝弦清曲属、踏歌走唱属、劝善经韵属;综合体说唱科含三个曲属,即道情渔鼓属、丝竹清曲属、琴板说唱属;板腔体说唱科只有单一曲属即琴板主腔体属;韵白讲说科也只有韵白快板属。十三个曲种分别是:安康曲子、安康越调、安康小场子、安康道情、戏曲中的剁剁板儿、安康快书、安康秧歌、安康花鼓、汉江号子、安康盘歌、七岔八岔、大筒子及国家级非遗项目平利弦子腔。安康市曲艺家协会筹备小组在组长王治丁同志的带领下,从2018年上半年开始,对安康目前之曲艺现状进行了广泛深入的调研。

1. 安康道情

"喊山的嗓子吼牛的声,南腔北调唱道情",一句话就概括了安康道情最基本的艺术特色,是以"事缘心起,情随景发,借物言情,信口道破"而得名,相传是清乾隆年间,安康商人在与关中人的交往中带回安康的,故在安康道情的唱腔中,常常会听到关中眉户、碗碗腔,甚至秦腔的旋律。安康道情广泛流传于汉滨、旬阳、紫阳等汉江流域,有二十三个唱腔板式,二十四种锣鼓曲牌和唢呐曲牌,由十余种锣鼓打头。安康道情唱腔中的"嘛簧""彩簧"气势磅礴,唱时台上台下一起呼号,实可与华阴老腔相媲美。

2. 平利弦子腔

平利弦子腔源于清代,从锣鼓击节和敲打"莲花落"说唱演变而成。据记载,清嘉庆末至道光初年,平利县魏汝区李家班主李敬模,借鉴"坐唱曲子"和"四川高腔"的音乐形式,添加皮弦作为主奏乐器,三弦、竹笛为伴奏,用高腔山歌和劳动号子喊腔伴唱,名曰"弦子腔"。其班社达十四个,名噪陕鄂。平利弦子腔属"板腔体",共有二十余种板式,每段唱腔结尾必接"丢腔干白"和"喊腔号子"。皮弦和"莲花落"击节,是平利弦子腔独有的特征。

3. 安康曲子

安康曲子是安康特有的民间说唱艺术,安康人称其为"念曲子"。安康曲子有曲牌联唱体和民间歌谣体两种。安康曲子共有一百零八调,每个单独曲调均具备完整性，就是组合体的曲调也有头有尾、层次分明。安康曲子演唱题材广泛，唱词典雅，追求诗情画意，因此，安康曲子过去多在文人雅士、秀才举人间流传，后流入民间并被广为传唱。在安康，有着"女人忧愁哭鼻子，男人忧愁唱曲子"的民间俚语。

4. 安康小场子

安康小场子表现形式独特，表演诙谐生动，多以抒情叙事见长。在不到一平方米的方桌上，一丑一旦和着欢快的锣鼓载歌载舞，或倾吐男女恋情，或演绎故事传说。唱、逗、捧、蹦、跺、颤、扭、说，绘声绘色，滑稽幽默。由于是在桌上表演，故名"小场子"。若无方桌，也可就地表演，俗称"地蹦子"。小场子在安康脍炙人口，家喻户晓。

5. 安康花鼓

在安康，几乎人人都会哼唱几句安康花鼓，它是安康最为常见的民间艺术形式之一。安康花鼓大多在农历喜庆之日演唱，或庆祝或还愿，唱词均信口而来，调式固定、即兴填词、见啥唱啥，是安康花鼓最大的特点。安康花鼓分"上河调""下河调"两种。上河调突出欢快率直，下河调强调细腻平稳。

6. 汉江号子

三千里汉江流经安康，被称为"黄金水道"。汉江安康流域多急流险滩，故派生出独具特色的汉江号子。汉江行船，或顺流而下，或逆水拉纤，或扬帆跑风，或抛锚停泊，船工们都有自己特有的号子和节奏，要么高亢激越，要么舒展悠闲，都是船工心声的表达和情绪的宣泄。由汉江号子衍生的还有劳动号子等。

7. 安康八岔

安康八岔由开场的"打围鼓"开始清唱，到引出采莲船、踩高跷伴唱，再到由角色出场的小场子，进而加入故事情节和生活内容，形成了安康八岔有演唱、有表演的板腔形态，再辅以小调连缀的民间曲艺。

8. 安康大筒子

安康大筒子因主奏乐器为大筒子胡琴而得名，民间俗称"拉胡戏"。又因其常常与八岔同台表演，又称"二棚子"。安康大筒子由于其唱词具有浓郁的民间说唱特色，多以民间故事和神妖传奇为主要内容，表演形式自由活泼、跳动性大，唱词明快易懂而深受安康人民的喜爱。

9. 安康越调

安康越调源于河南、湖北的越调大戏。1854 至 1880 年间，河南、湖北的艺人到安康演出并收徒传艺，他们结合安康的地域特点，加入了安康、旬阳的方言语音，又增加了地方民歌和曲牌，逐渐形成了具有安康特色的越调说唱艺术。安康越调有曲牌十五种，打击乐鼓点十余种。在安康、旬阳等地较为流行。

10. 安康八步景

安康八步景因其唱腔中含有二黄、道情、大筒子、弦子腔等成分而得名。民间又称其为"八不蹴"。明朝中期，大量灾民拥入安康，他们手持竹制的"筋斗板"击节"莲花落"沿街乞讨、诉唱悲情，逐步演变而成今天的"八步景"。安康八步景唱词通俗易懂、朗朗上口，唱腔曲调悠扬悦耳、乡土气息浓郁，特别是每种板式的开头和结尾，都有众人帮腔的"放簧"，高亢嘹亮，韵味独具。

曲艺作为一门表演艺术，是用"口语说唱"来叙述故事、塑造人物、表达思想感情并反映社会生活的。纵观安康曲艺，虽然多以唱为主，但由于安康独特的地理位置和人文特色，才形成了独具安康特色的曲艺特点。除上述十种影响力较大的曲艺形式外，在安康还有许许多多在民间一定范围内深受群众欢迎的曲艺形式，因篇幅的原因不在此一一列举。

改革开放以来，特别是党的十八大以后，安康市委、市政府把传承、发扬安康地域文化作为安康发展的新动力，大力弘扬安康地方文化已成社会各阶层的普遍共识。在这个过程中，安康的群众文化活动开展得如火如荼，各个单位以安康创建国家森林城市和国家园林城市为契机，深入开展形式多样的文化活动。其中，以曲艺形式出现的快板、相声、小品等表现形式，更是受到大家的追捧，涌现出了一大批如陈益强、张玉龙、屈兰平、董家智、邓学志、刘军、孙靖通等以小品、相声、快板表演见长的文艺骨干。他们的出现，不仅极大地丰富了安康的群众文化舞台，更是弥补了安康传统曲艺"唱多说少"的缺憾。现在的安康，无论任何主题的文艺演出或文化活动，都少不了小品、相声、快板，已经形成了一支独具魅力的曲艺力量。

2018年9月，陕西省曲艺家协会理事王治丁同志代表安康曲艺界参加"陕西省曲艺家协会第六届二次理事培训会议"。回到安康后，王治丁同志迅速召集安康各界喜爱曲艺艺术的同志连续开碰头会、吹风会，系统详细地向大家传达了会议精神，积极筹备成立"安康市曲艺家协会"，并迅速成立了"安康市曲艺家协会筹备领导小组"。此项工作得到了安康市文联的高度重视，不仅给予高度评价，还及时给予支持和指导。目前，"安康市曲艺家协会筹备领导小组"各项筹备工作正在有序推进。2018 年 11 月 9 日，安康市文学艺术界联合会正式下发了《关于对"成立安康市曲艺家协会的报告"的批复》。

我们相信，"安康市曲艺家协会"成立后，在上级协会和地方文联的领导下，一定会积极主动开展工作，团结一切可以团结的力量，在传承安康传统曲艺艺术的同时，不断创新、发展，为安康曲艺艺术的繁荣，为丰富安康群众文化内涵、助力安康经济社会发展做出更大的贡献！

安康道情

——最具安康地方特色的民间音乐

安康道情是安康皮影的主要声腔，民间称之为小戏。安康道情历史悠久、剧目繁多、板式丰富、旋律优美，乐队构成独特，伴唱酣畅淋漓，具有鲜明的安康地方特色。可以这样讲，安康道情是最能代表安康地域特色和人文特色的。因为工作需要，在对安康道情进行挖掘、搜集、整理的过程中，我对此深有体会。

安康道情属梆子声腔，板式变化体。声腔有《撒花籽》《让弦》《八谱》《高梅花》，等等。其调式属同音列、同宫、徵宫交替系统，结构特点是半音在三、四级和六、七级之间。板式有安板、二六、带板、尖板、摇串子、滚白、彩簧，等等。板眼有一板三眼、一板一眼、有板无眼、散板，等等。文场以皮弦、板胡、二胡、三弦为主奏乐器；武场以堂鼓、暴鼓、渔鼓、大小锣、大小镲、梆子、飞子等为主奏乐器。其中，渔鼓、飞子最具特色。

无论哪种艺术形式，其唱腔都是表达人物思想感情、刻画人物性格的重要手段。安康道情的曲调高亢激越，旋律大起大落，特点鲜明，安康道情的板式和曲牌非常丰富，这为安康道情在音乐构成和布局上提供了很好的基础。

首先，安康道情利用多种多样的节奏变化手段，使之具有了安康其他地方艺术所不具备的地方特色。例如，如果在剧中需要以"二六"（即中板）为基本腔型，那么，"安板""紧二六""墩板""塌板"等各种板式，都可以在它的基础上通过节奏、速度、旋法、腔幅的变化体现出来。再加上"滚白板""带板""尖板""撩子板"的灵活穿插，把安康人质朴憨厚又灵活善变的性格表现得淋漓尽致。

其次，安康道情在其唱腔中非常善于运用拖腔，安康道情的拖腔主要是"嘛簧"，"嘛簧"运用在安康道情的声腔中，一是给唱腔增加色彩，有利于人物情感的抒发。二是可以打破上下句反复重复的单调感。三是加强了唱腔的婉转曲折和人物的喜悦情绪。在我们新编的安康道情说唱《秦巴汉水美安康》里就大量运用了"嘛簧"，既增加了古曲新唱的色彩，又符合人物性格，唱出了安康人为安康秀美山川喝彩的自豪感。

另外，安康道情在其唱腔上还非常善于运用腔格的变化和调式的不同，以增加听觉美感。常见的变化手法有"间垛句"和"搭尾"，以及在唱段中加"数板"。在我们新编的安康道情说唱《秦巴明珠美安康》里，在唱到秦巴山区丰富的动植物资源时，就运用了"数板"，演员在抒情明快的背景音乐里将"人称秦巴万宝山、是动植物的博物馆、有冷杉连香鸽子树、银杏香樟红豆楠、林麝羚牛娃娃鱼，黑鹳红雉和朱鹮、大熊猫金丝猴、漆麻耳贝样样全、说这里是个基因库、名副其实不虚传"这些唱词用"数板"数出来，演员如数家珍，既增加了节目活力，又丰富了人物形象。

在安康道情的伴奏乐队里，既有川剧的梆笛（筒音为3）、摇铃，又有楚剧的皮弦（5.2定弦）、渔鼓；既有汉调二黄的京胡，又有秦腔最主要乐器——板胡（1.5定弦）。在安康道情的唱腔里，既能听到汉剧的韵味，又有秦腔的苍凉高亢；既有川剧的花腔，又有楚剧的热闹合唱。总而言之，由于安康独特的地理环境，造就了安康道情醉人的秦风楚韵、巴蜀情调。

复合型人才与构建公共文化服务体系

复合型人才是指在自己从事的行业内"精通一门，兼知其他"，即所谓的全能型人才。这样的人才应具有宽阔的专业知识和多种能力发展的潜能，俗称"一专多能"。在自身行业内，这样的人才不仅在专业技能方面有丰富的经验，同时也具备着较高的专业技能。复合型人才其实就是多功能人才。复合型人才包括知识复合、能力复合、思维复合等多方面。在构建国家公共文化服务体系过程中，作为基层文化（群艺）馆的专业干部，复合型人才应该越多越好。

当今社会的重大特征是学科交叉、知识融合、技术集成。这一特征决定每个人都必须不断提高自身的综合素质，个人既要拓展知识面，又要不断调整心态，变革自己的思维，成为一名"光明思维者"和多技能工作者。

首先，在知识结构上应该是自然科学和社会科学的结合。其次，复合型的人才体现在对人文社会科学各学科的融会贯通。再次，复合型的人才还体现在理论和实践的有机结合上。

那么，什么是群文工作中的"复合型"人才呢？我认为，复合型人才应该是在各个方面都有一定能力，又在某一个具体的方面出类拔萃的人。

在中国农村，农民对务农高手有一种尊称叫"满坡滚"。"满坡滚"是指某位农民在种田、种地的过程中，面对耕种犁耙、收晾脱打、看天问事、施肥灌溉、修理农具甚至到操办红白喜事、调解邻里纠纷等所有与农事、农时相关的事务样样通晓；这种人不仅通晓农事农时，而且在当地享有很高的声誉，大家即称之为"满坡滚"。在中国农村，"满坡滚"普遍受到当地农民群众的尊敬和爱戴。

笔者在群众文化战线工作了近四十年，深深体会到要做好群众文化工作，也需要具备"满坡滚"的本领。只有具备了"满坡滚"的本领，才能从根本上符合《群众艺术馆、文化馆管理办法》中赋予群文工作者"组织、辅导、培训、创作、研究"的职责和要求。这也是由群众文化工作的性质所决定的。在构建国家公共文化服务体系过程中，更需要具备"复合型"素质和"满坡滚"技能的文化（群艺）馆业务干部。

"群众文化"是一个集合概念，它包含着"群众文化活动、群众文化工作、群众文化事业和群众文化队伍"在内的具体概念。

马克思在《德意志意识形态》一书中就说过："在共产主义的社会组织中，完全由分工造成的艺术家屈从于地方局限性和民族局限性的现象无论如何会消失掉，个人局限于某一艺术领域，仅仅当一个画家、雕刻家等，因而只用他的活动的一种称呼就足以表明他的职业发展的局限性和他对分工的依赖这一现象，也会消失掉。在共产主义社会里，没有单纯的画家，只有把绘画作为自己多种活动中的一项活动的人们。"

近代中国"群众文化"一词，最早出现在1932年的苏区。从目前史料看，初始见诸文字是在1932年5月，中共江西省委的《关于四个月的工作报告》中提到："对于最紧急的群众文化政治工作，还未引起注意，各地有文化工作的只限于演新剧……其他如晚会、读报、图书馆、俱乐部等组织，除红军或有些机关开始外，在地方上尚未开始。"1932年8月，毛泽东在苏区南部十七县经济建设大会的报告中首次使用"群众文化"这个专用词，他说："要发展群众的文化运动，提高群众文化水平与政治水平，使革命战争得到一个精神上的有力工具。"在后来的《在延安文艺座谈会上的讲话》中，毛泽东又多次提到"群众文化"一词。

随着社会发展步伐的不断加快，人们物质生活水平的提高是有目共睹的。与此同时，人们的精神生活同样也在向多元化、高层次发展。据不完全统计，笔者所在的安康市区（汉滨区）目前已有民间艺术团二十八个，中老年合唱团六个，戏曲自乐班十二个，还有群众自发组织的晨练秧歌队、腰鼓队，以及活跃在农村的农民小型文艺演出队伍。若将安康所辖其他县、区统计在内，则各类群众性业余文艺社团已有数百个。这些民间群众文艺队伍经常活跃在安康各地的文艺舞台上，有些社团在当地享有很高的知名度。与此同时，部队、机关、学校、企事业单位在各类演出活动中亮相的节目，其水平也不能小觑，许多作品往往让专业文艺表演团体的专业人士赞叹不已。

文艺表演是这样，其他群文活动亦是如火如荼，不甘落后。群众业余书法、绘画、摄影、篆刻、赏石爱好者队伍不断壮大，影响力也不断扩大。各类协会、学会灿若繁星，极大地丰富了群众的文化生活，在城市精神文明建设中发挥着无法替代的作用。

但是，就现阶段而言，由于群众文化自身所具有的"群众性、自娱性、倾向性和传承性"特点，加之队伍成员绝大多数为中老年人，他们本身对现代文化元素就存在着"接受慢"的特点，这些因素都或多或少地限制着群众文化活动向"高层次"发展，其大多作品在"艺术性、观赏性、专业性"方面还不能适应现代社会人们的审美需求。因此，在各类群众性业余文艺社团中鲜有年轻人的身影。

其实，在目前的"群众文化队伍"中也不乏能人。他们有的以前是专业文艺团体或文化事业单位的专业人员，有的以前是学校、部队、企事业单位的文艺骨干，他们要么长期在文化单位工作，熟悉群众文化工作的流程和规律，要么就是非常热爱群众文化工作并受过专业培训，其理论水平、编创水平、演艺水平以及对外协调、沟通的能力都不在专业人士之下。众多的群众文艺团体之间相互竞争、不甘落后，不仅繁荣了文化市场，而且在竞争中提高了水平。他们缺乏的不是热情和积极性，而是有效的组织和展示的机会，以及全方位的培训和辅导，以提高其整体水平和竞争力。

面对这样一种全新的群众文化现象，面对全面构建公共文化服务体系这样的大背景、大环境，我们每一个群文工作者怎能不如芒在背？如何去"组织、辅导、培训、创作、研究"群众文化活动这一难题，前所未有地、真正地、实实在在地摆在了我们的面前。

陕西省艺术馆的穆平潮同志在《定位人生角色 做好群文工作》一文中指出，群文工作者的工作性质决定了其业务是综合性的，综合性既是要求，也是其优势，能编、能导、能教、能演，这就是其优势所在。他还指出："我们对自己的定位应该是组织、辅导、培训、创作、研究并重，全面发展，这才符合群众文化工作者的职责要求。"

穆平潮同志的文章一语中的，道出了当代群文工作者理应具备的素质和专业技能。如何发挥优势，做到能编、能导、能教、能演，做一个群文战线的"复合型"群文干部，做一个群众文化活动队伍里的"满坡滚"？答案就是必须针对群众文化活动中的"自我参与、自我娱乐、自我开发和自身荣誉"特点，全方位地为他们传授技能、发展项目、提升水平。

一、针对舞台艺术

所谓舞台艺术，是指在舞台上表演的艺术形式，主要包括戏剧、戏曲、曲艺、音乐、舞蹈、杂技、魔术、武术等。在舞台艺术的演绎过程中，编、导、演、音乐、灯光、舞美、服装、化装造型等共同构成舞台艺术。上述所有部门、岗位要利用舞台这一三维空间对剧本进行二次创造，然后立体呈现给观众。因此，我们说舞台艺术是一门综合艺术。现代群众文化活动，舞台艺术占据着绝对的时间和空间。面对舞台这个综合艺术形式，作为文化（群艺）馆的群文干部，要全面提高综合素质。

第一，要能"编"。面对新形势下出现的新的群众文化现象，社会各行业对自己行业的宣传也越来越重视。行业要对外宣传，要不遗余力地树立社会公益形象，但如何宣传自己却成了一件头痛事。让许多民间社团同样感到头痛的是急缺群众喜闻乐见的原创节目，无奈之下只能模仿别人，"嚼别人嚼过的馍"，没有了自己的特色。没有了特色，要想"走得更远、飞得更高"就无从谈起。

第二，就是要能"导"。现在各行业单位和群众业余文艺社团，除了缺创作人员外，还急缺编导人才，这就要求我们能编能写，还要能当导演，能编排出优秀的文艺精品。

第三，就是还要能"演"。我们不仅要做到"能写、能编、能导、能教"，还要"能演"，而且要演得比基层群众好，他们才会服你。只有从内心服你，你的策划和编导目的才能达到，进而才会提高他们的艺术水平。

第四，就是要不断更新自己的知识结构，要对现代舞台艺术设备和技术技法了如指掌，对舞台数字音视频系统、数控灯光系统、LED 大屏幕技术、3D（4D）影像系统、舞美置景、服装造型和各类艺术形式的化装造型等知识，都必须认真学习、灵活掌握。只有这样，我们才能对群众的需求驾轻就熟，才能辅导业余文艺社团呈现出更加精彩的舞台艺术精品。

二、针对美术、书法和摄影活动

美术、书法和摄影，是群众文化活动的重要组成部分。群众业余美术、书法和摄影爱好者对提高自己的艺术水准有着旺盛而强烈的需求，但其作品却屡屡在各类展览、比赛中落选。笔者在"陕西省民俗摄影家协会安康分会"里有众多朋友并担任民俗顾问。在这个协会里，许多摄影者拥有数十万元的摄影器材，但却鲜有优秀作品面世。究其原因，就是"业余爱好"和"专业素养"方面存在着鸿沟。

面对大量业余美术、书法和摄影爱好者，我们可以将其分为初级、中级和高级群体，面对不同的群体，制订不同的辅导方法。

作为文化馆的群文干部，我们要对美术、书法和摄影艺术有一定的研究和高于业余爱好者的审美判断。要让业余爱好者们对其钟爱的艺术门类经历一个从入门到提升的过程。

首先，要能讲，要为业余爱好者们讲美术、书法和摄影的起源、过去、现在和将来。最主要的是，要讲清楚当前国内、国际美术、书法和摄影艺术的流行趋势与发展方向，要有的放矢，让业余美术、书法和摄影爱好者们有创作的欲望和冲动。要对美术、书法和摄影艺术的基本技法有所研究，面对业余作者的作品，要能指出亮点和瑕疵，给作者作品的进一步提升留出足够的空间。面对已经取得一定成绩，在美术、书法和摄影艺术方面有一定造诣的爱好者，就需要更加专业和权威的辅导。

其次，对展览有一定的策划、指导能力。美术、书法和摄影艺术作品主要是依靠展览呈现给大众的，而展览策划又是一门艺术，同样规模和档次的展览，策划布展占有关键地位，绝不是钉根钉子将作品一挂了事那么简单。要了解作者的愿景和期许，要根据不同作品的不同风格安排展位和布置灯光。笔者在取得国家"会展策划师"资格后，就策划和指导了许多次群众性展览活动，受到群众的广泛认可。

总之，即便我们在群艺馆里不是专业的美术、书法和摄影艺术干部，不在美术、书法和摄影岗位，但面对群众的需求，我们绝不能一问三不知。

三、针对"非物质文化遗产"的保护和传承

"非物质文化遗产"的保护和传承，是历史赋予我们新时代群文工作者的神圣职责。保护和传承好"非物质文化遗产"，既是国家层面的需求，同样也是拓展我们工作领域，提升我们艺术水平的需求。不懂"非遗"或者忘记了"非遗"，我们的艺术作品就成了无本之木和空中楼阁，就没有了群众文化工作和艺术创作的意义。

首先，我们要对自己所在地的"非遗"项目有深入的了解和研究，要掌握每一个"非遗"项目的地域特点和艺术特色。对"国家级""省级""市级"和"区县级"的"非遗"名录要了如指掌，艺术特色要烂熟于心。只有这样，我们才能从祖先的留存中汲取营养，并为我所用。

其次，要研究传承、保护和发展、提升四者之间的辩证关系。美国 20 世纪最有影响力的人类学家露丝·本尼迪克特在其著作《文化模式》中写道：

"人类行为的方式有多种多样的可能，这种可能是无穷的。但是一个部族、一种文化在这样的无穷的可能性里，只能选择其中的一些，而这种选择有自身的社会价值取向。"同时，她还指出，社会的本质就是通过评价而使个体的行为趋于同化，进而整合出文化的完全形态。

面对"非物质文化遗产"，保护和传承是第一位的，发展和提升是第二位的。没有传承和保护，发展和提升就成了一句空话；只讲发展和提升，没有传承和保护，一切都会是空穴来风、无病呻吟。可以说，"非物质文化遗产"是我们文艺创作取之不尽、用之不竭的巨大财富，不深入了解、研究"非物质文化遗产"，我们就失去了自己作品的特色。笔者曾根据国家级非遗项目"汉调二黄"和"紫阳民歌"创作了汉调二黄独幕剧《冉本义》和紫阳民歌剧《支书》；根据省级非遗项目"安康道情"创作了安康道情说唱《秦巴明珠美安康》，根据省级非遗项目"安康花鼓"创作了陕南花鼓戏《新民风吹开幸福花》和《咱的书记到咱家》。这些作品有些在政府获奖，有些一直在安康的群众文化活动中上演，受到社团和观众的一致好评。

综上所述，笔者认为，作为一名文化（群艺）馆里的一名"群文"干部，无论是在"群众文化活动、群众文化工作、群众文化事业和群众文化队伍"中，还是在构建国家公共文化服务体系的过程中，具备"复合型"人才特质的"满坡滚"干部，最受群众尊重、欢迎和喜爱。他们在群众文化活动的任何层面，都能有自己的见解和建议，并能对活动进行指导。"群文"干部不能用"这个项目我不会""这个我不懂""我只会这个"等来答复群众的需求。

总而言之，作为基层的文化（群艺）馆，我们需要拔尖的艺术人才和在群众艺术领域内的领军人物，有了更多的具有复合型素质的"满坡滚"干部，群众文化这片沃土，才会更加枝繁叶茂，郁郁葱葱。